Helena Kubicek Boye

Zimmer 55

Aus dem Schwedischen übersetzt von Christine Heinzius

SAGA Egmont

Die Originalausgabe erschien 2018
unter dem Titel „Innan snön faller" bei Bokfabriken

im Vertrieb bei Egmont Verlagsgesellschaften mbH
Covergestaltung: Stephanie Weischer
Coverabbildungen: Shutterstock
Satz aus der Minion Pro: Karol Kinal, Warschau
Druck und Bindung Mazowieckie Centrum Poligrafii, Marki

ISBN 978-3-98750-040-4

Dieser Titel erscheint auch als E-Book und Hörbuch.

Kapitel 1

Die zwei Männer waren einen Augenblick lang ineinander verflochten wie eine Statue im Park einer mitteleuropäischen Hauptstadt, die eine Kampfszene verewigte. Der eine Mann erhob sich über den anderen in einer Wut, die unmöglich aufzuhalten war. Unter ihm kämpfte der andere Mann um sein Leben.

Doch die Situation war weit von einem hübschen Marmorkunstwerk entfernt. Anstatt in einem Park befanden sie sich in einer stickigen Wohnung in Dalarna, und die Männer trugen unattraktive Alltagskleidung. Sie waren knallrot im Gesicht, und an den Schläfen des Mannes, dessen Körper von den fünfundneunzig Kilo Muskeln des anderen Mannes auf das zerkratzte Parkett gedrückt wurde, standen die Adern wie geschwollene Regenwürmer hervor. Spucke schäumte in den Mundwinkeln, mit Tritten und Faustschlägen versuchte er sich zu befreien.

„Du bekommst alles, was du willst …“ Die Worte, ausgestoßen wie kurzes Stöhnen, waren wirkungslos, was man in den aufgerissenen Augen sah, die im schwach beleuchteten Wohnzimmer wie zwei Vollmonde schienen. Es war nicht bloß

die Kraft explosiver Muskeln, die ihn übermannte, sondern die Gewalt, die ihm angetan wurde. Sie speiste sich aus jahrelang aufgestauter Wut, die sich jetzt Bahn brach.

Der Mann, der rittlings auf ihm saß, war entschlossen. Seine Lippen trennten sich in einem breiten Grinsen, er lachte über die Angst des anderen, um ihn noch mehr zu erniedrigen. Wie hatte dieser erbärmliche Mann Macht über sein Leben haben können?

Er blickte in die schreckgeweiteten Augen, die aussahen, als würden sie gleich aus den Höhlen springen. In diesem Augenblick befanden sich die Männer nicht irgendwo am Stadtrand von Avesta, sondern in einer anderen Dimension, einer Ebene zwischen Leben und Tod, wo die Wirklichkeit schwebte und die Sinneswahrnehmungen keine Gültigkeit mehr hatten. Die Gewalt hatte nichts mit der Gegenwart zu tun. Sie war Rache, Erleichterung und damit das Gefühl, das er, solange er sich erinnern konnte, fühlen wollte.

Er lehnte sich vor und presste den Ellbogen fest auf den Kehlkopf des Mannes, so dass dessen Gesicht blau anlief. Der Mann versuchte, etwas zu sagen. Aber es kamen nur noch ein paar keuchende Töne.

Nein, er würde ihn nicht erwürgen. Sein Blut sollte fließen, es sollte brutal und grausam sein. Das wäre die endgültige Lösung.

Sollte er es sein lassen? Sollte er den Mann überleben lassen, ihn mit der Angst leben lassen, dass er eines Tages ermordet würde? Wäre das die bessere Lösung? Nein, er hatte sich entschieden.

Mit der anderen Hand zog er nun das Messer von seinem Gürtel, hob den Arm, ließ gleichzeitig den Kehlkopf los, beugte sich vor und flüsterte dem Mann ins Ohr: „Das bekommst du für die Kette ... du Dreckskerl ... Kette ... Kette ...“ Dann stach er zu.

Es knirschte, als das Messer auf die Knochen im Brustkorb traf. Schlüsselbein, Brustbein, Brustkorb, verdammt, so viele Knochen. Die Augen rollten nach hinten, so dass nur noch das Weiße zu sehen war. Ein zischender Atem, der keuchende Versuch, ein letztes Mal Luft zu holen. Er stach wieder zu. Und noch einmal. Der Körper unter ihm zuckte ein letztes Mal und sackte dann zusammen. Das Blut strömte stoßweise aus dem Schnitt im Oberkörper des Mannes, floss herab und auf den Boden.

Villy lehnte sich zurück und schaute an die Decke, wo sich der Ventilator drehte und Schatten an die Wand warf. Er atmete erleichtert auf. Ruhe breitete sich aus. Die Stille, nach der er sich so lange gesehnt hatte.

Es war nicht schwer, einen Menschen zu töten. Also, die eigentliche Tat.

Doch sich dazu zu entschließen und es durchzuführen hatte Jahre gedauert.

Er legte das Messer in die Blutlache, stand auf, nahm sein Handy aus der Tasche und rief die Polizei an. Jetzt war er ein Mörder.

Kapitel 2

„Was du heute fühlst, fühlst du vielleicht morgen nicht mehr. Alles verändert sich“, las er als Worte des Tages in der *Södra Dalarnes Tidning.*

Nein, das stimmt nicht, überhaupt nicht. Manche Dinge verändern sich nie, dachte er und schlug die Zeitung verärgert zu. Heute schreiben sie sowieso meistens Unsinn. Irgend so ein neu erfundener Positivismus, um zu verbergen, wie düster und elend das Leben eigentlich ist.

Die Kaffeetasse klapperte, als er sie auf den Unterteller stellte. Der Kaffee war schwarz wie Teer, und er sah die Küchenlampe darin gespiegelt.

Manche Dinge fühlt man immer. Sie hören nie auf, wehzutun. Die Gedanken lassen den Schmerz nie gehen. Der Schmerz sucht die Gedanken. Der Körper erinnert sich, und das Herz erinnert sich. Erinnert sich an das, was einmal war und verloren ging.

Mit dem, was geschehen war, leben lernen. Das hatte man ihm gesagt. Vielleicht hatte er gelernt zu überleben. Aber sollte es so sein? Sollte er die restliche Zeit, die ihm noch blieb, in Kältestarre verharren? Er wollte wieder anfangen zu leben. Bevor es zu spät war.

Daher musste die Wahrheit ein für alle Mal heraus.

Kapitel 3
ANNA

Es war Lina Vikingson, Annas alte Freundin aus Reiseleiterzeiten, die sie dazu gebracht hatte, sich als Psychologin in der rechtspsychiatrischen Klinik in Säter zu bewerben. Lina, die zur Verwunderung aller nach der gelinde gesagt dekadenten Zeit bei den Charterreisen Medizin studiert hatte, machte nun ihre Facharztausbildung in Säter.

Sie hatte Anna ganz begeistert erzählt, dass Säter alle ihre bisherigen Arbeitsstellen überträfe. Zu dem Zeitpunkt hatte Anna sich bereits mehrfach beworben und verzweifelte langsam. Trotzdem hatte sie gezögert, als sie die Anzeige gelesen hatte. Aus Stockholm nach Dalarna ziehen – machten einen die Wälder nicht wahnsinnig? In Säter befanden sich einige der kränksten Menschen Schwedens. Kriminelle, die ihre Strafe nicht im Gefängnis absitzen durften und die so entsetzliche und unfassbare Straftaten begangen hatten, dass die sich nicht mal für eine Netflix-Serie eigneten. In der Anzeige suchte man außerdem den *Psychologen der Zukunft*. War sie die Richtige für diesen Titel?

Gleichzeitig erkannte Anna die Chance, die diese Stelle für ihre Karriere bedeuten könnte. In Säter gab es Patienten, die sie treffen musste, um noch mehr über die menschliche Psyche zu lernen und den dunkelsten Grund im Menschen zu verstehen. Danach würde sie praktisch überall arbeiten können. Außerdem stieg man in kleineren Gemeinden schneller die Karriereleiter hinauf, und Anna würde die Möglichkeit gern wahrnehmen. Im Vergleich zu den Patienten in Säter würden sich alle zukünftigen Stellen leicht und locker anfühlen. Aber brachte sie das mit, was nötig war, um in einem solchen Umfeld zu arbeiten? Das wusste sie noch nicht, und auch da zweifelte sie, selbst wenn bei ihr fast immer der Willen über die Gefühle gewann. Ihr war der Gedanke gekommen, dass es einfacher wäre, ihren ersten Psychologiejob an der Westküste anzunehmen, deprimierte Fischer therapieren, Krabben futtern und am Wochenende segeln gehen. Oder wie es einige ihrer Kommilitonen getan haben, nach Norwegen ziehen und dort das Doppelte verdienen. Für den Moment wäre es gut, aber es würde sie nicht dorthin bringen, wo sie hinwollte. Jetzt würde sie in einem kleinen Ort wohnen, umgeben von dichten Wäldern, und sich im Epizentrum der menschlichen Psyche und der besten Experten des Landes befinden. Die Alternative, in Stockholm zu bleiben, war sowieso immer weniger gegeben – sie war auf ihre Bewerbungen hin nicht mal zum Vorstellungsgespräch geladen worden. Außerdem war Lina in Dalarna, eine ihrer besten Freundinnen.

Der Personalchef aus Säter hatte noch am selben Tag angerufen, an dem ihre Bewerbung eingetroffen war. Vielleicht hatte sich sonst niemand getraut, sich zu bewerben? Der Ort war schließlich bekannt oder eher berüchtigt. Sie hatten ein längeres Telefongespräch mit ihr geführt, Referenzen eingeholt und ihr dann die Stelle am Telefon angeboten, und sie hatte sofort zugesagt. Außerdem war das Gehalt höher als das, was die meisten ihrer Kommilitonen in den größeren Städten bekamen.

Die Gleise unter dem Zug donnerten wie der Herzschlag, und der dösende, ältere Mann neben ihr nickte im Takt des Zuges. Sie blickte zur Gepäckablage hoch, um nachzusehen, ob ihr Koffer noch dalag. Es wäre ein Ding, wenn der auf den Mann fiele und ihm im Schlaf den Nacken bräche. Aber er war so gut gepackt und vollgestopft, dass er festgekeilt war und sich durch die Bewegungen des Zugs nur wenige Millimeter rührte. Darin befand sich alles, was sie in Säter bräuchte. Es fühlte sich irgendwie komisch an, dass man das ganze Leben in einen Koffer packen konnte.

Als Anna die Stelle angenommen hatte, hatte Lina vor Freude aufgeschrien, aber ihr auch mit leiser Stimme erzählt, dass Säter anders war als irgendwo sonst. Auch wenn es in der Klinik und in den umgebenden Wäldern mucksmäuschenstill war, war die Lautstärke höher, die Farben innerhalb und außerhalb der Mauern kräftiger und die Kontraste zwischen den Menschen intensiv. Und man wusste nie, wie der nächste Tag aussehen würde. Besser konnte sie es nicht beschreiben, den Rest würde Anna dann selbst erleben. Anna war schon früher Linas fast manische Faszination für Säter aufgefallen und erkannte ihre Freundin in dieser Begeisterung kaum wieder.

Nach dem Vorstellungsgespräch hatte Anna erfahren, dass die Psychologin Karin Vinterberg ihre Ausbilderin würde. Der Chefarzt und Klinikchef in Säter war einer der bekanntesten Psychiater Schwedens und wurde fast immer befragt, wenn es um eine zerstückelte Frauenleiche in einem U-Boot oder einen toten Säugling in einer Gefriertruhe ging.

Anna wusste, dass sie Dinge lernen würde, die sie in einem Ärztezentrum oder einer Unternehmensberatung, wo einige ihrer Kommilitonen jetzt in bequemen Sesseln saßen, nicht lernen würde. Säter würde alles andere als bequem, dessen war sie sich sicher. Daher war ihr etwas flau im Magen. Was bedeutete es, psychisch so krank zu sein, dass man einen Menschen zerstückelte oder sich an einem kleinen Jungen vergriff? Und wie viel bewegten sich die Patienten unter normalen Menschen? Konnte der Mann neben ihr ein Insasse von Säter auf Hafturlaub sein? Sie schielte zu ihm und bemerkte, dass ihm etwas Speichel aus dem Mundwinkel lief. Sie schüttelte sich und trank einen Schluck Kaffee aus dem Pappbecher, den sie sich im Speisewagen geholt hatte.

Auf dem Tisch vor ihr blinkte ihr Handy. *Wie geht's?* Wenn ihre Stelle in Säter sie nervös machte, dann würde sie bei ihrer Mutter für eine Depression sorgen. Das war heute sicher schon die zehnte SMS von ihr. Anna seufzte tief. Ihre Mutter hatte sie mit ihrer Angst und Sorge immer auf Trab gehalten. Annas Funktion war mehr oder weniger ihr ganzes Leben lang gewesen, die Ängste ihrer Mutter zu dämpfen und in ihr Freude und Zufriedenheit zu schaffen, da die unfähig war, dies selbst zu tun. Es war, als hätte ihre Mutter ein leeres, schwarzes Loch im Brustkorb, das andere füllen mussten. Das hatte immer sehr viel Energie und Kraft gekostet, und Anna war dadurch zeitweise selbst seelisch erschöpft. Sie hoffte, dass ihre Mutter sie durch die räumliche Trennung stärker loslassen und lernen würde, sich selbst um ihre Gefühle zu kümmern. Doch auf gewisse Weise musste sie ihrer Mutter wohl auch danken, denn das Aufwachsen als Beschützerin und Therapeutin ihrer Mutter hatte ihr schon als Kind eine fast übernatürliche Fähigkeit verliehen, die Gedanken und Gefühle anderer Menschen zu spüren. Das war etwas, das sie nie hätte lernen können und was ihr in ihrer neuen Berufsrolle zum Vorteil gereichen würde.

Bis zuletzt hatte ihre Mutter versucht, ihr diese Stelle auszureden, und als Anna die SMS sah, hörte sie erneut die besorgte Stimme ihrer Mutter und bemühte sich, sie schnell zu verdrängen. Die Stimme ihrer Mutter hatte eine Wirkung auf sie, selbst wenn sie es nicht wollte, schließlich war sie trotz allem ihre Mama. Es war nicht ihre eigene Stimme, sondern die ihrer Mutter. Sie durfte sich nicht von ihr steuern lassen, leider hatte sie das früher schon öfter.

Mir geht es super. Schöne Natur und im Zug ist es ruhig und bequem, tippte sie und drückte auf Senden. Es war anstrengend, nicht ganz ehrlich sein zu können, sondern die Wahrheit zu beschönigen. Aber es war nötig. Sie konnte nicht mehr ihre Eltern über sich bestimmen lassen. Auch wenn sie kaum direkten Kontakt zu ihrem Vater hatte, so wusste sie, dass sein demonstratives Schweigen während der letzten Jahre bedeutete, dass er ihre Lebensentscheidung stark missbilligte und hinterfragte.

Das einzige Mal, dass er sie in den letzten zwei Jahren kontaktiert hatte, war, als der Hund starb. Damals hatte er ein Bild des beim Tierarzt eingeschläferten Hundes geschickt.

Durch die neue Arbeit entfernte sie sich nicht nur von ihren Eltern, sondern auch von Stockholm. Sie war inzwischen immer häufiger traurig, leer und oft einsam. Sie empfand Sinnlosigkeit, wenn sie durch eine Straße ging, deren Namen sie nicht kannte, oder in ein Café sah, in dem sich alle über ihre Handys beugten. Die meisten Freunde waren aus der Stadt hinaus in kleine Reihenhäuser gezogen oder zurück in ihre Heimatorte, um sich niederzulassen. Ein paar waren schwanger, und andere hatten bereits Kinder. Anna hatte das Gefühl, dass sie nicht nach Hause zurückziehen konnte, weil sie dann ihren Eltern zu nah wäre. Sie hatte sich bemüht, durchzuhalten. Damals hatte sie ja noch Mathias gehabt, und sie hatten versucht, in seiner Wohnung zusammenzuwohnen. Doch seit sie sich getrennt hatten, hatte sie nicht mal mehr ihn.

Der Tapetenwechsel würde hoffentlich auch dabei helfen, sich nach der Beziehung weiterzuentwickeln, selbst wenn ihre Mutter bestürzt war und ausgerufen hatte:

„Mathiaaaasss … Du hättest ihn nicht einfach so verlassen sollen. Das macht eine Frau nicht. Du solltest jetzt mit ihm zusammen sein … Kinder bekommen … Du bist bald dreißig." Dass ihre Eltern eine klare Meinung hatten, wie sie leben sollte, hatte dazu geführt, dass sie oft darum kämpfen musste, die Grenzen zu überschreiten, um aus diesen Vorstellungen herauszukommen. Am liebsten wäre ihnen, dass sie nach Hause nach Simrishamn zog und eine Familie gründete. Sie durften ihre Ansichten haben, sie wollte ihr Leben haben.

Der Kaffee war noch warm, sie trank einen Schluck und schaute hinaus, wo sie sah, dass die Fichten und Kiefern immer höher wurden, der Himmelsstreifen immer schmäler und die kleinen Orte vorbeisausten, während sie sich ihrem neuen Wohnort näherte. Der Himmel wirkte dunkler und der Wald dichter. Hier und da blitzten rote, im Schatten halb verborgene Holzhäuser auf. Der Zug legte sich schief, so dass sie Kaffee auf ihr Knie verschüttete. Sie fluchte und stellte die Tasse wieder auf den Tisch. Der Mann neben ihr grummelte und streckte sich.

„Nächster Halt Avesta", hörte man die Stimme des Zugführers durch die Lautsprecher. Säter näherte sich. Das Rauschen Stockholms verstummte in ihr, und ein kribbelndes Gefühl erfüllte sie, das sie schon sehr lange nicht mehr empfunden hatte.

Sie wäre die erste Psychologin für Kognitive Verhaltenstherapie, und unter einem der landesweit am meisten bewunderten und gefürchteten Psychiater und Klinikchefs zu arbeiten könnte zu einer steil steigenden Karriere führen. Bei diesem Gedanken musste sie lächeln und schwankte im Takt der Zugbewegungen. Was sie nicht wusste, war, dass die Entscheidung, die Stelle in Säter anzunehmen, ihr Leben für immer verändern würde.

Kapitel 4

ANNA

Der Zug hatte fünfzehn Minuten Verspätung, und das Taxi, das sie vorbestellt hatte, wartete hinter dem Bahnhof auf sie. Der Taxifahrer, dem ein dicker Bauch über den Hosenbund hing, stieg aus dem Auto, als sie näher kam. Er öffnete den Kofferraum, damit sie ihr Gepäck hineintun konnte.

„Sie sind also die neue Psychologin?“, fragte er mit einem Lächeln durch den dichten Bart. Anna verbarg ihr Erstaunen, dass er wusste, wer sie war, und nickte, während sie sich auf die Rückbank setzte.

Als sie losfuhren, vibrierte Annas Handy. Sie blickte aufs Display und drückte den Anruf ihrer Mutter weg, dann schaute sie hinaus. Der Weg zum psychiatrischen Zentrum führte über die Hauptstraße durch den alten Stadtkern, dann über eine Brücke über den Säterå, am Sägewerk vorbei, wo es typisch süßlich duftete, und schließlich auf dem Gamla Sjukhusvägen am See entlang.

„Im Winter kann man auf dem See übers Eis gehen“, sagte der Taxifahrer und sah sie im Rückspiegel an. Jetzt, da die Sonne durch den Wald strahlte und der See dunkel und glatt dalag, fiel es schwer, sich vorzustellen, dass Säter in wenigen Wochen zu einem eiskalten, schneeweißen Ort würde. Die hohen Holzstapel am Sägewerk verdeckten teilweise den Blick zum See Ljustern, an dem Säter lag. Im See sollten sich angeblich so viele Medikamentenreste befinden, dass man, sollte man beim Schwimmen etwas verschlucken, von Depressionen und Schlafproblemen geheilt wäre.

„Wissen Sie, was sich im See verbirgt?" Der Fahrer sah sie wieder im Rückspiegel an. „Der See speist sich aus fünf Zuläufen, das Wasser ist also frisch, aber es gibt Gerüchte darüber, was sich eigentlich in dem See verbirgt ... und wozu man ihn nutzt." Er machte eine kleine Pause. „Sie können sich das ja sicher denken, Sie sehen wie ein kluges Mädchen aus."

Anna lief es bei seinen Worten eiskalt den Rücken hinunter, doch als sie sich den gigantischen Gebäuden mit vergitterten Fenstern näherten, vergaß sie, was er da hinterm Lenkrad gesagt hatte. Jetzt empfand sie keine Nervosität, sondern Sorge. All das Böse, das sich hinter den Fenstern dieser hübschen Gebäude verbarg, was sollte sie damit anfangen? Sollte sie umkehren, den Fahrer bitten, sie zum Bahnhof zurückzufahren?

Vor und hinter ihnen fuhren Autos, die in die Parkplätze der verschiedenen psychiatrischen Abteilungen und Kliniken einbogen. So viele arbeiteten hier, fast wie in einer ganz eigenen Welt.

Als der gesprächige Taxifahrer anhielt, schoss eine Frau in marineblauer Regenhose auf einem Fahrrad an ihnen vorbei, so dass Anna die Tür schnell zumachen musste. Sie vermutete, dass es eine Physiotherapeutin war. Die waren immer so drahtig und schnell.

Das kribbelige Gefühl ließ für ein paar Sekunden nach, als sie aus dem Wagen gestiegen war und über den Hang zum See und über die dunklen, knisternden Wälder sah. Das blauschwarze Wasser des Ljustern bot einen Kontrast zum klarblauen Himmel und den hellen Wolken. Plötzlich überkam sie ein rauschendes Glücksgefühl. Diese Umgebung hatte etwas Machtvolles und Magisches. Doch als sie ein paar scharfe Sonnenstrahlen trafen, musste sie den Blick schnell abwenden.

Sie drehte sich um und ging auf den Eingang des riesigen Gebäudes zu.

Kapitel 5

LINA

Sie saßen alle da und warteten auf den Chefarzt und Klinikchef Sven Bjurberg. Lina vermutete, dass er gerade vor dem Gebäude rauchte. Er kam immer als Letzter, und im selben Moment, in dem sie das dachte, öffnete sich die Tür, und er trat ein.

Das Personal war daran gewöhnt, zuzusehen, wie ihr Chef sich Kaffee eingoss, Zucker hineintat und dann nach der Milch fragte. Wenn er dachte, dass niemand ihn sah, warf er sich schnell eine Tablette des schnell abhängig machenden Beruhigungsmittels Stesolid in den Mund und schluckte sie, dabei warf er den Kopf kurz nach hinten.

Lina rutschte ruhelos hin und her. Die Krankenschwester, die heute die medizinisch Verantwortliche war, deutete schnell auf den geflochtenen Korb auf dem Konferenztisch, in dem die kleinen dreieckigen Tetra Paks mit Milch lagen, um den Ablauf dieses Mal etwas zu beschleunigen.

Ärzte, Psychiater unterschiedlicher Ränge sowie Krankenpfleger saßen in den niedrigen Sesseln rund um den Tisch, auf dem in der Mitte eine Plastikgeranie stand. Alle hatten

Papierstapel auf dem Schoß und bunte Kugelschreiber unter ihren kobaltblauen Namensschildern in der Brusttasche stecken.

„Also, wie war die Nacht?", fragte Bjurberg, wobei er einen Stuhl hinter sich und zwischen die Stühle von Psychiater Miro Cilic und Lina schob.

„Ja, dann schauen wir mal." Die verantwortliche Krankenschwester blätterte in ihren Unterlagen und fand ein Papier, das sie ganz nach oben legte, dann nahm sie ihre Brille aus der Brusttasche.

Lina seufzte laut, damit die anderen ihre Frustration hörten. Was ist das hier denn für ein Irrenhaus, dachte sie und sah demonstrativ genervt auf die Uhr. Es war schon eine Viertelstunde vergangen, dabei hatten sie noch nicht mal angefangen. Manchmal fragte sie sich, ob hier die Patienten oder das Personal verrückter war. Wie sollte sie Zeit für alle Patienten auf ihrer Liste haben, wenn die Besprechung so lange dauerte?

„Ja, hier ist es. Beginnen wir mit Station 11. Jenny wurde gestern sehr unruhig und aggressiv. Wir haben ihr zwei Benzos zum Schlafen und zur Beruhigung gegeben. Sie bat um ein Gespräch, aber es gab keinen Verantwortlichen, das Personal tat, was es konnte."

Die Kollegen, die Jenny kannten, nickten, und Lina fiel auf, dass Miro Cilic sich etwas notierte.

„Hat sie gegessen, wie sie sollte?"

„Nein …" Eine Krankenschwester wand sich. „Nein, nicht viel, sie hat vor allem geraucht und … viel Kaffee getrunken."

„Und da wundern Sie sich, dass sie unruhig war?"

Cilic schüttelte den Kopf und schrieb noch etwas auf.

„Achten Sie darauf, dass sie etwas isst, bevor Sie ihr erneut Medikamente geben. Wir dürfen nie vergessen, auf *HALT* zu prüfen – *Hungry, Angry, Lonely, Tired.*"

Lina gefiel es, dass Miro nicht so schnell den Rezeptblock zückte wie die anderen Psychiater. Das war übrigens nur eine von mehreren Sachen, die sie attraktiv an ihn fand. Leider war sie nicht die Einzige, die so für ihn empfand, und das ärgerte sie. Seine Pheromone war wohl was ganz Besonderes, nahm sie an. Die Krankenschwestern und -helferinnen wurden von ihm angezogen wie Bienen von Erdbeersaft an einem Sommertag.

„Und das Gespräch?", warf Lina ein.

„Nein, was soll das bringen? Nächster."

Lina merkte jetzt, dass Miro sie ansah, sein Blick auf ihrem Körper war wie eine Wärmelampe, die über die Beine und über die Hüfte bis hoch zur Brust glitt. Sie versuchte, nach unten auf ihre Papiere zu sehen, aber musste dann doch nachschauen, ob das, was sie spürte, wirklich stimmte. Sie hob den Blick und traf seinen.

Er sah ihr kurz, aber intensiv in die Augen und verzog den Mund so, dass nur sie es merkte. Durch diesen Millisekunden kurzen, bedeutungsschweren Augenkontakt brandete Begierde in ihr auf.

„Ja, das war alles bei den Frauen. Dann machen wir mit den Männern weiter. Ronny ist unruhig, seine Dosis Neuroleptikum ist erhöht worden, aber sollte er aggressive Tendenzen zeigen, müssen wir ihn fixieren. Vielleicht auch Risperdal geben, wenn er wieder psychotisch wird?" Die anderen nickten zustimmend.

„Sonst noch was?", fragte Bjurberg.

„Ja, heute früh haben die Kollegen von Sala angerufen, wir bekommen eine Verlegung hierher. Es ist noch unklar, wann genau. Wir müssen die Station darauf vorbereiten, einen Patienten aufzunehmen. Das rechtspsychologische Gutachten ist unterwegs."

„Wer ist der Patient? Können Sie eine kurze Zusammenfassung geben? Name, Alter und Urteil?", erwiderte Bjurberg ohne von den Medikamentenlisten aufzusehen, die er gerade unterschrieb.

„Er kommt hierher, weil er aus Dalarna stammt und näher an seine Herkunftsregion soll. Er hat exemplarisch gute Führung gezeigt. Da erscheint ein Wechsel passend. Villy Svensson, fünfundfünfzig Jahre, zu Sicherheitsverwahrung verurteilt, nachdem er seinen jüngeren Bruder erstochen hat. Bis dahin keinerlei Vorstrafen. Irgendeine Art von psychotischem Zustand während der Tat."

Bei dieser Information zog Bjurberg die Augenbrauen hoch.

„Laut den Unterlagen litt er in der Zeit vor der Tat an einer schweren psychischen Störung in Form von Wahnvorstellungen und wahrscheinlich auch an Tablettenmissbrauch. In Sala hat er sich gut benommen, und sie denken, dass wir den nächsten Schritt in der Behandlung angehen können und er laut dem Behandlungsplan reif für therapeutische Gespräche ist ..."

Die Krankenschwester zog die letzten Wörter in die Länge und schaute verschämt und verlegen in ihre Unterlagen.

Die Worte therapeutisches Gespräch waren nach dem letzten Skandal, der die Klinik in Säter getroffen hatte, Munition für die Ärzteschaft. Alles schaute jetzt Bjurberg an. Der

Schockwelle des Schweigens, die sich über die Gruppe der Ärzte legte, wenn sie über Psychotherapie sprachen, folgte oft ein zynischer Kommentar.

Lina rutschte hin und her und schämte sich etwas bei dem Gedanken daran, dass Anna auf die skeptische Einstellung der Ärzte zur Gesprächstherapie treffen würde. Dass sie nun nach dem Psychologen der Zukunft suchten, lag daran, dass die Therapiearbeit in Säter nach dem Skandal verändert werden sollte. Patienten hatten während der Psychotherapie Dinge gestanden, die glatt gelogen waren. Was sich als falsche Geständnisse herausgestellt hatte, hatte zu neuen Gerichtsurteilen geführt. Als entdeckt wurde, dass Patienten zu Unrecht verurteilt worden waren, war Kritik an Säter laut geworden.

„Therapeutische Gespräche", murmelte er.

Dieses Mal war es Cilic, der sich anscheinend gezwungen sah, das Gesagte zu kommentieren.

Musste er sich auch so verhalten, dachte Lina und warf ihm einen raschen Blick zu. Er erwiderte ihn nicht. Aber es war ja klar, Cilic war auf Bjurbergs Seite.

Linas Meinung war, dass alle die Verantwortung für das trugen, was in den letzten Jahren in der Klinik geschehen war. Man konnte die Schuld nicht bloß bei den Psychologen suchen. Vor allem Bjurberg und die Leitung müssten ihre Fehler anerkennen, aber auch alle anderen, die hier gearbeitet und an die Methoden geglaubt hatten, die man an den Patienten angewandt hat. Doch die Psychologen galten als schuldig. Der Schatten lag jedoch auch auf vielen anderen, die bis heute noch hier arbeiteten, und Lina Vikingsson spürte diesen Schatten wie eine dunkle Wolke, die ab und zu aufzog.

„Ja, wir müssen sehen, wie wir zu deren vorgeschlagenem Behandlungsplan stehen. Ich denke, es wird eine übliche Übergabe sein, bei der wir das Treffen der Beteiligten organisieren. Wer kümmert sich von uns darum?"

„Frau Stark", antwortete die Krankenschwester und notierte den Namen der Beteiligten.

„Welcher Arzt? Ich schlage Cilic vor," sagte Bjurberg, ohne eine Antwort zu erwarten.

Cilic nickte.

„Und die therapeutischen Gespräche?" Cilic spielte die Frage an Bjurberg zurück.

„Das überlassen wir der neuen Psychologin, die heute anfängt. Anna Varga. Unsere neue Ausrichtung auf Verhaltenstherapie sieht gut aus. Damit ist die Konferenz beendet."

Die Zeit war gerast, und jetzt mussten sie zu den Patienten. Cilic trat zu Bjurberg und murmelte leise etwas. Bjurberg nickte.

Lina stand auch auf, spülte die Kaffeetasse aus und stellte sie in die Spülmaschine. Sie wusste, dass keiner der anderen Ärzte das tat. Es war Zeit für ihre Visite, und sie spürte Widerstand in sich aufsteigen, aber verdrängte ihn und konzentrierte sich auf die Aufgabe.

Kapitel 6
NILS

Nils legte die Ruder parallel nebeneinander. Dann machte er einen Schritt nach oben und stellte sich ins nasse Gras am Ufer. Er ging in die Knie, um das Tau am Pfosten festzumachen, streckte die Beine und schaute aus reiner Gewohnheit über den See.

Der Nebel, der über der dunklen Oberfläche des Ljustern gelegen hatte, war verschwunden und die Sicht jetzt klar. Von seiner Position aus konnte er fast den ganzen See sehen. Ein Schwarm Stockenten platschte, als er abhob und über den See flog. Er atmete die klare Herbstluft ein. Säter war wie kein anderer Ort auf dieser Erde.

Das war sicher.

Die rechtspsychologische Klinik thronte hinter ihm, die ockergelbe Fassade mit Fenstern zum See gewandt. Es war eine außergewöhnlich schöne Aussicht für die Verurteilten und Kranken, dachte er. Waren sie es wert, an einem so schönen Ort zu wohnen? Oder war es genau das, was diese beschädigten Menschen brauchten, die für sich und andere eine Gefahr darstellten, so dass sie nicht mal in einem Gefängnis bleiben konnten?

Es war kein Zufall, dass man eines der schönsten Krankenhäuser des Landes mit all seinen Pavillons zu Anfang des 20. Jahrhunderts gerade hier gebaut hatte. Die Gegend lag abgeschieden von der Gesellschaft, aber doch nah genug für Transporter und für diejenigen, die dort arbeiteten. Die Gebäude waren so geplant, dass sie vor kalten Nordwinden geschützt lagen, mit fruchtbarer Erde und nah am Wasser – ein wunderschöner Ort, der damals denjenigen, die man wahnsinnige, verwirrte oder geisteskranke Patienten nannte, Ruhe und Frieden schenken sollte. In dem alten Pavillon, der am weitesten von den Gebäuden entfernt lag, waren die absolut gefährlichsten Menschen Schwedens eingesperrt. Was sich heute in den ausgebrannten, leeren Gebäuden mit den vergitterten Fenstern befand, war ein Mythos, und niemand ging freiwillig dorthin. Nils bekam Gänsehaut, wenn er in diese Richtung blickte.

Hinter ihm in den Büschen raschelte es. Er drehte sich schnell um. Dort zwischen den Zweigen bewegte sich jemand. War das ein Mensch? Es klang wie Schritte. Er versuchte, durch die Blätter zu spähen, um zu erkennen, was es war. Das Laub war wieder ganz still. Bildete er sich das ein?

Er blieb ein paar Sekunden absolut still stehen, aber es war nichts mehr zu hören, keine Bewegungen mehr. Verlor er jetzt den Verstand? Er war schließlich schon über achtzig, auch wenn der Arzt bei der letzten Kontrolle gemeint hat, dass er den Körper eines Sechzigjährigen hätte.

Es war jetzt Zeit für ihn, hoch zum Golfklub zu gehen. Er überprüfte noch einmal, dass das Boot ordentlich vertäut war, und ging los. Seine Knie beschwerten sich beim ersten Schritt mit einem Knacken.

Als er näher kam, sah er Autos auf das Krankenhausgelände zu fahren. Nils verzog das Gesicht und biss die Zähne zusammen. Die alte Nervenheilanstalt erwachte für einen weiteren Tag, und alle gesunden Menschen strömten dorthin, um sich um die Kranken zu kümmern. Aber wer dadrinnen war überhaupt gesund, und wer war krank?

Sosehr er sich auch bemühte, konnte er das, was er tatsächlich für die empfand, die dort arbeiteten, nicht verdrängen. In Säter gab es Menschen, die Geheimnisse für sich behielten. Große Geheimnisse über andere Menschen. Die Macht über das Leben der Menschen hatten. Er versuchte, nicht mehr daran zu denken. Es machte ihn nur übellaunig. Er schüttelte den Kopf und vermied es, zum Krankenhaus zu sehen. Jetzt war es Zeit für sein Frühstücksbrötchen.

Er drehte sich noch einmal um und schaute zum Wäldchen am See. Es war ganz still.

Kapitel 7
ANNA

„Patientin oder Personal? Oder … vielleicht Angehörige?“ Der Mann, der vor ihr eingetreten war, musterte sie von Kopf bis Fuß.

„Was?“ Anna war von der Frage so überrascht, dass sie zuerst gar nicht wusste, was sie antworten sollte. „Äh, Personal, die neue Psychologin.“

„Aha, okay, dann darf ich vorgehen, ich hab's eilig, wir sehen uns.“

Der Mann, der ein Kreuz auf dem Hals tätowiert hatte und zerrissene Jeans trug, drängelte sich an ihr vorbei durch den Eingang, hielt seine Zugangskarte hoch und verschwand im dunklen Loch. So wie er hineinging, arbeitete er wohl hier.

Sie schielte unwillkürlich nach sich selbst in der Glasscheibe. Sah sie wie jemand aus, der hier Patientin sein könnte? Die Haare waren gut gekämmt, die Kleider ganz und sauber. Sie ging etwas näher. Sie sah überhaupt nicht verrückt aus. Nein, das war wirklich eine Beleidigung. Jetzt war er jedenfalls drinnen, und sie könnte ihren ersten Arbeitstag in der Klinik damit beginnen, die Sicherheitssperren zu durchlaufen.

Die Sicherheitsregeln, um die rechtspsychologische Klinik in Säter zu betreten, waren nach einem Befreiungsversuch kürzlich verbessert und erweitert worden. Ein Angehöriger eines Patienten war eines Morgens mit seinem alten Ford direkt in die Eingangstür gerast. Er hatte einen bereits Teilzeit krankgeschriebenen Arbeitstherapeuten als Geisel genommen, um seinen Freund aus der Klinik zu holen. Die Polizei war schnell an Ort und Stelle gewesen und hatte ihn verhaftet und den Arbeitstherapeuten, der seitdem Vollzeit krankgeschrieben war, befreit. Danach wurden die Sicherheitsmaßnahmen neu geregelt.

Der Eingang war umgebaut, die Kameraüberwachung verbessert und das Alarmsystem mit vier Schleusen verbunden worden. Anna befand sich in der zweiten und sprach in eine Gegensprechanlage.

„Ich bin die neue Psychologin." Sie wartete auf ein Signal und ging durch die nächste Schleuse zur Kontrolle. Die schweren Metalltüren schlossen sich donnernd hinter ihr. Es wurde totenstill.

Sie befand sich in einer fensterlosen Zelle. Eine Tür öffnete sich, und eine Wachfrau kam herein.

„Stellen Sie sich so hin", sagte sie und stellte sich breitbeinig und mit seitlich ausgestreckten Armen hin. Anna tat wie geheißen, und die Wachfrau durchsuchte sie und strich mit weichen Händen über ihren Körper.

Kapitel 8
SVEN JÄRRING

Als Kriminalkommissar hatte man ein recht gutes Leben. Jedenfalls wenn man Sven Järrings Leben von außen betrachtete. Das sprichwörtliche „Volvo, Villa, Wauwau“ hatte sich nur etwas später eingestellt. Sven war seine Morgenrunde mit dem Hund gelaufen, und zwar durch die besseren und die etwas schlechteren Viertel von Borlänge. Nach über dreißig Jahren in der Region wusste er mehr über die Stadt als die meisten.

Er war zufrieden damit, dass sie die meisten Fälle gelöst hatten, wie Mord und Gang-Kriminalität. Doch auch nach Feierabend konnte er mit seinem Beruf nicht abschließen, bevor er nicht die letzten Puzzlestücke zu dem gelegt hatte, was circa zwanzig Kilometer entfernt in Säter vor sich ging. Denn darüber machte sich Sven fast täglich Gedanken.

Mehrmals waren sie sehr nah daran gewesen, herauszufinden, was hinter den merkwürdigen Vorgängen in der geschlossenen Klinik steckte. Die Polizei hatte davon erfahren, aber dann war es ihm aus den Händen geglitten. Er vermutete, dass der letzte Skandal in der Klinik etwas viel Größeres verbarg.

Was ihn am meisten verblüffte, war, dass sich die verantwortliche Psychologin nach dem letzten Skandal in Luft aufgelöst hatte. Doch wie konnte ein Mensch einfach verschwinden? Es hieß, sie hätte gekündigt und wäre weggezogen, aber man wusste nicht wohin. Jemand meinte, sie würde jetzt vielleicht in Norwegen arbeiten. Komischerweise hatte sie keine Angehörigen, es war keine Leiche gefunden worden, und man hatte sie auch an keiner Landesgrenze oder bei Nachforschungen entdeckt. Sie war nicht als vermisst gemeldet, und es gab keinen Verdacht für ein Verbrechen. Jetzt war sie jedenfalls weg, und Järring hatte bemerkt, dass man nach einer neuen Psychologin gesucht hatte, die wahrscheinlich irgendwann bald anfangen würde.

Natürlich hatte er mehrfach mit Bjurberg über die verschwundene Psychologin gesprochen, im Zusammenhang mit dem Skandal in der Klinik, bei dem herauskam, dass die Psychologin zweifelhafte Therapien angewandt hatte. Doch alles wurde geleugnet, und es gab keinerlei Beweis für eine Verbindung. Die Psychologin war freiwillig gegangen, wegen des Medienskandals und der Scham, die sie empfand, so lautete Bjurbergs Standpunkt. Das war auch die gemeinsame Linie nach außen, und an die hielten sich alle Vernommenen. Doch Sven Järring zweifelte.

Genauso zweifelte er an einigen schwer erklärbaren Entlassungen und Verlegungen und den unangebrachten Verbindungen, die zwischen Personal und Verurteilten zu bestehen schienen. Sobald er etwas auf der Spur gewesen war, lösten sich die Anhaltspunkte auf wie eine Brausetablette in einem Glas Wasser.

In seinem Kellerzimmer hatte Sven die Porträts der drei letzten Klinikchefs über seinem Arbeitstisch aufgehängt. Auch an diesem Morgen betrachtete er eines davon besonders. Ein potenter, autoritärer Mann mit kräftigen, dunklen Augenbrauen. „Guten Morgen, Bjurberg, ein neuer Tag für Sie und mich. Was verbergen Sie?“

Kapitel 9

ANNA

Eine kleine Frau, deren Haare definitiv auf großen Lockenwicklern frisiert worden waren, begrüßte Anna. Ihre Hand war warm und glatt, und sie stellte sich als medizinische Sekretärin vor, war also auf jeden Fall jemand, mit dem Anna sich gut stellen sollte. Hilfe bei den administrativen Dingen zu bekommen stand ganz weit oben auf der Liste der Sachen, die einem den Psychologenalltag erleichterten. Anna lächelte sie freundlich an und machte bewusst ein Kompliment über ihre hübschen Locken. Komplimente funktionierten immer. Die Frau errötete, aber strahlte auch wie eine kleine Sonne und bedankte sich.

„Wie war die Reise?“, fragte sie.

„Sehr gut. Alle waren sehr hilfreich, und wissen Sie was, sogar der Taxifahrer wusste, wer ich bin, ist das nicht seltsam?“

„Nein, das ist Säter, hier kennt man einander!“ Die Frau lachte, so dass sich kleine Fältchen um ihre Mundwinkel bildeten.

„Aha, na daran muss ich mich dann wohl noch gewöhnen. So ähnlich war es auch in Simrishamn, wo ich aufgewachsen bin. Aber nicht in Stockholm.“ Sie hatte ein wenig das Gefühl, nach Hause gekommen zu sein.

„Ach, Sie stammen aus Österlen. Eine schöne Gegend. Aber wissen Sie, was wir komisch finden. Da unten läuft es ja umgekehrt. Hier fällen wir die Bäume rund ums Haus, und dort unten versuchen Sie, so viele Bäume wie möglich rund ums Haus zu haben, und der Rest ist kahl.“

Anna musste über diese Bemerkung lächeln und nickte zustimmend. „Stimmt, so ist es.“

„Ich hoffe, Sie werden sich wohlfühlen, auch wenn hier oben alles etwas anders ist. Alles ist schon etwas … speziell hier in Dalarna.“

Anna nickte. Das würde sie sicher. Sie war zwar neugierig darauf, was hier speziell war, aber die Frau ging nun den Korridor entlang, so dass sie nicht mehr nachfragen konnte.

„Hier hinten liegt Ihr Büro. Die Psychologin, die es früher hatte … Sie ist jetzt weg …“ Die Frau deutete mit ihren glänzenden, knallroten Nägeln.

Es entstand eine kurze Stille. Anna schaute sie neugierig an und hoffte, sie würde noch mehr sagen.

„Und hier ist der Personalraum, die Toiletten, und dort sitzen Ihre Kollegen.“ Der Zeigefinger ging hin und her, hoch und runter, wie ein kleiner Vogelschnabel. Jede geschlossene Tür sah exakt gleich aus, und es gab keine Schilder.

„Ja, ich werde wohl schnell lernen, mich hier zurechtzufinden.“

„Dann verlasse ich Sie jetzt, ich habe nämlich noch viel zu schreiben. Noch mal herzlich willkommen“, sagte sie, drehte sich um und ging zurück.

Kapitel 10

ANNA

Anna stand irgendwo mitten in dem riesigen Korridor. Die Stille um sie herum war fast surreal und dröhnte, obwohl nichts zu hören war. Das Zimmer ganz weit hinten war ihres. Sie zog den Koffer hinter sich her, und das Geräusch hallte an den Wänden wider und wurde störend laut, daher beschloss sie, ihn stattdessen zu tragen. Er war schwer, und ihr wurde durch die Anstrengung ganz warm, deswegen knöpfte sie die Jacke auf. Jetzt hörte man nur noch ihre Schritte und das Summen der Leuchtröhren, während sie an den geschlossenen und schallisolierten Türen vorbeiging.

Sie öffnete die Tür und sah, dass die Psychologin, die das Zimmer früher genutzt hatte, außer dem Schreibtisch und dem Bürostuhl noch eine vertrocknete Grünpflanze am Fenster, eine türkise Schreibtischunterlage und zwei abgenutzte Laminosessel hinterlassen hatte.

Anna hängte ihre Jacke an den Kleiderständer und schob den Koffer hinter die Tür. Der Raum fühlte sich seltsam trostlos an. Sie zog die Gardinen auf, damit mehr Tageslicht einfiel. Hier würde sie also ab jetzt arbeiten. Ihr Herz schlug heftiger, als sie durch die vergitterten Fenster in den Wald sah.

Sie atmete ein paar Mal tief ein, drehte den Wasserhahn auf und ließ Wasser ins Waschbecken ein, um sich nach der Reise zu waschen. Das Zimmer sollte wohl als Arztzimmer und auch für Krankenschwestern und Psychologen nutzbar sein. Sie trocknete die Hände ab und betrachtete sich im Spiegel. Jetzt war sie also hier. In Säter. Die *Psychologin der Zukunft*. Sie lehnte sich näher an den Spiegel und musterte sich. Die blauen Augen, von denen niemand wusste, von wem sie die geerbt hatte, weder ihre Mutter noch ihr Vater hatten blaue Augen, sahen sie an, und sie betrachtete sich neugierig. War sie die Tochter des Briefträgers oder des Klempners? In ihrer Familie wurde immer darüber gescherzt, aber als Kind immer wieder so etwas zu hören war nicht sonderlich witzig.

Anna stand so nah vor dem Spiegel, dass er durch ihren Atem leicht beschlug. Auf dem Glas erahnte sie Buchstabenkonturen. Was war das denn? Sie trat einen Schritt zurück.

Es klopfte laut an ihre Tür, so dass sie zusammenzuckte und sich schnell umdrehte.

Kapitel 11
LINA

Lina sollte mit Tommy, der seit der Volksschule im Krankenhaus arbeitete, eine Visite machen. Inzwischen stand er kurz vor der Rente, und Lina vermutete, dass er zwar keine Ausbildung hatte, aber sein Wissen über das Gebäude war unschlagbar. Manchmal hatte sie das Gefühl, dass sie gegenüber den alten Krankenpflegern, die wahrscheinlich jeden Winkel der alten Nervenheilanstalt kannten, im Nachteil war. Andererseits besaß sie Wissen und Erfahrungen, die vielen von ihnen komplett fehlten. Einen Teil verriet sie, anderes würde definitiv ihr eigenes Geheimnis bleiben.

„Bereit?", fragte Tommy und sah ihr in die Augen.

„Absolut, los geht's." Lina fühlte sich eigentlich nie bereit für eine Visite bei diesen kranken Menschen, die Verbrechen begangen hatten und sie manchmal anekelten. Verdienten es manche von ihnen wirklich, nach ihren Taten noch weiterzuleben? Doch sie würde ihre Gedanken niemals verraten. Von außen betrachtet war sie die professionelle Assistenzärztin, die es noch weit bringen würde, und sie hatte ein einzigartiges Verhältnis zu den Oberärzten. Sie hatte einen anderen Hintergrund als die anderen, dadurch verstand sie die Patienten besser als die meisten, und deswegen fühlte sie sich berechtigt, Ekel zu empfinden.

Die Patienten mochten sie, und im Kontakt mit ihnen fühlte sie die Macht und die Bestätigung, nach der sie immer gesucht hatte. Das war einer der Hauptgründe, warum sie die Psychiatrie für ihre Spezialisierung ausgewählt hatte.

Die Worte ihres Ausbilders waren zu einem wichtigen Mantra für sie geworden, wenn sie Abscheu verspürte: Es ist die Krankheit, die für das Verbrechen verantwortlich ist. Wir behandeln die Krankheit. Und wir schützen die Menschen davor, wieder rückfällig zu werden. Wichtiger war, dass damit die Allgemeinheit vor den kranken Teufeln geschützt wurde, dachte Lina, während sie durch die Flure gingen.

Die Station lag im zweiten Stock des dreistöckigen Hauses, das rechteckig um den Innenhof gebaut war. Dort durften sich die Verurteilten unter Überwachung eine Weile aufhalten. Manche hatten sogar Freigang in die Umgebung, mit jemandem vom Personal. Doch diese Patienten hatte Lina nicht. Sie hatte die gefährlichsten, die sich nicht außer Haus aufhalten und nicht mal ohne Bewachung zur Toilette gehen durften.

Durch ein schmales Fenster sah sie einige Männer, die in einer Reihe taumelten und deren Arme schlaff an der Seite hingen. Sie standen alle so sehr unter Psychopharmaka, dass spontane Bewegungen in ihrer Körpersprache komplett fehlten. Es war ein deprimierender Anblick. Mit schleppenden Schritten schlurften sie voran – Vergewaltiger, Serienmörder und Pädophile. Lebende Tote.

Wenn sie so herumgingen, richteten sie jedenfalls keinen Schaden mehr an. Und bezahlten ihr Gehalt.

Tommy öffnete die erste Tür mit Karte und Code, und sie gingen durch den hellgelben, schwach beleuchteten Personalkorridor.

„Und, ein schönes Wochenende gehabt?“, versuchte Lina es, um das Schweigen zu brechen, das sie inzwischen nicht mehr gut ertrug.

„Ja, schon“, antwortete Tommy knapp und zog beim zweiten Wort die Luft ein, wie es für den hiesigen Dialekt typisch war.

„Irgendetwas Besonderes bei der Übergabe von der Nachtschicht?“, fragte Lina.

„Nein, nichts Besonderes. Das Übliche bei Ronny.“

„Okay, sediert, oder?“ Sie runzelte die Stirn, merkte sich die Information und hatte einen Kloß im Hals. Sie kannte Ronny von früher, was aber niemand wusste. Und das sollte auch so bleiben.

Tommy nickte.

Ronny mussten sie ständig Medikamente geben. Er war sowohl unangenehm im Kontakt als auch unzuverlässig in seinen Absichten. Er war wegen mehrerer Verbrechen verurteilt und hatte sogar eine Weile im Gefängnis gesessen. Beim letzten Urteil konnte er jedoch nicht mehr in Berufung gehen, weil er vor mehreren Zeugen in der U-Bahn einen fünfzehnjährigen Jungen mit einer Schere ermordet hatte. In den Untersuchungsakten stand, dass Ronny Stimmen gehört hatte, die ihn aufforderten, den Jungen, der auf dem Weg vom Badmintontraining nach Hause war, zu töten. Ronny behauptete, der Junge habe eine Waffe dabeigehabt, aber in der Tasche war nur ein Badmintonschläger.

Ronnys Diagnose lautete Schizophrenie mit imperativen Stimmen. Lina hatte oft darüber nachgedacht, ob es diese

Stimmen wirklich gab oder ob er sich das nur ausgedacht hatte. In Intelligenztests erreichte er stets Höchstpunkte und hätte Mitglied bei Mensa werden können, doch wenn man mit ihm sprach, wirkte er immer strohdumm.

Die schweren Türen im Korridor schlugen mit metallischem Dröhnen hinter ihnen zu. Jetzt waren sie in der zweiten Etage, und die Station lag vor ihnen. Die Leuchtröhren schienen hellgelb auf ihre Stirn.

„Zwei Pflegekräfte werden zuerst die Besprechung mit uns abhalten, dann werden wir sehen, ob die Patienten etwas zu sagen haben."

„Klingt gut." Lina wappnete und streckte sich, schloss die letzte Tür auf und betrat die Station. Hinten, auf einem der Sofas, sah sie Ronny neben seinem Pfleger sitzen. Er starrte sie an. Sie sah ihn nicht an, sondern ging weiter.

Sie war geschickt darin, die Tatsache zu verbergen, dass der deutlich ältere Kumpel ihres kleinen Bruders in der Klinik saß. Seit sie in der Klinik angefangen hatte, hatte sie schon mehrmals anordnen müssen, ihn zu fixieren und Zwangsmedikation zu verabreichen, weil er sowohl das Personal als auch andere Patienten bedroht hatte. Durch ihren persönlichen Bezug zu ihm war das keine unkomplizierte Situation für sie, aber weder sie noch er hatten ihre gemeinsame Geschichte erkennen lassen. Das durfte nie herauskommen. Denn dann würde auch Linas Herkunft enthüllt.

Linas Plan war, sobald sich die Chance bot, ihn einem anderen Arzt zuzuweisen, aber bisher hatten alle abgelehnt, und als Assistenzärztin stand sie in der Hierarchie noch weit unten.

Kapitel 12

ANNA

Es war Annas zukünftige Ausbilderin, die Psychologin Karin Vinterberg, die angeklopft hatte. Sie kam, um sie an ihr Treffen zu erinnern.

„Willkommen!" Karin ließ den Blick durchs Zimmer gleiten und streckte ihr die Hand entgegen. Durch ihr glänzendes, stahlgraues, kurzes Haar über den betonten Augenbrauen erinnerte sie Anna an einen Dachs, und die graue Kaschmirjacke war das i-Tüpfelchen.

„Ach, übrigens … Was ist eigentlich mit der Psychologin passiert, die vorher in diesem Zimmer war?"

Karin drehte sich um, um nachzusehen, ob sich noch jemand in der Nähe befand, und betrat dann das Zimmer.

„Sie ist verschwunden. Für mich ist es nicht zu fassen, wie man einfach so verschwinden kann. Aber man hat uns gesagt, es wäre freiwillig passiert."

„Wie, verschwunden?"

„Sie war hochgeschätzt, und alle Psychiater wandten sich an sie. Aber im Zusammenhang mit dem Skandal … Tja, eines Tages kam sie nicht mehr zur Arbeit. Bjurberg sagt, sie hätte gekündigt."

Anna schüttelte den Kopf. Hatte man nicht versucht, sie anzurufen? Zu ihr nach Hause zu fahren? Verwandte, Familie?

„Niemand weiß etwas."

„Ist sie …?"

„Tot?"

Anna nickte. „Ja, lebt sie?"

„Naja, wir wissen es wie gesagt nicht, und jetzt sind schon einige Monate vergangen. Dass sich ein Mensch heutzutage in Luft auflösen kann, finde ich völlig unerklärlich. Aber jetzt müssen wir zu unserer Besprechung."

Karin blickte auf ihre Armbanduhr.

„Sie hat mit einer Methode gearbeitet, an die ich immer noch stark glaube, auch wenn die Leitung sie inzwischen in Frage stellt."

Anna nickte, während sie Stift und Papier zusammensuchte und die Tür hinter sich zuschlug, so dass es im Korridor dröhnte.

Karin zog die Augenbrauen hoch und grinste über diesen Knall, und Anna lächelte entschuldigend zurück. In Säter war es offensichtlich still und ruhig.

„Das nächste Mal mache ich sie vorsichtig zu", meinte Anna, und Karin lächelte sie an.

Jetzt warteten sie auf Magnus Svensson, Annas anderen Psychologenkollegen. Sogar Klinikchef Bjurberg wollte später noch kurz an ihrem Treffen teilnehmen. Das wäre das erste Mal, dass Anna diesen berühmten Guru träfe. Sie war voller Erwartung und spürte, wie ihr Adrenalinspiegel anstieg wie vor einem Lauf.

Magnus steckte den Kopf hinein.

„Na, hallo, wie schön und toll, dass Sie schon angefangen haben." Er reichte ihr die Hand und fragte dann, ob er irgendjemand Kaffee holen sollte. Anna lehnte ab, aber Karin wollte eine Tasse, und Magnus ging schon wieder. Kurz darauf kam er mit zwei Tassen zurück.

Karin und Magnus gehörten beide der traditionelleren, analytischen Therapieschule an, wie auch die Psychologin, die gekündigt hatte. Anna fragte sich, was die beiden davon hielten, dass die Klinik sich jetzt mehr in eine neue Richtung entwickelte, weswegen sie ja auch als *Psychologin der Zukunft* angestellt worden war. Anna Varga, ihr erster Job als Psychologin seit ihrem Abschluss, deren große Erfolge in der Vergangenheit darin bestanden, Kinder-Clubs in Charter-Hotels auf der ganzen Welt zu betreiben. Darin war sie schon eine Meisterin gewesen. Sie und Lina waren an den Zielorten ein eingespieltes Team gewesen.

„Es ist eine Gratwanderung als Psychologe in Säter zu arbeiten. Das müssen Sie wissen", sagte Karin Vinterberg und wandte sich an Anna. Dann wechselte sie schnell das Thema.

„Wir fangen mit ein paar internen Informationen an, bevor Bjurberg kommt." Sie klappte ihre Ledermappe auf und erzählte von einer neuen Richtlinie für die Protokollführung.

Es war ein einschläfernder, langweiliger Text, den sie da vorlas, so dass Anna Schwierigkeiten hatte, sich zu konzentrieren, ihr Blick wanderte aus dem Fenster, und sie sah, dass sich hinter den vergitterten Fenstern des Zimmers auf der anderen Seite des Hofs etwas rührte. Eine Silhouette stand vollkommen still da und schien sie anzustarren.

Wer war das? Hatte die Person sie auch gesehen?

„In einer halben Stunde kommt Bjurberg, und ich weiß gar nicht, was er will. Danach wird Miro Cilic mit Ihnen sprechen,

Anna, er will einen neuen Patienten diskutieren, der hierher verlegt werden soll. Das wird Ihr erster."

Anna erschrak und notierte sich, was Karin sagte.

„Miro?"

„Ja, einer der Psychiater. Sie werden es verstehen, wenn Sie ihn treffen." Karin lächelte und blickte zu Magnus, der zurücklächelte.

Anna begriff nichts, aber nickte, als verstünde sie ihr Mienenspiel.

„Ich fange mit meinen Patienten an." Karin blätterte in ihren Unterlagen. Sie hatte die Ergebnisse eines Intelligenztests dabei und legte sie auf den Tisch.

Anna merkte, dass es ihr erneut schwerfiel, sich zu konzentrieren, als Karin die Eignungsprofile der Patienten darlegte, und ihre Gedanken schweiften ab, zu allem Möglichen, außer dem Gespräch – ihr erster Patient, wie würde das laufen? War es der, der sie von dort hinten anstarrte? War es die richtige Entscheidung gewesen, mit Mathias Schluss zu machen und nach Säter zu ziehen? Sie hörte, wie Karin ihren Namen nannte, und erwachte mit einem Ruck aus ihrem Tagtraum.

„Anna."

„Was haben Sie gesagt?"

Karin erklärte ihre Frage. „Ich wollte nur wissen, ob Sie finden, dass das korrekt aussieht?"

Anna nickte rasch. „Ähem, Entschuldigung."

„Also, die Leitung hat gestern beschlossen, die Betreuung und Verurteilung eines meiner Patienten aufzuheben. Für mich völlig unerklärlich. Er ist immer noch von satanischen Zwangsgedanken besessen, die grenzpsychotisch sind."

„Und er ist jetzt frei?"

„Ja, er wurde untersucht, und die Entscheidung wurde in allen Gremien schnell getroffen. Ich kann wirklich nicht dafür garantieren, dass er nicht wieder kriminell wird. Er hat früher ein kleines Mädchen ermordet. Wie sie diesen Beschluss fassen konnten, ist mir vollkommen unerklärlich. Auch wenn ich da einen Verdacht habe. Er ist nämlich der Sohn eines hohen Beamten."

„Widerlich", brach Anna spontan aus. Karin und Magnus sahen sie verwundert an. Es folgte kurzes Schweigen, während sie sie anschauten.

„Man gewöhnt sich nach einer Weile daran, ich habe es am Anfang genauso empfunden", sagte Magnus schnell und blickte auf den Tisch. „Es gilt, nicht zu viel an die Tat zu denken."

„Nein, natürlich nicht, auf dem Tisch war eine Spinne", erklärte Anna und wischte mit der Hand über die Tischkante. Sie wollte gegenüber ihren Kollegen nicht so empfindlich wirken. Aber schrecklich, dass jemand, der ein kleines Mädchen ermordet hat, freigelassen wurde. Der Gedanke tat ihr richtig weh. Die armen Eltern des Mädchens und alle, die Kinder im selben Alter haben. Sie müssten es erfahren.

„Wie komisch, jetzt eine Spinne?" Karin zog die Augenbrauen hoch und sah sie an. „Es ist doch bald Winter."

Die Tür ging auf, und Bjurberg trat ein, als sie gerade fertig waren. Er nickte Magnus und Karin zu und sah Anna an.

„Kaffee?", fragte Magnus.

„Ja, danke", entgegnete er, und Anna fand, er sah aus wie ein Grizzlybär. Komisch, dass sie immer an Tiere denken musste, wenn sie einen Menschen zum ersten Mal sah.

Magnus, der anscheinend ihre lebende Kaffeemaschine war, ging noch mal los und holte Kaffee.

Als der Kaffee da war, verschwendete Bjurberg keine Zeit. „Wir haben die Nachricht bekommen, dass wir bald einen neuen Patienten namens Villy bekommen. Miro ist sein Arzt, und Sie verantworten die psychotherapeutische Behandlung", sagte er und wandte sich an Anna.

„Das mit der kognitiven Verhaltenstherapie sieht gut aus. Und wir wollen nicht, dass darüber geschrieben wird oder wir in irgendeiner Weise Aufmerksamkeit erregen, wie Sie sicher verstehen. Es ist eine heikle Angelegenheit, weil er aus Dalarna stammt. Sie verstehen, was ich meine. Villy ist ein Musterpatient, um den wir uns kümmern. Keine Artikel darüber, nichts. Okay?" Er sah sie scharf an. „Ich habe Miro informiert, der Sie informieren wird. Vielleicht können wir demnächst sogar ein positives Medienecho bekommen, weil wir unsere Patienten nach den neuesten Methoden behandeln, aus unseren Fehlern gelernt haben und uns um unsere Patienten kümmern, so dass Villy in der Nähe seiner Heimat behandelt werden sollte."

Anna fiel auf, dass Karin ihr gegenüber verlegen auf ihrem Stuhl hin und her rutschte, in ihre Unterlagen sah und Bjurberg ignorierte.

Anna verstand es als deutlichen, stummen Protest. Anna nickte Bjurberg zu und machte sich fleißig Notizen. Sie wollte sich nicht beim allerersten Treffen mit ihm anlegen.

„Ja, das ist dann alles. Geben Sie mir oder Miro Rückmeldung, wenn Sie mit ihm losgelegt haben."

Kapitel 13

ANNA

„Da bist du ja!", rief Lina fröhlich, als Anna hinter der Klinik auf sie zuging. Lina stürzte auf sie zu und umarmte sie. „Jetzt will ich alles über deine ersten Stunden hier in Säter hören!"

Anna knöpfte die Jacke zu.

„Wieso können wir uns nicht drinnen treffen und dort reden?"

Lina drehte sich hektisch um. „Es ist besser, wenn die Leute nicht wissen, dass wir uns kennen. Okay? Jedenfalls jetzt zu Anfang."

„Na ja, es fühlt sich toll an, auch wenn es hier wirklich speziell ist."

„Das stimmt, aber man gewöhnt sich daran. Bald weißt du nicht mehr, wer verrückter ist, du oder die Patienten." Lina lächelte sie an, und Anna fragte sich, ob sie in Säter wachsamer sein müsste als gedacht.

Da war noch etwas an Lina, ohne dass sie den Finger darauflegen könnte. Sie hatte sich verändert. Als sie zusammengearbeitet hatten, war sie ein ungezwungenes Mädchen gewesen, das härter als alle anderen feiern konnte. Sie war immer die Hübscheste und ein Männermagnet. Sie war immer noch hübsch, aber in ihrem Blick lag eine Intensität, die Anna nicht kannte. Vielleicht war sie einfach nur älter geworden. Die Jahre waren vergangen, und wer war sie schon, sich Gedanken über Linas Aussehen zu machen. Sie selbst war ja gerade für eine Patientin gehalten worden.

Ihre blonden Haare fielen immer noch von ganz allein wie in einer Shampoo-Werbung. Sie hörte auf, an die alte Lina zu denken. Jetzt waren sie beide hier in Säter.

„Ich bin mir nicht sicher, ob alle es gut finden, dass ich hier angefangen habe."

Lina runzelte die Stirn.

„Die Kollegen sind ja sehr freundlich, aber dass ich auf kognitive Verhaltenstherapie spezialisiert bin und *Psychologin der Zukunft*, fühlt sich sicher nicht gut für sie an. Und Bjurberg kam zu unserem Gespräch … Ich habe einen neuen Patienten bekommen, der anscheinend *superwichtig* ist."

„Du musst dich einfach nur eingewöhnen. Tu, was sie sagen. Bjurberg ist derjenige, der bestimmt … und manchmal auch Miro."

„Das habe ich so verstanden."

Anna fühlte sich plötzlich sehr müde und sah Lina an.

Wie viel Spaß sie gehabt hatten, als sie auf Charterreisen gearbeitet hatten. Vor allem hatte sie dabei gelernt, mit allen möglichen Menschen umzugehen.

„Aber, Lina, Charterreisende in allen Ehren, aber das hier ist eine Welt, die sich von allem anderen unterscheidet."

Linas Lachgrübchen tauchten auf, ihre Augen strahlten, und einen Augenblick lang war sie wieder ganz sie selbst.

„Es ist eine sehr besondere Welt, die du betreten hast, aber ich glaube, dass du sie lieben wirst." Lina umfasste ihre Hände.

„Und du? Wie geht's dir?", fragte Anna.

„Mir geht es gut. Es passt gut zu mir. Ich habe wirklich das Gefühl, angekommen zu sein."

„Glaubst du, es passt auch zu mir?" Während Anna die Frage stellte, wurde ihr klar, dass die Antwort ja war. Sie zweifelte nicht mehr. Sie war genau da, wo sie sein sollte, und das war in Säter.

„Entweder du bleibst den Rest deines Lebens hier oder verschwindest nach ein paar Wochen."

Kapitel 14

MIRO

Miro Cilic schaltete die Ampel über der Tür ein, die signalisierte, dass er zu tun hatte, und schloss die Tür. Endlich eine kurze Pause. Er setzte sich an den Schreibtisch und öffnete das Programm für Krankenakten.

Schaukelnd lehnte er sich im Schreibtischstuhl zurück und blickte über den See.

Er hatte das beste Zimmer bekommen. Eine tolle Aussicht und kaum einsehbar. Das Zimmer war eine seiner Bedingungen gewesen, als er das Stellenangebot als Unterarzt in der Klinik angenommen hatte.

Eigentlich wollte er Oberarzt sein, doch in dieser Situation war die Stelle als Psychiater für ihn vorteilhafter. Mehr Vergünstigungen und weniger Verantwortung. Er und Bjurberg hatten bei seiner Anstellung eine Abmachung mit *den Anderen* über seine Rolle in Säter getroffen. Es war für Bjurberg zu riskant, sich selbst um diese Dinge zu kümmern. Er stand im Fokus. Cilic war bloß Psychiater, außerdem wussten sie beide, dass er dank seiner Persönlichkeit und seiner Herkunft mit viel durchkäme. Kaum jemand stellte ihn in Frage oder stritt mit ihm. Für Cilic waren die Schattenseiten des Jobs nichts im Vergleich zu dem, was er und seine Familie im Jugoslawienkrieg hatten erleben müssen. Er hatte gesehen, wie sein Onkel abgeschlachtet wurde und seine Mutter von Soldaten festgehalten wurde. Was passiert war, als die seine Mutter ins Schlafzimmer zerrten und die Tür schlossen, war nie ausgesprochen worden. Stattdessen hatten sie alles, was in ein paar Koffer passte, eingepackt, hatten ihr Zuhause verlassen und waren durch Europa bis nach Schweden gereist. Die Familie hatte ein neues Leben angefangen.

Seine Rolle in Säter passte ihm perfekt, denn es gehörten Boni dazu, die ihm und der Familie zugutekamen. Einfach eine Win-win-Situation für ihn, Bjurberg und *die Anderen.*

Miro hatte ein Gefühl der Rastlosigkeit, das einfach nicht verschwinden wollte. Seit er heute Morgen aufgewacht war, war er geil. Er legte die Hand an die Jeans, öffnete den Reißverschluss und holte seinen Schwanz heraus. Er wurde schon steif. Dann stellte er sich dasselbe vor wie immer. Wie er sich heimlich hinter eine der Assistenzärztinnen stellte. Sie war gar nicht sein Typ, mit ihrem großen Hintern und ihren kleinen Brüsten, aber aus irgendeinem Grund fantasierte er ständig von ihr. Er stellte sich vor, wie er sie an den Hüften packte, ihre weiße Jacke anhob, die Unterhose zur Seite schob und seinen Schwanz hart und brutal hineinstieß. In seiner Fantasie protestierte sie leicht, doch im Takt seiner Stöße wurde sie immer weicher und nahm ihn einfach auf.

Er schloss die Finger fester um seinen Ständer, zog ein paar Mal schnell und wichste heftig. Er zog, schloss die Augen, hielt den Atem ein paar Sekunden an, lehnte den

Kopf zurück und stöhnte laut, als er kam und das Sperma in seine Hand spritzte.

Er saß ein paar Sekunden still da, genoss die Nachwirkungen des Orgasmus. Dann stand er auf und ging zum Waschbecken, wusch sich die Hände und sprühte sie mit Desinfektionsspray ein, das er dann verrieb. Er knöpfte die Hose zu, betrachtete sich im Spiegel und fuhr mit den Händen durch die Haare.

Die Rastlosigkeit im Körper war verschwunden, jedenfalls für eine Weile.

Er setzte sich dann wieder an den Computer und kehrte zurück zu den Krankenakten.

Kapitel 15

ANNA

Anna schaltete ihren Computer gegen fünf Uhr aus. Ihre Augen waren trocken, und sie musste ein paar Mal heftig blinzeln. Genießerisch gähnte sie und streckte ihren Rücken. Sie warf einen raschen Blick auf ihr Handy. Noch mehr SMS von ihrer Mutter.

In einer Stunde würde sie ihren Vermieter treffen und die Wohnung betreten, die sie mieten wollte. Der Bürostuhl war weich gefedert, und sie lehnte sich ganz nach hinten, streckte die Arme in die Luft und lockerte ihren Nacken. Sie hatte ihren ersten Arbeitstag in Säter geschafft. Das fühlte sich gar nicht schlecht an.

Sie schaute sich im Zimmer um, drehte sich auf dem Stuhl. Dann blickte sie quer durchs Zimmer zu dem Spiegel.

Stimmt. Was hatte sie da im Spiegel gesehen? Stand etwas darauf? Oder hatte sie es sich eingebildet? Mit schiefgelegtem Kopf versuchte sie, scharf hinzusehen. Sie stand auf, ging hin und stellte sich vor den Spiegel. Sie sah blass und müde aus, wie üblich hatte ihr Haar keinen ordentlichen Scheitel, daher verstrubbelte sie es etwas mit der Hand. Jetzt, da es auf der anderen Seite lag, wirkte es nicht mehr so matt.

Und wenn sie sich etwas seitlich hinstellte? Sie atmete leicht auf den Spiegel, trat einen Schritt zurück.

Jetzt wurden die Konturen der Buchstaben deutlich. Es waren Worte, die im beschlagenen Spiegel klar zu lesen waren.

Nimm dich vor den Anderen und Zimmer 55 in Acht.

Sie machte schnell einen Schritt zurück. Mit einem dumpfen Unbehagen in der Brust schloss sie ihren Schrank auf, zog die Jacke an, legte Handy und Schlüssel ab und nahm den Koffer hinter der Tür hervor. Die Müdigkeit, die sie eben noch empfunden hatte, war wie weggeblasen. Hatte die verschwundene Psychologin diese Warnung geschrieben? Und richtete sie sich an sie?

Sie klopfte an und öffnete Karins Tür. Die saß an ihrem Schreibtisch und schaute von ihrem Computer auf.

„Ich habe in meinem Zimmer etwas Merkwürdiges gefunden." Sollte sie Karin fragen oder vielleicht erst etwas mehr herausfinden, bevor sie es jemandem erzählte?

„Ach ja, was denn?" Karin Vinterberg schob ihre Brille auf die Nasenspitze und sah sie forschend an.

Anna zögerte. Nein, sie würde nichts erzählen. Wenn die Botschaft an sie gerichtet war, dann bedeutete es, dass sie vorsichtig damit sein sollte.

Also lächelte sie nur. „Ach nichts Schlimmes, bloß eine vertrocknete Pflanze."

Karin wandte sich wieder ihrem Computer zu. „Werfen Sie sie weg, oder gießen Sie sie."

Murmelnd verabschiedete Anna sich.

Kapitel 16
ANNA

Sie zählte fünf Personen, die sich in Zeitlupe durch die Gänge des Lebensmittelladens bewegten. Den Koffer zog sie hinter sich her, die Räder ratterten durch die Flure, als ihr Blick über die Regale glitt, um etwas Essbares zu finden. Im Kühlfach lag noch eine Neunerpackung Sushi. Die Fischstücke auf ihren Reiskissen sahen ziemlich schlapp aus, aber sie hatte keine bessere Idee, um das Essensproblem zu lösen.

„Sonst nichts?“ Die Kassiererin blickte düster zu ihr auf.

„Äh, nein, das ist schon in Ordnung so.“

„Nun, das Leben ist manchmal hart“, sagte sie und scannte die Waren.

Anna runzelte die Stirn, was die Kassiererin als Frage interpretierte.

„Ja, wenn das Leben einfach so stressig ist.“ Die Kassiererin sah sie freundlich an, und Anna legte die Schachtel behutsam in eine Plastiktüte und verließ das Geschäft.

Die Wohnung, die sie mieten wollte, lag im Viertel hinter dem Supermarkt, und ihr Vermieter wartete am Hoftor auf sie. Während Anna auf ihn zuging, fühlte sie sich plötzlich schrecklich verlassen und dachte an Mathias – wäre er doch jetzt bloß mit ihr hier. Eine Großstadt verbarg viel und war auf gewisse Weise isolierend, aber in einem kleinen Ort fühlten sich alle und alles unangenehm nah an, und sie sehnte sich nach Geborgenheit und danach, seine Hand halten zu können. Nicht alles an ihrer Beziehung war schlecht gewesen. Was, wenn sie sie doch noch retten könnten?

Die Kälte kroch in sie hinein, und sie zog den Reißverschluss der Jacke zu.

Der Vermieter reichte ihr die Hand und den Schlüsselbund.

„Na, jetzt ist es also so weit. Ist der neue Job gut? Hier sind die Schlüssel. Ich hoffe, Sie fühlen sich hier wohl!"

Sie nickte und schaute zum Fenster der kleinen Wohnung hoch.

„Ach übrigens ist da ein Fleck auf dem Boden. Ignorieren Sie den. Wir haben versucht, ihn wegzuputzen."

„Was denn für ein Fleck?"

„Naja, vor vielen Jahren wohnte ein alter Mann dort. Er ist in der Wohnung gestorben und blieb eine Weile dort liegen. Keine Angehörigen, wissen Sie. Aber wir haben einen Teppich darübergelegt, damit Sie den Fleck nicht sehen. Der Geruch ist auch schon weg."

Anna bekam kein Wort heraus, und er war bereits auf dem Weg fort. Sie wollte ihm etwas nachrufen, aber stand einfach nur mit dem Schlüsselbund in der Hand da. Es fühlte sich wirklich nicht gut an, in eine Wohnung zu ziehen, in der jemand gestorben und dann so lange liegen geblieben war, dass sich auf dem Boden ein Fleck gebildet hatte. Wie entsetzlich tragisch. Doch im Moment hatte sie keine Wahl. Sie drehte sich um und zog die schwere Holztür zum Innenhof auf, trug den Koffer über das Kopfsteinpflaster zur Treppe, die in die Wohnung führte.

Der Flur war dunkel, und als sie auf den Lichtschalter drückte, knallte es, und die Glühbirne gab mit einem kleinen Blitz den Geist auf. Sie seufzte resigniert, zog ihre Stiefel aus und hing ihre Jacke zögernd auf einen Haken. Die Luft stand still und roch schwer nach alten Textilien und Staub. In der Dunkelheit übersah sie den weißen Umschlag auf dem Flurteppich, obwohl er wie mit einem schwachen Schein leuchtete.

Sie ging direkt in die Küche, öffnete das Sprossenfenster sperrangelweit und spürte sofort, wie sich die kühle, frische Luft ausbreitete. Im Wohnzimmer sah sie den großen Teppich auf dem Boden. Dort musste er gestorben sein. Den Teppich würde sie auf keinen Fall anheben. Sie dachte an ihre Mutter, die sich für Feng-Shui interessierte, sie wäre bei diesem Gedanken in Ohnmacht gefallen. Aus irgendeinem Grund fühlte sie sich durch diese Überlegung stärker, und sie lächelte.

Sie öffnete die Sushipackung, füllte ein Glas mit Leitungswasser, verrührte den Wasabi mit der Sojasauce und stopfte sich an der Spüle ein Sushi nach dem anderen in den Mund. Sie hatte keinen Appetit, wusste aber, dass sie etwas essen musste, um schlafen zu können. Sie setzte ihr Headset auf und wählte die Nummer ihrer Mutter. Es war besser, das unvermeidliche Gespräch jetzt hinter sich zu bringen. Sie würde sich jetzt wie ein Elefant mit großen Ohren verhalten, würde sich Mamas ewig gleiches Gerede anhören und kurz Dinge antworten, die sie aufmunterten.

„Hallo, ich esse gerade Sushi, falls du dich wunderst, wie ich klinge."

„Wie geht's dir?"

„Gut. Ja, richtig gut! Und dir?"

„Sicher? Es muss doch superanstrengend sein, umzuziehen, eine neue Stelle zu beginnen und all das. Ich finde, das klingt furchtbar. Ich hätte das nie getan. Bist du sicher, dass du es nicht bereuen wirst?"

„Ja, Mama, ganz sicher. Säter ist sehr schön und meine Kollegen sehr nett."

„Ja, dann … Ich habe gesehen, dass es dort zu vielen Verkehrsunfällen kommt, also weil die Straßen glatt sind, und man kann den Bewohnern von Dalarna ja nicht trauen. Ich glaube, dass sie Zugezogenen gegenüber sehr skeptisch sind. Grüße von Papa." Anna hörte die Stimme ihres Vaters im Hintergrund. Sie fragte sich, wieso er nie selbst mit ihr sprach, wieso immer alles über Mama lief.

„Gruß zurück." Sie aß ein Stück weißen Fisch.

Plötzlich wollte ihre Mutter das Gespräch beenden, weil jetzt die Fernsehnachrichten begannen. Ihr Bedürfnis war befriedigt. Sie hatte das gehört, was sie wissen musste, um ihre Unruhe für den Moment zu dämpfen. Anna legte ihr Handy beiseite und blickte aus dem Fenster. Sie sah Dachfirste und Rauch, der von einigen aufstieg. Holz, Feuer und Wälder.

So sah ihr Leben nun aus. Sushi aus dem Supermarkt und eine verschwundene Psychologin. Und die Worte auf dem Spiegel. Sie fuhr mit dem Finger über das Fensterbrett, auf dem Marmor zeigte sich ein dunkler Strich. Und ein Mann, der in der Wohnung gestorben war, die wahrscheinlich seitdem nicht mehr geputzt worden war.

Dann machte sie sich schnell bettfertig. Sie zog die Decke im Bett ab und nahm ihre eigenen Laken, streckte sich nach der Lampe und schaltete sie aus. Es war so still, so still, dachte sie noch, dann schlief sie ein.

Kapitel 17

RONNY

Ronny war gereizt, konnte nicht schlafen. Er schaltete die Nachttischlampe wieder an, nahm sein Notizbuch vom Nachttisch und schrieb ein paar Worte. Inzwischen misstrauten sie ihm die ganze Zeit. Egal, was er tat, er erntete skeptische Blicke und Widerstand. Es waren diese verdammten Ärzte, die glaubten, ihn mit Medikamenten kontrollieren zu können, und die ihn isolierten, sobald er nicht das tat, was sie wollten.

Aber sie konnten das, was in seinem Inneren passierte, nie kontrollieren, egal wie sehr sie versuchten, ihn zu therapieren und ihm Tabletten zu geben.

Ronny vertraute niemandem. Keinem einzigen Menschen. Und wieso sollte er auch? Er vertraute seiner eigenen Stimme. Die, die ihm sagte, was er tun sollte. Manchmal wurde er wütend auf die Stimme, die nicht still war, bis er tat, was er sollte. Wie damals, als er den Fünfzehnjährigen getötet hatte.

Doch dieses Mal sagte die Stimme etwas anderes. Sie sagte, dass Ronny dieses Mal etwas Gutes tun würde. Sie hielten ihn für dumm und weltfremd, aber er wusste mehr, als sie ahnten. Er wusste ganz genau, wie alles laufen würde.

Jetzt war er ruhiger, die Worte waren auf dem Papier und nicht mehr in seinem Kopf. Er lächelte und schaltete die Lampe wieder aus. Es wurde pechschwarz im Zimmer, und in der Stille wähnte er sich weit jenseits der Mauern des verschlossenen Zimmers in Säter. Bald schlief er wie ein Baby, ohne eine einzige Tablette.

Kapitel 18

BJURBERG

An diesem herbstkalten Montagabend verließ Bjurberg als Letzter die Klinik. Als er seinen Arztkittel ausgezogen und seine Wachsjacke angezogen hatte, nahm er eine Blisterpackung Tabletten aus der Tasche und schluckte zwei Talcid gegen Sodbrennen. Margareta wartete zu Hause mit einem zweigängigen Abendessen, wie jeden Tag. Er musste inzwischen sowohl vor wie auch nach dem Essen Tabletten nehmen, um es bei sich zu behalten.

Draußen war es dunkel, und nur noch sein Auto stand auf dem Parkplatz. Er schloss es auf und setzte sich auf den Fahrersitz. Der Jeep zündete mit leichtem Rauschen, dann fuhr er vom Parkplatz.

„Danke für heute“, murmelte er, hob die Hand und lächelte ein paar Pfleger angestrengt an. Im Grundkurs für Führungskräfte hatte er vor vielen Jahren gelernt, wie wichtig es ist, die Mitarbeiter zu grüßen und zu loben. Sie waren ihm egal. Der Gedanke an den Kurs machte ihn so müde, dass er breit gähnte.

Die Direktorenvilla lag in einem Viertel voller alleinstehender Patriziervillen, ausschließlich bewohnt von den Chefs der Klinik und des Stahlwerks.

Bjurbergs Haus kannten alle. Es war die luxuriöseste Villa in Säter. Als er durch das Tor und über die Kiesauffahrt fuhr, schalteten sich die Lampen am Carport an. Er stieg aus und ging den beleuchteten Weg zum Haus entlang.

Die Villa war fast fünfhundert Quadratmeter groß, und heutzutage war es wahnsinnig teuer, sie zu heizen, auch, wenn die Isolierung einwandfrei war. Die grau verputzte Fassade hatte weiße Säulen am Eingang, und das Dach war mit gebogenen Kupferziegeln gedeckt. Die Beete hatten exakte Rasenkanten, der Weg war frisch geharkt.

Dass die Tür, die lautlos aufging, unverschlossen war, bedeutete, dass Margareta ihn erwartete, und wie jeden Abend sah er direkt in die Küche hinein, wo sie am Tischende saß und Sudoku in einer Zeitschrift löste. Der Küchentisch war mit dem Alltagsservice gedeckt und die Servierplatte zugedeckt. Bjurberg ging zu ihr und küsste sie auf die Wange. Er setzte sich an seinen Platz, und sie stand auf, nahm den Deckel von der Platte und servierte ihm das Essen. Er goss Wein ein und strich Butter auf ein Knäckebrot von Leksands, das in einem Brotkorb mit karierter Stoffserviette lag.

„Wie war dein Tag?"

„Sehr gut", murmelte er und fuhr mit der Hand über die polierte Tischplatte.

„Kannst du dir über Weihnachten freinehmen? Die Kinder können vielleicht herkommen."

„Das weiß ich nicht, aber so wie es aussieht, wird es schwierig. Vielleicht wenigstens ein paar Stunden an Heiligabend." Bjurberg zog an den Haaren einer Augenbraue. „Aber bist du denn nicht der Chef im Krankenhaus?"

„Margareta. Du weißt doch, dass Chefsein bedeutet, dass man die Verantwortung trägt, ich bin verantwortlich für die Klinik."

„Ja, das weiß ich. Aber …"

„Ich kann auf deine Aber nicht antworten. Gibt es noch Kartoffeln?"

Sie streckte sich nach einem gusseisernen Topf mit Deckel und legte zwei Kartoffeln auf seinen Teller.

Nachdem er sich den Mund abgewischt hatte, ging er in sein Büro, das im zweiten Stock lag. Von dort hatte er eine Aussicht über den Hang bis nach unten zum See, wo sie einen eigenen Sandstrand und einen Steg hatten.

Das Büro hatte früheren Klinikleitern gehört, die dieselben Konditionen und dieselben Verpflichtungen für *die Anderen* hatten, sowohl innerhalb als auch außerhalb des Krankenhauses. Wenn man einmal drin war, konnte man nicht mehr raus.

Er tippte den Code für den Tresor ein, öffnete die Schreibtischschublade und holte die kleine Mahagonischachtel heraus.

Kapitel 19

ANNA

Anna wachte auf, weil sie pinkeln musste. Auf dem Weg zur Toilette fiel ihr Blick aufs Fenster, und sie dachte, dass jemand draußen im einsamen Hof war. Gleichzeitig trat sie auf etwas, das unter ihrem Fuß knisterte. Überrascht hob sie einen Umschlag auf.

Er war zugeklebt und hatte weder Adresse noch Briefmarke. Wer hatte einen Brief bei ihr eingeworfen? Sie kannte niemanden in Säter. Vielleicht war er vom Vermieter. Sie drehte ihn in der Hand um.

Mit der Spitze des Gemüsemessers schnitt sie die Kante vorsichtig auf.

Sie verschwand in Säters Wäldern
Verschluckt, aber für immer in meinen Gedanken
Ein Mädchen aus Säter falscher Geburt, aber mit einem Herzen voller Liebe
ER

Sie hielt ein paar Sekunden den Atem an. Das musste ein Irrtum sein. Was war das? Ein Liebesgedicht? Ihr Telefon piepste plötzlich. Sie drehte sich um, ging zurück in den Flur und nahm ihr Handy, darauf sah sie, dass es halb zwei war.

Es war eine SMS von Lina. *Hattest du einen schönen Tag? Ich wollte nur gute Nacht sagen. Wir sehen uns morgen.* Wieso war Lina mitten in der Nacht wach?

Um halb fünf wachte sie noch einmal auf, dieses Mal mit einem Ruck wegen eines kratzenden Geräuschs. Ihr Nachthemd war nassgeschwitzt und das Laken im Bett verdreht.

Die Nacht war pechschwarz und die Stille betäubend. Anna stand mit der Decke um die Schultern auf, ging ans Fenster und schaute in den Hof. Jetzt war da absolut niemand. Sie schauderte und zog die Decke fester um sich.

Nein, das war wohl eine Katze oder ein großer Vogel, sagte sie sich. Sie ging zurück ins Bett, aber es war ein oberflächlicher und unruhiger Schlaf, bis ihr Wecker klingelte.

Kapitel 20
MIRO

Miro Cilic hatte einen schönen Abend gehabt. Er hatte die Zigarren aus seiner Kiste geraucht, dazu gab es eine Flasche Glenlivet. In diesen Augenblicken konnte er in Gedanken zu all dem zurückkehren, was er im Krieg erlebt hatte. Es war lange her und doch immer noch in ihm präsent. Er hatte Dinge gesehen, die er nicht sehen wollte. Sachen gehört, die er nie hätte hören dürfen. Eine andere Wirklichkeit und doch immer noch so wirklich. Für psychisch Kranke gab es noch mehr Dimensionen. Er konnte seine Patienten manchmal verstehen, wie sie in ihren eigenen Varianten der Wirklichkeit verschwanden. Er selbst würde niemals die Kontrolle verlieren und sich von diesen Erinnerungen überwältigen lassen. Kontrollverlust war außerdem ein Zeichen der Schwäche.

Jetzt saß er in seinem Büro, schaukelte langsam auf seinem Stuhl und blickte über den See. Er war heute in seinem Alfa Romeo anstatt seinem Mercedes zur Klinik gefahren. Jetzt sah er den Wagen von seinem Zimmer aus. Moosgrün und elegant wie ein Smaragd, und der Motor schnurrte fast genauso wolllustig wie die Frauen, die er traf. Er zog an seinen Lippen.

Das Handy in seiner Hosentasche summte. Er nahm es heraus und sah, dass einer *der Anderen* anrief. Er richtete sich auf. Was wollten die denn jetzt? Miro hatte nichts dagegen, dass Bjurberg mehrere Angelegenheiten an ihn delegiert hatte, auch wenn er noch kein richtiger Teil des geheimen Bundes war – aber es war ihm recht, solange es sich in seinem Geldbeutel bemerkbar machte. Er warf noch einen Blick auf seinen Alfa.

Eine Begrüßung war überflüssig.

„Villy kommt zu euch, wie du sicher gehört hast."

„Ja, gibt es dafür einen besonderen Grund, oder läuft das nach den Regeln? Wird von uns erwartet, dass wir darauf reagieren?"

„Nein, das ist alles, wie es sein soll. Aber wir müssen das heute schon erledigen. Und wir müssen es schnell und ganz inoffiziell machen, damit sich niemand Fragen stellt. Der Grund für seine Verlegung ist nicht ganz legitim, sondern ein Gefallen für Bjurberg und euch, weil ihr den Skandal auf euch genommen habt."

Es folgte kurzes Schweigen, und Miro wartete auf den nächsten Satz.

Ihre Gespräche waren meist mehr Monologe als Dialoge.

„Wir anderen hatten ja dieselbe Art von Therapie und sicher ebenfalls viele falsche Geständnisse, die noch nicht entdeckt wurden. Villy ist ein Musterpatient, mit dem ihr zeigen könnt, dass ihr etwas geändert habt. Dann können wir alle das abschließen. Okay? Niemand von uns will überprüft werden, das wisst ihr ja."

„Okay, verstehe. Ich achte darauf, dass wir vorbereitet sind, wenn er kommt. Wir schaffen das, kein Problem."

Miro kratzte etwas Schmutz unter dem Zeigefingernagel heraus.

„Hallo, bist du noch da?"

„Natürlich!"

„Wir organisieren den Transport direkt vor dem Mittagessen, dann müsste er so gegen halb zwei bei euch sein. Am Vormittag schicken wir die Akten über seinen Fall, damit ihr das Material schon etwas früher habt. Tschüss."

Miro legte das Handy ab, öffnete das Programm für die Krankenakten und suchte nach Villy mittels dessen Personennummer. Er überflog die Notizen, die die Pfleger gemacht hatten. Nur ein kleiner Teil des Systems war zusammengeschaltet, und mehrere der alten, rechtspsychiatrischen Untersuchungen waren noch nicht digitalisiert, sondern befanden sich noch im Papierarchiv. Er legte eine neue Krankenakte an, mit einer kurzen Bemerkung zu Villys geplanter Ankunft, ohne das Telefonat und die Abmachung zu erwähnen. Wen sollte er mitnehmen, wenn Villy ankam? Natürlich Stark, damit die ihr Sicherheitsurteil über den Neuankömmling fällen konnte. Und, natürlich … Diese neue Psychologin, Anna.

Er suchte im Intranet in den Personalakten nach ihrem Familiennamen. Varga. Sie musste auch aus Mittel- oder Südeuropa stammen. Anna Varga. Er war direkt fröhlicher und wiederholte ihren Namen leise, er fühlte sich gut im Mund an.

Kapitel 21

SVEN JÄRRING

Er trommelte mit den Fingern auf die Tischkante und wandte sich an Bengt.

„Was machen wir jetzt? Wir dürfen bei ihr keinen Verdacht wecken."

„Bei der neuen Psychologin?"

Sven Järring nickte Bengt zu, der die Füße auf den Wohnzimmertisch gelegt hatte. Hier hatten sie über die Jahre oft zusammengesessen und über verschiedene, rätselhafte Kriminalfälle geredet. Das Feuer knisterte, als ein Holzscheit von den Flammen gespalten wurde.

Die neue Psychologin in Säter könnte ihnen vielleicht helfen, näher an Bjurberg heranzukommen und etwas über das Verschwinden der früheren Psychologin herauszufinden.

„Aber wir können doch einfach loslegen?", fragte Bengt. „Soll ich etwas in der Zeitung schreiben?"

„Nein, zum Teufel, wir haben doch gar nichts in der Hand. Du hast schon alles, was es zur Psychologin gibt, geschrieben." Er verschränkte die Arme vor der Brust und lehnte sich im Ledersessel zurück.

Bengt nickte. Das stimmte.

„Wir müssen einfach Kontakt zur neuen Psychologin aufnehmen. Aber noch nicht. Sie muss erstmal ankommen."

„Ich versuche, sie bald zu kontaktieren."

Auf dem Sofatisch lagen Bilder von Bjurberg, Miro Cilic, der verschwundenen Psychologin, Karin Vinterberg und jetzt auch Anna Varga. Das Foto stammte von Facebook, und Anna lächelte charmant in die Kamera, im Hintergrund strahlte die Sonne.

„Hübsches Mädel", stellte Sven fest und legte den Kopf schief.

Kapitel 22

MIRO

Als Miro den Personalraum betrat, war schon für den Morgenkaffee gedeckt. An diese schwedischen Routinen konnte er sich einfach nicht gewöhnen. Kaffee mit Milch. Nur im Krankenhaus konsumierte man dieses Gift immer noch in so großen Mengen. Der Raum war leer, abgesehen von Lina, die auf dem Sofa saß, die Hände um ihre Kaffeetasse gelegt. Er ging zu ihr. Sie unterdrückte ein Gähnen.

„Na, die ganze Nacht wachgelegen und an mich gedacht?" Er wusste, dass es ihr gefiel, wenn er seine Machosprüche bei ihr auspackte. Lina war genau sein Typ und wie ein offenes Buch für ihn.

„Ja, davon träumst du wohl", antwortete sie kühl und bemühte sich, nicht zu zeigen, dass sein Kommentar sie getriggert hatte.

Er setzte sich trotzdem neben sie aufs Sofa. Etwas zu nah, als es für zwei Kollegen normal war, aber er wusste, dass sie das mochte, und sie rutschte nicht weg, sondern machte eher eine fast unmerkliche Bewegung noch näher zu ihm hin. Er spürte die Energie ihres Körpers.

„Wie läuft's mit den Patienten?" Er war schließlich trotz allem ihr Ausbilder. Sie würde eine sehr gute Psychiaterin, da war er sich sicher. Sie verstand die Patienten besser als die meisten Psychiater, auch wenn sie ihre Facharztausbildung noch gar nicht beendet hatte. Ehrlich gesagt interessierte ihn ihre Antwort zu den Patienten überhaupt nicht. Er wollte nur wissen, ob sie scharf auf ihn war. Aber etwas Verstand hatte er noch, dafür war er dankbar. Hätte er nur mit dem Schwanz gedacht, wäre es jetzt gelaufen.

„Ronny – ich weiß nicht, wie ich mit ihm umgehen soll."

„Wieso musst du mit ihm umgehen? Verhalte dich einfach wie eine Ärztin."

Sie überlegte und verschränkte die Arme vor der Brust.

„Er war in letzter Zeit extrem reizbar und aggressiv."

„So ist er eben, du weißt doch, Schizophrenie …"

„Ich weiß nicht, ob ich dir das abnehme, Miro. Er führt etwas im Schilde. Ich habe so ein Bauchgefühl, dass er etwas vorhat …"

Sie nickte bei den letzten Worten.

„Ein Bauchgefühl? Gefühle überlassen wir den Psychologen. Wir arbeiten." Er machte eine Pause und ergänzte: „Lina, tu mit Ronny, was du tun musst. Okay?"

Zwei Pfleger traten ein und setzten sich in einen anderen Teil des Raums.

Lina rutschte schnell etwas von Miro weg. Er stand auf. „Jetzt suche ich mal diese neue Psychologin, Varga, Anna Varga."

Er bemerkte, dass Lina reagierte und sich anspannte, als er den Namen aussprach.

„Ist irgendetwas Besonderes mit ihr?"

„Nein, nichts, grüß sie von mir."

„Kennt ihr euch schon?" Er zog erstaunt die Augenbrauen hoch. Lina vermied, ihm in die Augen zu sehen.

„Wir kennen uns ein bisschen, oder ja, seit langem."

Miro lächelte. „Ach so."

Beide schwiegen. Miro betrachtete sie. Sie verbarg etwas, er wusste nicht was, aber da war etwas.

Kapitel 23

NILS

Woher weiß man, ob man richtig oder falsch gehandelt hat? Ob es richtig war, andere in seine persönlichen Probleme hineinzuziehen?

Nils hatte einmal versucht, mit einem Psychologen zu sprechen, aber das hatte nicht geholfen. Wie sollte der Mann in Strickjacke und Cordhose die Probleme lösen, die Nils schon sein ganzes Leben begleiteten? Psychologen waren wie moderne Priester. Sie hörten zu und sagten, dass man sich selbst und anderen verzeihen sollte. Das war das Beste, um weitermachen zu können. Nein, Vergebung würde Nils' Probleme nicht lösen.

Ihm blieben nicht mehr viele Jahre, vielleicht auch nur Monate oder Tage. Bei jedem Menschen waren die Tage gezählt, aber in seinem Alter waren es definitiv weniger.

Auf dem Tisch lag ein Foto. Es war eine Kopie. Das Original stand neben seinem Bett. Die Kopie würde er heute Nacht der neuen Psychologin geben.

Kapitel 24

ANNA

Als es zart an Annas halb geöffneter Tür klopfte, drehte sie sich um. Die Tür ging auf, und da stand ein dunkelhaariger Mann und lächelte sie mit strahlend weißen Zähnen an. Die obersten Knöpfe seines Arztkittels standen auf, das kornblumenblaue Hemd darunter steckte in einer Chinohose der eleganteren Sorte, und die Schuhe waren natürlich glänzend geputzt. Ihr war sofort klar, dass das der berühmte Arzt Miro Cilic sein musste.

„Hallo", sagte sie und drehte sich etwas zu schnell um, fast wie in einer schlechten Krankenhausserie. Sie wurde verlegen, womit sie absolut nicht umgehen konnte.

„Es hat etwas gedauert, hierherzufinden. Ich wusste nicht, in welchem Zimmer Sie sind." Er streckte die Hand aus, und sie nahm sie, sie war warm, fest, bestimmt und weich. Er hielt sie fest und ließ dann langsam los, Anna fiel das Grenzenlose in ihrem etwas zu langen Händedruck auf. Sie blieb ein paar Sekunden an seinen grünblauen Augen hängen.

„Ich habe das Zimmer der früheren Psychologin übernommen." Sie war gespannt, ob er darauf reagieren würde.

Miro sah sich um, ging zum Fenster und betrachtete den Wald darunter.

„Hübsche Aussicht. Empfangen Sie hier Ihre Patienten?"

Bevor sie den Mund öffnen konnte, kam schon die nächste Frage.

„Sind Sie in einer Beziehung?"

Anna spürte, wie die Wärme in ihren Hals und ihre Wangen stieg.

„Wieso?"

„Sie haben keinen Ring am Finger."

Dummerweise schaute sie auf ihren Finger, dabei wusste sie ja, dass dort kein Ring war. Es hätte dort einer sein können, hätte sie nicht ihre letzte Beziehung beendet.

„Nein, das ist ja sehr aufmerksam von Ihnen. Ich sehe, dass Sie selbst auch keinen Ring tragen", sagte sie schnell und deutete auf seine Hand.

„Stimmt. Was sagen Ihre Eltern dazu, dass Sie nicht verheiratet sind?"

Auch wenn seine Anwesenheit sie unsicher machte, war sie beeindruckt, dass er so schnell eines der empfindlichsten Themen in ihrem Leben ansprach.

„Meine Mutter … Sie …" Ach, was plapperte sie denn da? Sie wollte gerade eine ausführliche Antwort geben, hielt sich aber zurück. Warum stand sie hier und sprach wie ein Teenager über ihr Privatleben? Sie musste die Kontrolle zurückgewinnen.

Miro schien dies ebenfalls zu bemerken und lächelte sie freundlich an.

Sie erkannte, dass er seine Macht über Frauen geschickt zu nutzen verstand und genau wusste, wo er die Grenze ziehen musste, um sie nicht auszureizen. Anna würde keine dieser Frauen sein. Sie könnte er mit seinen Methoden nicht umgarnen. Sie trat einen Schritt zurück, um das deutlich zu machen.

„Nein, nicht der Rede wert. Dieser Patient. Deswegen sind Sie heute doch hergekommen, vermute ich?"

„Ja, der Oberarzt aus Sala hat mich wegen des neuen Patienten, Villy, angerufen. Er kommt heute, direkt nach dem Mittagessen."

Sie glaubte, dass er sich jetzt etwas entspannte und seine Haltung änderte. Vielleicht hatte sie es geschafft, ihm und seinen charmanten Methoden zuvorzukommen, ohne ihn zu kränken, was auch genau ihre Absicht war. Sie wollte Miros Respekt, nicht seine Bestätigung.

„Oh, das ging ja schnell."

„Ja, dann organisieren wir eine Übernahme direkt nach dem Mittagessen. Die Unterlagen kommen noch heute Morgen. Ich dachte, dass Sie die sicher auch durchsehen möchten, damit Sie sich auf das, was Sie mit ihm machen wollen, vorbereiten können."

„Was ich mit ihm machen will?"

Er antwortete ihr schnell, fast mechanisch. Ihm schienen Bjurbergs Anweisungen und was in der Klinik galt, sehr bewusst zu sein.

„Ich stehe Gesprächen sehr positiv gegenüber. Sie sind ja das Einzige, neben den Medikamenten, das wir den Patienten anbieten können. Aber sie dürfen nichts auslösen. Der sogenannte Therapieskandal hat der Klinik geschadet, und wie alle anderen auch sind wir nicht sehr therapiefreudig. Aber kognitive Verhaltenstherapie ist gut, und Sie werden bei vielen der Neuen dafür die Verantwortung übernehmen. Ganz unter uns ..."

Jetzt näherte er sich ihr wieder, und sie ließ es zu, weil es jetzt ein professionelles Gespräch war – eine andere Form der Kommunikation als die zwischen einem Mann und einer Frau. Er lehnte sich vor. „Auf Vinterberg und Magnus gebe ich nicht viel. Aber Sie, mit Ihren KVT-Methoden, können wertvoll sein. Deswegen haben wir ja nach dem Psychologen der Zukunft gesucht. Alles klar?" Er zwinkerte mit dem linken Auge und strich etwas von seiner Schulter, vielleicht einen Fussel. Er würde perfekt in jeden Mafiafilm passen.

Anna richtete sich auf, um zu zeigen, dass sie sich mit diesen Erwartungen nicht ganz wohl fühlte.

„KVT ist keine Wunderkur. Das glaubt man leicht, viel von dem, was über KVT gesagt und geschrieben wird, ist stark vereinfacht."

„Ich vereinfache nichts." Miro zwinkerte ihr noch einmal zu und streckte sich gleichzeitig. „Ich kümmere mich darum, dass Sie als Erste seine Krankenakte lesen können, danach bringen Sie sie mir. Okay?"

Er verließ das Büro, und Anna setzte sich wieder vor den Computer. Sie tippte auf der Tastatur herum, aber brachte nichts Richtiges zustande. Stattdessen ging sie los, um sich eine Tasse Kaffee zu holen. Gegen elf Uhr kam der Hausmeister und übergab ihr einen Umschlag. Wie üblich war es ein dicker Stapel zusammengehefteter Papiere mit einem Vorsatzblatt voller Infos und einem einleitenden Dokument.

Sie schloss die Tür und ließ sich in einen der Laminosessel sinken. Endlich fing die Arbeit richtig an. Jetzt war alles so, wie sie es erwartet hatte. Nun konnte sie in die tiefste Finsternis eines Menschen eintauchen.

FORENSISCH-PSYCHIATRISCHE UNTERSUCHUNG

Name: Villy Patrik Svensson

Personennummer: 19550913-6556

Geburtsort: Vansbro

2005 wegen Mordes zur rechtspsychiatrischen Sicherheitsverwahrung verurteilt. Erfüllt die Kriterien für eine schwere psychische Störung während des Verbrechens.

Verantwortlich für das Gutachten und die rechtspsychiatrische Untersuchung: Forensischer Psychiater und Oberarzt Bengt Jarlöv, Psychologin Lena Gunnarsson, Sozialarbeiter Mats Karlsson und Pfleger Göran Svensson, Sala

Forensische Psychiatrie. 2005.

Forensisch-psychiatrische Untersuchung, die gemäß dem Gesetz (1991:1137) über forensisch-psychiatrische Untersuchungen nach einer Entscheidung des Gerichts in einer Strafsache durchgeführt wurde.

Anna las die erste Zusammenfassung sehr genau. Darin wurde beschrieben, dass Villy Svensson zur Zeit der Tat an einer ernsten psychischen Störung gelitten hat. Das Risiko, dass Svensson rückfällig und schwere Verbrechen begehen würde, schätzte das Untersuchungsteam als gering ein, da Svenssons zuvor weder strafrechtlich noch psychisch aufgefallen war. Das klang gut. Ein relativ ruhiger Patient für sie zum Einstieg. Sie atmete auf.

Es wurde beschrieben, dass Villy in Vansbro geboren wurde, der Name der Mutter unbekannt, der Vater ebenfalls. Er kam als Pflegekind in die Familie Svensson, auch wohnhaft in Vansbro. Dort ist Villy mit einem älteren Bruder und einer jüngeren Schwester aufgewachsen. Die Pflegemutter war nicht berufstätig, sondern zu Hause bei den Kindern. Der Pflegevater Gösta arbeitete bei der Bahn. Villy wohnte während seiner gesamten Kindheit und Jugend im selben Haus und zog als Achtzehnjähriger zu Hause aus und nach Mora. Er fehlte öfter unentschuldigt in der Schule, aber der Zeugnisdurchschnitt lag im oberen Bereich.

Nichts Außergewöhnliches, dachte Anna und änderte ihren Sitz im Sessel. Sicher, eine Pflegefamilie, aber das machte niemanden automatisch zu einem Mörder.

Villy hatte laut den Unterlagen außerdem keinerlei Kontakt zur Kinderpsychiatrie oder Ähnlichem gehabt. Die Pflegemutter Greta Svensson beschrieb ihn auf Nachfrage als freundlich und still, wenn auch schwierig kennenzulernen.

Die Familienbeziehungen waren ziemlich zerrüttet, und Villy hatte heute laut den Unterlagen nur noch sporadischen Kontakt mit seiner Pflegeschwester und gar keinen Kontakt mit Greta oder Gösta. Der Kontakt zum Pflegebruder war laut den anderen Familienmitgliedern sehr selten gewesen.

Die Lektüre munterte sie richtig auf, wofür sie sich ein bisschen schämte. Es war ähnlich, wie sich zu einem Unfall hingezogen zu fühlen. Man will schließlich mehr vom Elend sehen, obwohl es entsetzlich ist.

Villy hatte während der letzten zehn Jahre als Verkäufer innerhalb der Telekommunikationsbranche gearbeitet. Er war Autodidakt und laut eigener Aussage von Kollegen wie auch Kunden hochgeschätzt. Nach vielen Jahren Kraft- und Lauftraining auf Amateurniveau war er körperlich in guter Verfassung. Er rauchte nicht, trank nicht und nahm keine Drogen. Anna knetete ihr Kinn. Es war merkwürdig, dass eine Person mit einem so makellosen Leben dann ihren Bruder umbringt und die Polizei ruft. War er sich vollkommen bewusst gewesen, was er getan hatte, oder hatte er im Gegenteil einen völligen Realitätsverlust erlitten?

Sie blätterte weiter zur Verhaltensbeschreibung, die genauso ausfiel, wie sie erwartet hatte, nämlich, dass er kooperativ war und alle Tests und Gespräche ohne abweichende Ergebnisse mitgemacht hatte. Laut Gutachten verfügte er über Sozialkompetenz und Geduld. Gegenüber den Unterzeichnenden hatte er keinerlei Aggressionsproblematik gezeigt, es war auch in den restlichen Unterlagen keine verzeichnet. Greta erinnerte sich nur an eine Handvoll Konfrontationen zwischen Villy und seinem Bruder, bei dem sie sich gestritten und geprügelt hatten. Es war nicht zu echter Gewalt gekommen, sie sah es als üblichen „Geschwisterstreit".

Das einzig Auffällige war, dass Greta beschrieb, dass er kürzere Episoden von Absencen hatte. Der Hausarzt hatte Epilepsie diagnostiziert, die im höheren Teenageralter nicht mehr nachweisbar war. Vor der Straftat hatte er sich weder einer psychiatrischen noch anderen medizinischen Behandlungen unterzogen. Das Ärztehaus hatte er nur wegen Magenbeschwerden aufgesucht. Bei den kognitiven Tests, die im Rahmen der gerichtspsychiatrischen Untersuchung durchgeführt wurden, zeigte er ein einheitliches Kompetenzprofil. Mit anderen Worten, es war wahrscheinlich nichts Neuropsychiatrisches.

Anna war plötzlich müde und füllte ihre Kaffeetasse erneut. Dass ein Mörder so „normal" sein konnte. Im Korridor blinkte eine Leuchtröhre. Alle Türen zu den Zimmern ihrer Kollegen waren geschlossen. Könnte jeder zum Mörder werden?

Bei den Persönlichkeitstests erfüllte Villy Kriterien für eine schizoide sowie eine paranoide Persönlichkeitsstörung. Jetzt sah es etwas logischer aus. Doch bei den Untersuchungen zeigte er nur ein geringes Aggressionsniveau und nichts Psychotisches, anders als bei der Tat. Ein vermuteter früherer Tablettenmissbrauch, aber nichts bei Alkohol, was in Urinproben bestätigt wurde.

Ein Test auf Villys Bindungsmuster zeigte eine unsichere, ambivalente Bindung, die zum Teil dadurch erklärt wurde, dass er an einer präverbalen Trennung von seiner biologischen Mutter litt, denn er hat sich von Greta und Gösta nie genauso geliebt gefühlt wie die Pflegegeschwister. Auch das machte einen Menschen nicht zum Mörder. Oder? Sie blätterte weiter vor zu dem Abschnitt, der sie am meisten interessierte.

ZUSTAND WÄHREND DER TAT

Bei Gesprächen zur Tat, für die Villy sich voll schuldig bekannt hat, ist seine Darstellung fragmentiert und hat Lücken. Villy beschreibt, dass er den Mord an seinem Pflegebruder mehrere Monate im Voraus präzise geplant hatte. Doch an die eigentliche Tat erinnert er sich nicht mehr.

Anna runzelte die Stirn. Gedächtnisverlust. Wieso? Im Bericht stand außerdem, dass er alle Details beschreiben konnte, wie er das Treffen mit dem Pflegebruder geplant hatte und welche provisorischen Waffen er mitnehmen musste. Er konnte chronologisch erzählen bis zu dem Punkt, an dem er vor der Tür seines Pflegebruders stand und anklopfte. Danach verschwanden seine Erinnerungen, das Nächste, woran er sich erinnerte, war, wie er rittlings auf seinem Bruder saß und die Polizei anrief.

Der diensthabende Polizist, der als Erster am Tatort eintraf, beschrieb Villy als abwesend und verwirrt mit einem gehetzten Blick. Er bekam Handschellen umgelegt, wurde in den Polizeiwagen gebracht und dann direkt ins Gefängnis. Während der Fahrt wiederholte er ein einziges Wort „Kette". Der Polizist fragte ihn, was das bedeutete, doch er antwortete nicht, sondern sah aus dem Fenster. Dem Polizisten fiel auf, dass Villy lächelte.

„Lächeln, nachdem man jemanden umgebracht hat?" Anna stellte sich die Frage laut. Das war nicht gerade sympathisch. Aber ob es ihr gefiel, war irrelevant. Sie würde daran arbeiten, bei Villy gesunde Gedanken und Emotionsprozesse zu etablieren.

Als Villy ins Gefängnis kam, gab man ihm beruhigende Benzodiazepine, und er schlief fast zwei komplette Tage. Erst nach diesen zwei Tagen bat er darum, mit seiner Ehefrau Malin und seinen zwei Söhnen zu sprechen.

Anna schaute zur Uhr und überflog das abschließende Gutachten. Villy litt laut allen Gutachtern zur Tatzeit an einer ernsten psychischen Störung. Er war wahrscheinlich psychotisch gewesen oder hatte eine dissoziative Episode.

Die übereinstimmende Empfehlung war, dass Villy Svensson in die forensische Psychiatrie eingewiesen werden und ein besonderes Entlassungsverfahren durchlaufen sollte. Er sollte Zugang zu Psychotherapie erhalten, um die Ereignisse zu verarbeiten, die zur Straftat geführt haben könnten.

Sie steckte die Papiere wieder zurück in den Umschlag. Und das war also ihre Aufgabe. Was sollte sie mit diesem Mann tun? Das müsste sich zeigen.

Kapitel 25

ANNA

Mit dem Umschlag in einer Hand schloss sie die Tür ab und ging durch das Gebäude zum Dienstzimmer von Miro und den anderen Ärzten, das am anderen Ende des kurzen Flügels lag.

Die Tür zu Miros Büro stand auf, er saß am Computer und schrieb. Er hörte sie und bedeutete ihr mit der Hand, dass sie sich auf das Zweiersofa setzen sollte. Sie reichte ihm den Umschlag, doch er machte keinerlei Anstalten, ihn anzunehmen, sondern lehnte sich stattdessen zurück und verschränkte die Hände hinterm Kopf.

„Was können Sie mir erzählen?"

Anna war überrascht. Wollte er denn nicht selbst nachlesen?

„Ein Mann, der ein Verbrechen begangen hat, für das er auch verurteilt wurde. Mord an seinem Pflegebruder. Ansonsten keinerlei frühere psychiatrische Problematik oder Kriminalität. Er scheint sozial alles geordnet zu haben, das Einzige, das abweicht, ist die Tatsache, dass er als Säugling in eine Pflegefamilie kam, dass er als Kind an irgendeiner Form einer nicht diagnostizierten Epilepsie litt und in seiner

Kindheit und Jugend eher Einzelgänger war. Heute hat er aus seiner Pflegefamilie nur noch mit der Schwester Kontakt."

„Da sieht man mal." Miro stand auf, lehnte sich ans Fenster und verschränkte die Arme. „Erzählen Sie weiter."

„Ich weiß nichts über die Beziehung zum ermordeten Pflegebruder. Als er den Mord beging, von dem es heißt, dass er präzise geplant war, schien Villy an einer Psychose oder einem ähnlichen Realitätsverlust zu leiden. Er erinnert sich nicht an die Tat, und er wiederholte manisch ein Wort. Ich erinnere mich gerade nicht mehr, welches."

„Okay, das reicht." Miro hob die Hand, freundlich, aber bestimmt. „Sollen wir jetzt zum Mittagessen gehen?"

„Ich habe mir eigentlich was mitgebracht …"

„Essen Sie das morgen, und kommen Sie jetzt mit." Miro verschloss die Krankenakte in einem Archivschrank, zog seinen Arztkittel aus und hielt ihr die Tür auf. Sie gingen durch den Flur und zwei Treppen hinunter zur Kantine, dabei musste sie fast laufen, um mit ihm Schritt zu halten.

In Säter gab es eine anerkannte Hierarchie, die Anna bereits bemerkt hatte, und sie hatte Angst, die herauszufordern. Sie fühlte sich in dieser Situation gar nicht wohl. Die Ärzte waren eine eigene Gruppe. Sie suchte nach Lina, aber sah sie nirgendwo. Plötzlich fühlte sie sich wie ein gejagtes Gnu in der Savanne, schaute sich um, um nachzusehen, wer noch in der Kantine war, und bemerkte, dass sie ihr erstes Mittagessen mit den Ärzten zusammen einnahm. Psychologen und Ärzte aßen eigentlich getrennt.

Sie nahm frittierte Scholle und Miro einen Krabbensalat. Er schien auf Gesundheit bedacht zu sein, überlegte sie. Er führte sie zum Arzttisch mit Aussicht über den See.

„Na, wir werden sehen, ob das Personal aus Sala noch etwas ergänzen kann." Miro spießte eine Krabbe auf die Gabel und aß.

„Man sollte ja keine verfrühten Schlussfolgerungen ziehen, aber ist es nicht ungewöhnlich, dass jemand eine so ernste Straftat begeht, ohne vorher mit dem Gesetz in Konflikt gekommen zu sein?"

„Ungewöhnlich, aber nicht unmöglich. Man weiß eigentlich nie, wozu ein Mensch fähig ist. Wissen Sie, dass es im Grunde unmöglich ist, vorherzusagen, ob jemand straffällig wird oder nicht? Studien haben gezeigt, dass unsere Instrumente zur Begutachtung auch nicht besser als der Zufall sind. Das heißt, wenn wir zufällig entscheiden, ist das Ergebnis ungefähr dasselbe, als wenn wir durch Analysen zu einer Entscheidung kommen."

„Aber was, glauben Sie, was können wir von Villy erwarten?"

„Gar nichts, glaube ich. Aber vielleicht ändert sich das, wenn er hierherkommt, dann kann ja etwas Neues passieren. Ansonsten folgen wir dem Behandlungsplan. Sie machen mit ihm KVT. Außerdem kann es etwas bei ihm auslösen, dass er wieder in seiner Heimat ist."

Anna schaute auf ihren Teller und sortierte ein paar dünne Gräten aus.

„Okay. Das ist kein Problem."

„Wer hat was von Problemen gesagt?", meinte Miro lächelnd.

Damit hatte er recht, dachte sie und konzentrierte sich aufs Essen.

„Mahlzeit."

Sie drehte sich schnell um und sah Bjurberg direkt in die Augen.

„Hallo." Miro streckte sich sofort. „Setz dich." Er zog den Stuhl neben sich heraus.

„Haben wir uns schon getroffen?", fragte Bjurberg und nickte Anna zu.

„Ja, das habt ihr. Kürzlich beim Meeting der Psychologen. Das ist Anna Varga, unsere neue Psychologin", antwortete Miro schnell, als wolle er die Situation retten. Anna lächelte und war Miro dankbar, ihr und Bjurberg die Peinlichkeit zu ersparen.

„Ja, stimmt. Ich leide an Prosopagnosie."

Anna grübelte. Diese Diagnose bedeutete, dass er Schwierigkeiten hatte, Gesichter zu erkennen.

„Seit wir viele neue Kollegen haben, erinnere ich mich nicht mehr an alle." Er machte eine Pause und stellte sein Tablett auf den Tisch. „Wir werden Sie in Zukunft oft einsetzen. Ich werde zu gegebener Zeit mit Ihnen darüber sprechen. Sie sind wichtig für uns, wie ich bereits gesagt habe."

„Absolut."

„Wir werden direkt nach dem Mittagessen den neuen Patienten übernehmen, deswegen müssen wir bald gehen", entschuldigte Miro sich.

„Er kommt also schon heute."

Miro wandte sich an Bjurberg und flüsterte ihm etwas zu. Dann sagte er laut: „Ja. Stark kommt wie üblich auch zum Gespräch."

„Selbstverständlich", erwiderte Bjurberg, nun mit dem Mund voller Gulasch.

Anna fiel nichts mehr ein, was sie sagen könnte, und aß die letzten Bissen schweigend.

„Kaffee?", fragte sie schließlich Miro.

„Nein. Ich trinke keine koffeinhaltigen Getränke. Ihr Schweden mit eurem Kaffee." Miro zwinkerte und stupste Bjurberg in den Rücken.

Bjurberg sah auf und lächelte schief. Anna konnte auch mit allen möglichen Analysen die Beziehung dieser beiden Herren nicht verstehen.

Nachdem sie ihre Essensreste ordentlich getrennt weggeworfen hatten und auf dem Weg aus der Tür waren, wurde sie nervös. Miro schien ihre Gedanken zu lesen.

„Das wird schon gutgehen."

„Können Sie auch Gedanken lesen?" Anna wagte einen kleinen Scherz.

„Ja, das kann ich tatsächlich. Meine Großmutter in Belgrad hatte das zweite Gesicht."

Kapitel 26

ANNA

Ein schwarzer Van, zur Sicherheit mit Polizeiverstärkung, kam zur erwarteten Zeit, direkt nach dem Mittagessen.

Vor Villys Übergabe musste er aufgenommen werden, und das Personal ging mit ihm die Sicherheitsroutinen durch. Stark kümmerte sich wie üblich darum, währenddessen wartete Anna mit Miro im kahlen Konferenzraum.

Anna schielte manchmal zu Miro. Er war wirklich anders als jeder andere Arzt, dem sie bisher begegnet war. Aber sie konnte nicht genau sagen, woran das lag. Er schaute von seinem Computer auf und lächelte sie an. Er sagte nichts. Anna merkte, dass sie rot wurde, und sah weg. Das durfte nicht noch einmal passieren. Sie verdrängte die Gefühle.

Miro, der sicher aus Erfahrung wusste, dass es länger als erwartet dauern konnte, hatte seinen Laptop mitgebracht und machte darauf etwas, was Anna nicht sehen konnte. Er war offensichtlich konzentriert, klickte, betrachtete den Bildschirm, klickte weiter.

Ein Arbeitstherapeut steckte den Kopf zur Tür herein und verkündete, dass der Rest in fünf Minuten käme.

„Ich habe nach Villy Svensson gesucht. Es gibt ziemlich viele Treffer bei diesem Namen."

Anna drehte sich um

„Darf man das? Nach Patienten googeln?" Das schien unprofessionell.

„Na ja, dürfen. Manchmal findet man im Internet bessere Informationen als in unseren Krankenakten."

Vor der Tür hörte man Stimmen. In dem Moment, in dem die Tür geöffnet wurde, klappte Miro seinen Laptop zu und stand schnell auf.

Auch Anna stand rasch auf, fast in Habachtstellung.

Drei Personen kamen mit Stark ins Zimmer. Eine Krankenpflegerin sowie ein jüngerer Mann, der sich als Villys Kontaktperson vorstellte.

Und schließlich Villy selbst.

Kapitel 27

NILS

Warum machte er das mit den Zetteln? Sollte ihn das jemand fragen, wüsste Nils keine Antwort darauf, aber er war zu dem Schluss gekommen, dass es die einzige Möglichkeit war. Das ging ihm wieder durch den Kopf, als er aus der Tür trat, um im Supermarkt einzukaufen. In der Hand hielt er eine Liste mit dem Wichtigsten. Nils hätte das ganze Geschäft kaufen können, wenn er wollte. Aber was sollte er mit einem Supermarkt? Er lächelte etwas bei dieser Vorstellung, die lächerlich war, wenn auch wahr. Er konnte im Prinzip alles kaufen. Aber das half ihm nichts, wenn man das Wichtigste im Leben nicht kaufen konnte.

Er wollte der Psychologin ein paar Anhaltspunkte geben, damit sie neugierig wurde und anfing, nach der Antwort zu suchen. Ein Freund, dessen Tochter in der Klinik arbeitete, hatte von ihr erzählt. Es war nicht schwer gewesen, herauszufinden, wo sie wohnen würde. Der Vermieter war ein großer Schwätzer. Außerdem hatte die Arme die Wohnung bekommen, in der Leif gestorben war.

Was mit Nils großer Liebe geschehen war, war ihm ein Rätsel, und er wollte wirklich Seelenruhe erreichen und mit dem Wissen, was ihr passiert ist, einschlafen. Er wusste, dass die Antwort in Säter zu finden war. Außerdem hatte ihm sein Körper in den letzten Monaten immer wieder Zeichen gegeben, dass ihn das Leben verließ. Müdigkeit, Schmerzen … Es fühlte sich an, als entwich die Lebenslust bei jedem Atemzug in kleinen Zügen.

Der früheren Psychologin hatte er auch Zettel gegeben. Er hatte sie sogar getroffen, und sie war ein warmer, freundlicher Mensch gewesen. Sie hatte seine Hand mit ihrer umfasst und beteuert: „Nils, ich werde versuchen, mehr darüber hinauszufinden. Das verspreche ich dir." Ein paar Tage später hatte er in der Zeitung gelesen, dass sie verschwunden war, und sich unerklärlicherweise schuldig gefühlt.

Kapitel 28
ANNA

Anna musste schnell den Mund schließen, damit man nicht sah, wie erstaunt sie bei Villys Anblick war, aber sie hoffte, dass niemandem ihre Reaktion aufgefallen war. Sie schaute zu Miro, um dessen Reaktion zu sehen, aber entweder war er sehr routiniert, oder er hatte ein echtes Pokerface. Durch die Unterlagen zu Villy hatte sie sich ein Bild von ihm gemacht, das aber überhaupt nicht stimmte.

Sie erinnerte sich an Vorlesungen über die Entstehung von Vorurteilen, wenn man bestimmte Vorinformationen bekam und diese dann mit früheren, genauso selektiven Erfahrungen verband. Informationen werden akkumuliert und assimiliert, und schwups ist ein Stereotyp entstanden. Für einen Verurteilten in der Rechtspsychiatrie gab es ein klares Stereotyp.

Die Person vor ihr hatte Würde und sah gut aus. Wie ein älterer, guterhaltener Theaterschauspieler, vielleicht so einer, nach dem Lina und sie in einer Kneipe geschaut hätten, wäre er zwanzig Jahre jünger. Genau wie seine Eskorte reichte er selbstbewusst Miro und Anna die Hand.

War das ein Mörder? Und darüber hinaus jemand, der so krank war, dass man ihn nicht ins Gefängnis, sondern in die forensische Psychiatrie steckte?

Sie verdrängte die Gedanken schnell, schüttelte seine Hand, die warm war wie Sand an einem Sommertag. Alle sechs setzten sich an den Tisch.

Stark nickte Miro zu, er sollte anfangen.

Die Besprechung und die Übergabe dauerten keine Stunde.

Anna schwieg die meiste Zeit, hörte zu und bemühte sich, so viel wie möglich darüber zu lernen, wie man in Säter einen neuen Patienten aufnahm. Ihr Blick fiel mehrfach auf Villys Gesicht, Falten zogen sich von der Nase zum Mund. Durch die hellen Bartstoppeln leuchtete das Gesicht.

Villy erhielt Informationen über sein Zimmer und seine Station und von Stark über die Routinen, was Freigang für Neuankömmlinge in Säter anging und wie der mit oder ohne Personal gesteigert werden konnte, je nachdem, wie er sich in der Umgebung machte. Und schließlich erfuhr er, dass er eine begrenzte Zeit lang zur KVT-Therapie zu Anna gehen würde. Als das gesagt wurde, nickte er Anna zu und schenkte ihr ein formelles Lächeln.

„Das wird gut“, sagte sie und merkte gleichzeitig, wie merkwürdig das klang. Wieso gut?

Villy lächelte sie an. „Trainieren Sie auch mit mir?“

„Trainieren? Nein, das tue ich nicht.“ Etwas verlegen drehte Anna sich Miro zu. Was war das denn für eine Frage für sie als Psychologin?

„Wenn wir Routinen etabliert haben und sehen, dass alles funktioniert, gibt es auch Training.“

Miro hob das Kinn an und setzte sich. „Aber natürlich wird die Psychologin Sie nicht dabei begleiten."

„Nein, selbstverständlich nicht." Villy lächelte.

„Wenn Sie sich gut machen, dürfen Sie auch joggen", ergänzte Miro mit einem kurzen Lächeln.

„Und Bücher? Wann kann ich Bücher ausleihen?"

Was für ein Bilderbuchpatient, dachte Anna. Was hatte ihn zu einem Mörder gemacht?

Als Stark Villy auf seine Station brachte, ging Anna zurück in ihr Büro, und plötzlich fiel ihr der Brief wieder ein, den sie heute Morgen bekommen hatte. Er war sehr merkwürdig. Ohne Absender, Briefmarke oder Adresse. Es könnte auch sein, dass er falsch gelandet war. Der Inhalt des Briefs verwirrte sie.

„Anna, Kaffee?"

Schon wieder? Magnus stand in der Tür, und sie roch Kaffeeduft.

„Ja, gern, eine Tasse, danke." Sie hatte eigentlich gar keine große Lust darauf, aber es war wohl am besten, sich den Routinen der anderen anzupassen, genau wie für die Insassen galt es auch für sie, dass sie die Abläufe in Säter kennenlernen und sich dann einfügen musste.

Sie folgte Magnus in den Personalraum, der deutlich kleiner war als auf den anderen Stationen, aber auch sehr viel sorgfältiger eingerichtet, mit rotem Stoff und ein paar ausgewählten Pflanzen in hübschen, bunten Übertöpfen. Sogar das Service schien etwas Besonderes zu sein.

Magnus erzählte ihr, dass die verschwundene Psychologin sich sehr dafür engagiert hatte, dass ihre Umgebung angenehm war. Neben ihrer psychodynamischen Ausrichtung vertrat sie auch die Ansicht, dass sich die Umgebung psychisch auswirkte. Sowohl auf die Insassen wie aufs Personal.

Anna hatte plötzlich den Drang, Magnus von Villy zu erzählen und von dem Brief. Und was auf dem Spiegel in ihrem Zimmer gestanden hatte. Es gab hier kein Zimmer 55, was sollte das also? Und sie wollte über Miro Cilic reden. Und dass sie mit den Ärzten zu Mittag gegessen hatte.

Doch war Magnus auf ihrer Seite? Sie war sich plötzlich unsicher. Aber sie wollte ihm zeigen, was auf dem Spiegel in ihrem Zimmer stand. Das war ja ohnehin nichts, das er geheim halten musste oder das ihr selbst schaden könnte.

„Apropos Zimmer und Einrichtung. Ich habe ja das Büro der früheren Psychologin übernommen."

Magnus nickte.

„Ich würde Ihnen da gern etwas zeigen. Passt es jetzt?"

„Ja, natürlich." Magnus sah erstaunt aus.

Während sie durch den Flur zurück gingen, piepste es in ihrer Tasche. Sie entschuldigte sich und nahm das Handy heraus.

„Oh, ich habe vergessen, auf lautlos zu stellen."

Sie sah auf das Display. *Hallo Anna Varga, mein Name ist Sven Järring, ich bin Kriminalkommissar in Dalarna …* Mehr Text sah sie nicht. Sie steckte das Handy schnell wieder in die Tasche, aber es lief ihr eiskalt über den Rücken. Was wollte denn ein Kommissar von ihr?

Anna schloss die Tür zu ihrem Büro mit der Zugangskarte auf. „Sie dürfen jetzt nicht denken, dass ich irgendwie komisch bin, aber in meinem Zimmer steht etwas, über das ich mich wundere."

Magnus lächelte unsicher.

Sie ging zum Spiegel. Doch als sie darauf zeigte, zögerte sie plötzlich. Magnus folgte ihr und blickte verwundert an ihr vorbei.

Sie trat etwas zur Seite und hauchte auf den Spiegel. Sie sah Magnus' Silhouette hinter sich im Spiegel. Der war ganz blank. Kein Wort erschien im Kondenswasser.

„Wo?"

„Gestern stand hier etwas." Sie wischte mit der Hand über den Spiegel und ihr eigenes Gesicht.

Magnus runzelte die Stirn und lachte. „Auf dem Spiegel? Auf dem Spiegel in Ihrem Büro stand etwas?"

„Ich schwöre, gestern hat hier etwas gestanden. Über irgendwelche Anderen und ein Zimmer ... 55?" Anna starrte sich im Spiegel an. Sie war sich ganz sicher, dass da gestern etwas gestanden hatte. Jemand musste den Spiegel geputzt haben, wahrscheinlich das Reinigungsteam.

„Vielleicht haben Sie sich getäuscht. Es gibt hier in Säter weder eine Station noch ein Zimmer mit Nummer 55." Magnus sah sie zweifelnd an. Sie erkannte, dass sie die Situation schnell retten musste.

„Ja, das habe ich wohl. Vielleicht sollte ich mal prüfen lassen, ob ich eine Brille brauche."

„Oder es waren wieder Spinnen", sagt Magnus grinsend, aber in einem Tonfall, der ihr aus dieser Situation heraushalf. „Also dann, ich muss wieder an die Arbeit. Bis später." Er ging hinaus und schloss die Tür hinter sich.

Anna setzte sich verdattert an den Schreibtisch. Das, was gestern noch dagestanden hatte, war heute weg. Sie hatte sich nicht getäuscht.

Sie nahm das Handy aus der Tasche und las den Rest der SMS. *Wenn Sie mal jemanden zum Reden brauchen, können Sie sich bei mir melden. Einen schönen Tag noch! MfG Sven.*

Anna starrte das Display an und dann den Spiegel.

Kapitel 29

NILS

Für Nils waren alle Wochen gleich. Aufstehen, Morgenspaziergang, Rudern, Kaffee, Supermarkt, Kochen. Er mochte Routinen und dass jeder Tag gleich ablief. Das vermittelte ihm das Gefühl, sein Leben unter Kontrolle zu haben.

Wenn man so lange allein lebte wie er, standen die eigenen Bedürfnisse ganz oben. Erst danach kam die Umwelt. Aber er wurde trotzdem als freigiebiger und großzügiger Mensch gesehen. Die Nachbarn und die Bewohner von Säter, die Nils alle kannten, mochten und respektierten ihn.

Viele Frauen hatten bei den jährlichen Festen im Säterdal versucht, ihm näherzukommen. Aber Nils war nie interessiert, so dass er nach einer Weile nicht mehr zu diesen Tanzabenden ging.

Er hatte nie daran geglaubt, dass man im Leben die Liebe mehr als einmal treffen kann. Für ihn war die Liebe seit langem verblüht und verbraucht. Die Nachbarin Hillevi hinterfragte sein Junggesellenleben immer wieder, wenn sie an manchen Sonntagabenden mit einer Scheibe Hackbraten und brauner Sauce vorbeikam. Dann lachte Nils und sagte, dass sie sich keine Sorgen machen müsste. „Das Leben hat auch für mich einen Plan. Und ich folge ihm ganz einfach."

Nils war wie üblich am See gewesen, hatte seine morgendliche Ruderrunde absolviert und seinen Kaffee und sein Brötchen genossen.

Dann hatte er die *Södra Dalarnes Tidning* gelesen, die die Regionen Säter, Hedemora und Avesta abdeckte. Eine verschwundene Katze, eine Psychiatrieabteilung, die geschlossen werden soll, ein städtischer Beamter, der eine goldene Uhr erhält, und die Ergebnisse eines Golfwettbewerbs.

Der Himmel war strahlend blau, als Nils zum Einkaufen durch Säter ging. Die Herbsttage konnten unfassbar schön sein, mit ihren intensiven Farben über dem See und dem Wald mit blutroten Blättern zwischen gelben Baumkronen.

Man musste all das nutzen, was man hatte. So aß er alle Reste immer penibel auf und konnte einfach nicht verstehen, dass so viel Essen weggeworfen wurde und übrigblieb. Als er ein Kind war, war es selbstverständlich, aufzuessen, obwohl sie genug Geld hatten. Vaters Zorn traf sie, wenn sie den kleinsten Fehler machten. Daher wagten sie es nicht, den kleinsten Krümel auf dem Teller übrig zu lassen.

Nils wusste, dass er großes Glück gehabt hatte, in eine so reiche Familie geboren worden zu sein und ein Vermögen geerbt zu haben. Aber sein Vater war ein Tyrann gewesen, der mit harter Hand regiert hatte. Das hatte bei Nils und seinem Bruder lebenslange Spuren hinterlassen. Das Vermögen war heutzutage eher eine Belastung als ein Schatz. Was auch immer er mit dem Geld angestellt hatte, es war für seinen Vater nie gut genug gewesen.

Außerdem brauchte er das Geld nicht. Und er hatte keine Erben. Manchmal, wenn sein Finanzberater von der Bank ihn anrief und erzählte, wie viele Millionen Zinsen er bekommen hatte, hatte er es vor allem als Last gesehen und sich gefragt, was er mit dem Mist bloß machen sollte.

Es gab viele Frauen, die hinter dem Vermögen her waren und gern ihr Leben als Schulkantinenangestellte gegen eins als Nils' Ehefrau tauschen würden. Gunbritt aus dem Nachbarhaus, die ihm jede Woche Essen brachte oder ihn zum Kartenspielen zu sich einladen wollte. Das war zwar nett, aber er hatte das Gefühl, dass es nicht ohne Hintergedanken geschah.

Es gab nur eine, die für diese Rolle perfekt war. Aber das war zu lange her.

Es verging kein Tag, an dem er nicht an sie dachte.

Kapitel 30

LINA

Lina war in ihrem Büro und nahm ein paar Unterlagen aus ihrem Aktenschrank, als sie sich plötzlich beobachtet fühlte. Ihre Tür stand einen Spalt breit auf, und sie drehte sich langsam um.

Miro Cilic lehnte am Türrahmen. Er trug keinen Arztkittel und sah entspannt aus. Lina spürte, wie durch seine Anwesenheit ihr Blut durch den Körper rauschte, und ihr wurde warm am Hals.

„Hast du zu tun?“, fragte er und kam, ohne auf ihre Antwort zu warten, auf sie zu. Er schloss hinter sich die Tür. Es war kurz vor fünf, und alle offiziellen Besprechungen waren erledigt. In einer Stunde erfolgte die Übergabe an die Nachtschicht.

„Nein, gar nicht.“ Die Antwort kam ganz automatisch, ohne nachzudenken.

Lina schob mit der Hüfte die Schublade zu und stellte sich direkt vor ihn. Empfänglich, offen wie eine Blume stand sie vor ihm.

Der Körper sprach nur eine Sprache, und Miro wusste genau, was sie wollte.

Sie streckte die Hand unter den Schreibtisch und drückte auf den Knopf für „besetzt". Jetzt leuchtete die Ampel draußen an ihrer Tür rot. Zur Sicherheit schloss Miro die Tür ab.

Er trat auf sie zu, so nah, dass sie seinen warmen, feuchten Atem an ihren Lippen spürte. Langsam berührte er mit seinen Lippen ihre Unterlippe, sog daran, dann packte er ihr Gesicht und drückte sie hart an sich. Er küsste sie intensiv, aber weich.

Sie gab die Küsse zurück und ließ ihren Körper antworten, indem sie sich so eng an ihn presste, dass sie die Wärme durch den Stoff seiner Kleider spürte. Sie merkte, dass sein Schwanz hart und bereit für sie war.

Es fühlte sich an, als würde sie explodieren, wenn sie ihn nicht sofort in sich hätte. Miro öffnete die obersten Knöpfe ihrer Bluse, streichelte ihre linke Brust und leckte und saugte an ihrer Brustwarze. Sie stöhnte hemmungslos im schallisolierten Zimmer.

Er öffnete seine Hose, und sie tat dasselbe, der Reißverschluss an ihrer Baumwollhose glitt leicht auf, und sie war froh, dass sie ihren türkisgrünen Seidenslip trug.

Seine Finger drangen in sie ein, spielten mit ihr. Sie war feucht, und seine Finger glitten leicht rein und raus. Miro und Lina bewegten sich eng umschlungen zum Bürostuhl. Er setzte sich mit gespreizten Beinen hin, sie stieg aus ihrer Hose, zog den Slip aus und setzte sich stöhnend auf ihn.

Es war so gut, dass sie aufschreien wollte. Miro führte sie bestimmt auf und ab, mal schnell und intensiv, dann wieder langsam und vorsichtig. Es dauerte nicht lange, und beide zitterten im Orgasmus, und er stöhnte noch etwas mehr, als er in ihr explodierte.

Sie blieben noch ein paar Sekunden sitzen. Miro ließ sie ihren Kopf an seine Schulter lehnen und strich ihr sanft übers Haar. Aber sie sagten kein Wort.

Dann stand sie vorsichtig auf und trocknete sich mit einem Papiertaschentuch ab. Er tat dasselbe, und schweigend zogen sie sich wieder an, ohne dass sich ihre Blicke trafen.

„Fühlst du dich gut?“ Miro brach das Schweigen zwischen ihnen.

„Ja.“ Sie lächelte und fühlte sich strahlend und befriedigt.

„Gut.“

Am Waschbecken in ihrem Büro machten sie sich frisch, und Miro betrachtete sich genau im Spiegel, kämmte die Haare, bis sie ganz perfekt lagen und sein Körper keine Spuren mehr von dem, was gerade geschehen war, zeigte.

Er ging zur Tür, nickte Lina zu, dass er jetzt ging. Er verschwand schnell und schloss hinter sich wieder die Tür.

Lina drückte die rote Ampel weg und hoffte, dass niemand etwas gesehen oder gemerkt hatte.

Kapitel 31

Die Übergabe an die Nachtschicht machte ein Krankenpfleger. Er war routiniert und hielt sich nicht unnötig lang mit Details auf, sondern ging die Stationen sachlich Patient für Patient durch.

Die diensthabende Ärztin war eine Leihärztin mit viel Erfahrung aus der Psychiatrie in Stockholm. Ihre streichholzdünnen Beine trugen einen kräftigen Körper samt Bauchfett und Stiernacken, ihr Gesicht war durch gereizte, oberflächliche Adern rötlich und wurde von dünnem, blondem Haar eingerahmt.

Die Patienten liebten sie, und sie arbeitete gut mit dem restlichen Team zusammen. Sie diskutierte mit Bjurberg, ob manche gerade heute Abend etwas zum Einschlafen brauchten und wie es mit Villy lief.

„Wir machen einen Schritt nach dem anderen, er hat sein Zimmer und seine Kontaktpersonen auf der Station bekommen. Cilic ist für seine medizinische Behandlung verantwortlich und eine neue KVT-Psychologin, Anna Varga, für seine Gesprächstherapie."

Die Ärztin hob die Augenbrauen.

„Anna Varga. KVT-Psychologin. Na, sieh an, dann machen Sie also mit Psychotherapie weiter?"

„Natürlich, aber nur mit evidenzbasierter und mit Fokus auf problematischem Verhalten hier und jetzt. Also KVT."

„Ich verstehe, ich verstehe."

„Der Nächste", sagte Bjurberg und nickte dem Pfleger zu, mit seiner Liste weiterzumachen.

Kapitel 32
RONNY

Ronny lag im Bett, die Lampe angeschaltet, sein Herz pochte, und das Adrenalin rauschte, so dass sich die Wärme wie Wasser in ihm ausbreitete.

Heute hatte er die Erlaubnis bekommen, seine E-Mails abzurufen. Was er da gelesen hatte, hatte ihn so aufgeregt, dass das Blut wie Heroin durch seinen Körper floss. Auf seinem Nachttisch lagen mehrere lebenswichtige Dokumente.

Auch wenn es in ihm chaotisch zuging, so lächelte er zum ersten Mal seit Tagen. Er musste das hier irgendwie regeln.

Und es gab zwei Personen, mit denen er leichter verhandeln könnte. Die eine war Lina, weil er sie in der Hand hatte. Und die andere war ein Mann, der Drogen in und aus der Klinik schmuggelte. Die meisten Insassen, die noch einigermaßen richtig im Kopf waren, wussten, was er tat. Dank Leuten wie ihm ertrug man es, in dieser Hölle eingesperrt zu sein, anders konnte man in einer solchen Umgebung nicht überleben.

Manchmal hatte Ronny den Verdacht, dass die Leitung wusste, was sich zwischen ein paar der Pfleger und den

Insassen abspielte, es aber bewusst ignorierte, weil es den Insassen als Druckabfuhr diente und es auf den Stationen ruhig war und glattlief. Manchmal brauchten die Pfleger Drogen und manchmal die Insassen. So war das Leben eben. Komplizierter war es nicht, dachte Ronny. Wir alle brauchen irgendetwas.

Ronny, der insgesamt zehn Jahre in der forensischen Psychiatrie gearbeitet hatte, war bei den Mitarbeitern berüchtigt.

Aber diesmal war er nicht darauf aus, sich mit anderen anzulegen, sondern er wollte etwas für sich selbst tun.

Kapitel 33

ANNA

Annas Gedanken wirbelten herum wie Pingpongbälle, und sie konnte sie nicht einfangen. Sie würde nach der Arbeit laufen gehen. Das war die beste Medizin gegen alles. Sie hatte die Worte ganz sicher im Spiegel gelesen und ärgerte sich, dass sie kein Foto davon gemacht hatte, und wieso hatte sie eine SMS von einem Polizisten bekommen?

Sie öffnete den Webbrowser auf ihrem Handy, vielleicht fand sie im Netz etwas über all das? Hatte es etwas mit der früheren Psychologin zu tun? Sie suchte nach „verschwundene Psychologin in Säter". Über die ersten Artikel in den großen Tageszeitungen scrollte sie weg, da würde sie nichts finden. Sie müsste auf Seiten gehen, auf die sie lieber nicht ginge, und dort würden Dinge stehen, die sie vielleicht gar nicht wissen wollte. Sie schloss die App.

Dann zog sie eine Windjacke und darunter ein Fleece an und warf einen Blick aufs Handy. Die Wetterapp zeigte, dass es nur ein paar Grad über null waren. Sie öffnete die Laufapp und ihre Playlist, lief die Treppe hinunter und raus auf den Hof. Sie joggte vorbei an Häusern voller Schnitzereien, Sprossenfenstern und Glasveranden, bis zum Stadtrand.

Wenn man bedachte, dass sich nicht weit von dieser hübschen Idylle entfernt die kränksten Menschen befanden, die die schrecklichsten Verbrechen begangen hatten. Und da arbeitete sie nun.

Der Weg führte am Hembygdsgården vorbei, hoch nach Åsgårdarna, dem Neubauviertel.

Nach zweieinhalb Kilometern kehrte sie um. Fünf Kilometer sollten für heute reichen, also lief sie wieder zurück zur Wohnung. Sie bog um eine Ecke, und durch die Musik in ihren Kopfhörern hörte sie nicht, dass da ein Fahrrad schlingerte. Ohne zu begreifen, was passierte, wurde sie an eine Hauswand geworfen. Sie schrie vor Schmerz auf. Anna kam wackelnd auf die Füße. Ihre Hose war an den Knien zerrissen. Sie sah zu dem schlaksigen Mann hoch, der von seinem Fahrrad aufstand.

„Mein Gott … Entschuldigen Sie."

„Entschuldigung, ich bin gelaufen, ohne aufzupassen."

Sie spürte, wie der Schmerz ausstrahlte und die Haut an den Knien spannte und das Blut zu fließen begann. Der Mann schien unverletzt und bot seine Hilfe an, was Anna aber ablehnte. Er streckte seine Hand aus.

„Hallo, Bengt, ich bin Reporter bei der *Södra Dalarnes Tidning*."

Mit gebeugtem Rücken begrüßte Anna ihn und hielt gleichzeitig ihr Knie fest.

„Sie sind die neue Psychologin, stimmt's?"

Sie sah zu ihm hoch. „Ja, woher wissen Sie das?" Sie hatte Schmerzen und sah wahrscheinlich nicht sehr freundlich aus.

„Hier in Säter kennt jeder jeden."

Sie schwiegen.

„Ja …“ Bengt trat näher auf sie zu. „Vielleicht möchten Sie mal einen Kaffee trinken oder so. Es kann von Vorteil sein, wenn man hier in der Stadt Freunde hat. Melden Sie sich einfach.“

Anna hatte ein komisches Bauchgefühl.

„Ja, okay, danke.“ Sie drehte sich um und hinkte nach Hause.

Anna säuberte ihr Knie und warf die Laufhose in den Müll. Dann machte sie sich ein Müsli. Das konnte kein Zufall sein. Der Brief. Die SMS vom Polizisten. Und jetzt der Reporter. Was sollte sie tun, und mit wem sollte sie reden? Behutsam wickelte sie einen Verband aus ihrem Necessaire um ihr Knie und legte sich vorsichtig aufs Bett. Sie nahm den Brief wieder hervor und las ihn erneut.

Was hatte dieser Reporter gesagt? Sie ging die Worte noch einmal durch. War das eine Art Warnung? Aber wovor? Oder war er einfach nur freundlich? Und der Polizist am selben Tag. Und was bedeuteten die vier Zeilen im Brief? Die Angst verwandelte sich plötzlich in ein intensives Gefühl von Anwesenheit. Sie sah sich im Zimmer um, der Teppich auf dem Boden verbarg den einsamen Tod eines Menschen. So lebendig wie im Moment hatte sie sich wohl noch nie gefühlt.

Alles, was jetzt geschah, war der Grund, warum sie nach Säter gekommen war. Sie klappte ihren Laptop auf und tippte die Suchwörter „Die Anderen“ und „Säter“.

Kapitel 34

LINA

So erfüllt und euphorisch, wie Lina sich gefühlt hatte, als Cilic gerade aus ihrem Büro gegangen war, so leer und einsam fühlte sie sich eine Weile später, als er weg war und sie nach Hause gehen wollte. Warum tat sie sich das an? War sie eine Liebessüchtige, die alles für eine Injektion Bestätigung tat? Oder war sie einfach nur geil oder hatte sie ernsthaftes Interesse an Miro?

„Nein, Vorsicht", sagte sie laut zu sich selbst, sie musste beim nächsten Mal widerstehen und nein zu ihm sagen. Er stand ihr ja nicht zur Verfügung. Er wollte keine Beziehung und war außerdem ihr Ausbilder. Sicher hatte er mehrere Frauen. Sie hasste diesen Gedanken.

Es gab so viele Alarmsignale, dass ihre sexuelle Beziehung sofort beendet werden musste. Sie konnte nicht so weitermachen. Es würde auf keinen Fall gut enden. Sollte etwas herauskommen, würde Miro niemals etwas zugeben. Sie war diejenige, die etwas riskierte, außerdem wollte Lina mehr von ihm, als er ihr geben konnte, sie wollte Ordnung in ihrem Leben schaffen. Die Leere und die Sehnsucht nach ihm belasteten sie so stark, dass sie die Hände fest verschränkte, um ihre Gefühle zu kontrollieren.

Wo sollte sie hin, Anna anrufen? Nein, sie wollte niemanden treffen, im Moment schämte sie sich, fühlte sich schmutzig und wütend.

Ihre Wut wurde stärker. Auf sich, auf alle und das Leben. Sie wollte nicht mehr im Büro bleiben, aber eigentlich wollte sie auch nicht nach Hause in ihre stille, dunkle Wohnung gehen. Nicht allein sein wollen, aber auch niemanden treffen wollen war eines der stressigsten Gefühle überhaupt. Manchmal war es schwer, ein Mensch zu seinen, und manchmal war es besonders schwer, Lina zu sein, und das hatte sie ihr ganzes Leben verbergen können.

Sie bemühte sich, nicht daran zu denken, was Miro jetzt, wenn er die Klinik verließ, machen würde. Wie sehr sie auch dagegen ankämpfte, ihre Gedanken kehrten immer zu ihm zurück. Verflucht seist du, Miro. Und du, die du nicht nein zu ihm sagen kannst, auch. Sie ballte eine Faust und schlug sich fest auf den Oberschenkel. Die Wut stieg wie Lava in einem Vulkan in ihr auf, und das Blut strömte in ihre Muskeln.

Sie musste noch eine Sache erledigen, bevor sie nach Hause ging. Als sie am Spiegel vorbeikam, sah sie, dass ihre Augen nicht mehr blau waren. Männer zerstörten einfach ihr Leben. Ihre Augen waren schwarz wie der tiefste Teich. Sie starrte direkt in die Tiefe. Sie schlüpfte noch einmal in den Arztkittel und ging in Richtung Personalraum.

Kapitel 35

ANNA

Es gab viele Artikel über Säter. Es ging viel um die Patienten, die dort gewesen waren, und wie herausragend die Klinik war. Anna überflog Nachrichtenseiten und betrachtete ein paar Bilder, dann scrollte sie weiter. Auf ein paar älteren Schwarz-Weiß-Fotos sah man, wie eine Ahle über dem Auge eingeführt wurde, um Teile des Hirns zu punktieren, um so die Geisteskrankheit des Patienten zu kurieren.

Auf keiner der größeren Websites gab es Artikel über *die Anderen*. Sie seufzte, was hatte sie denn erwartet? Dass es wirklich welche gab, die so hießen, oder dass die Schrift auf dem Spiegel tatsächlich eine Botschaft war? Sie rieb ihre trocknen Augen. Müde gähnte sie laut. Sie tippte auf gut Glück „Säter Zimmer 55". Plötzlich sah sie etwas auf dem Bildschirm. Sie merkte, wie sich ihre Nackenhaare aufstellten.

Es stand auf der Website Flashback. Sie klickte darauf und sah einen Beitrag von einer anonymen Person. Sie überflog den Text schnell.

Die Person hatte offensichtlich in Säter gearbeitet und behauptete, dass es das Haus des Teufels sei und dass es eine Gruppe namens *die Anderen* gab, die alles lenkte.

Es gab eine geheime Station, zu der niemand Zugang hatte. Sie wurde Zimmer 55 genannt. Wenn man damit in Berührung kam, war das gleichbedeutend mit dem Tod, hieß es. Anna saß kerzengerade im Stuhl. Dann hatte sie es sich also nicht eingebildet. Es hatte genau so auf dem Spiegel gestanden. Ihr fuhr ein Schreck durch den Körper.

Sie las weiter, aber niemand hatte den Beitrag kommentiert. Sie suchte nach anderen Hinweisen, fand aber nichts mehr. Wer hatte das geschrieben? Und wie glaubwürdig war diese Person? War es dieselbe Person, die die Botschaft in ihrem Büro geschrieben hatte? Konnte es die verschwundene Psychologin gewesen sein? Sie schaute aufs Datum. Der Beitrag war erst ein paar Monate alt. Anna spürte eine kalte Windbö durch das Zimmer wehen. Das Fenster stand einen Spalt breit auf, und sie schloss es schnell, dann schaltete sie ihren Computer aus.

Kapitel 36
LINA

Als Lina nach Hause kam, nachdem sie auf dem Weg einen Kebab gegessen hatte, zog sie ihre Kleider aus, warf sie in den Wäschekorb und duschte. Sie drehte das heiße Wasser stark auf. Der warme Dampf stieg schnell hoch und verbreitete sich im Badezimmer.

Sie begann, Miro sorgfältig abzuwaschen, dessen Duft überall an ihr zu kleben schien. Die kleinen Wassertropfen fielen auf ihren Rücken und spritzten von ihren Schultern. Es war, als hätten Miros Hände jeden Millimeter ihrer Haut berührt. Aber bevor sie sich einseifte, sog sie ein letztes Mal seinen Duft von ihrem Unterarm ein, wo er noch anhaftete, und schloss die Augen. Sie erlaubte sich, es zu genießen, weil es das letzte Mal sein sollte, dass sie mit ihm Sex gehabt hatte.

Sie wollte keinen Sex mehr mit Miro, aber das hatte sie sich schon so oft versprochen. Männer waren Schweine. Sie wollten sie alle nur ausnutzen. Sogar Miro. Von nun an würde sie die Kontrolle übernehmen und bestimmen.

Kapitel 37

Die Nacht in Säter war schwarz, und im Ljustern spiegelten sich die glitzernden Sterne des Himmels wie Konfetti. Der Ort lag geborgen im dichten Nadelwald, über dem Sägewerk hing dünner Rauch und verbreitete den Geruch von süßem, feuchtem Holz. Nils steckte noch einen Umschlag durch Annas Briefschlitz. Der Campingplatz im Norden war leer und verlassen, und nur die Straßenlaternen erhellten die kleinen Gassen im alten Stadtviertel.

In der Stadt gab es Wesen. Wesen in Form von Gespenstern und Geistern, die noch nicht zur Ruhe gekommen waren. Sie schwebten über dem See und in den Wäldern. Manchmal trieben sie durch die Gassen und versteckten sich hinter einer Holztür oder in einem der Hinterhöfe.

Das wussten alle, die die Bewegungen gesehen oder die Geräusche gehört hatten. Und diejenigen, die es noch nicht wussten, würden es eines Tages erfahren.

Die psychischen Schmerzen von begangenen Verbrechen, die ruhelosen Geister, die das Böse getroffen hatten, die schweren Verluste, über die man nie hinwegkam, die rohe

Gewalt, die Scham, das Ausgeliefertsein und das Verbrechen waren tief im Sätergebäude verwurzelt.

In den darumliegenden Wohnvierteln mit den gepflegten Beeten wurden die Nachttischlampen ausgeschaltet. Die Klinik lag im Halbschlaf, und die Verurteilten in ihren abgeschlossenen Zimmern wandten sich und hofften, dass die Schlaftabletten wirkten. Einer der Patienten rang um seine letzten Atemzüge und würde am nächsten Tag nicht mehr aufwachen.

Kapitel 38
ANNA

In einer völlig neuen Stadt aufzuwachen, mit einem neuen Job und neuen, noch zu findenden Routinen war nicht so leicht, wie sie geglaubt hatte.

Was hatte sie sich eigentlich dabei gedacht, das Leben in der Stadt für die Wälder von Dalarna aufzugeben? Nicht verwunderlich, dass sie mit einem besorgten Bauchgefühl und durcheinander aufwachte und sich am liebsten die Decke über den Kopf gezogen und weitergeschlafen hätte. Dann kamen die Gedanken an alles, was gestern geschehen war, und auch wenn es unter der Decke warm und gemütlich war, trieb sie das Gefühl an, dass da draußen etwas auf sie wartete. Sie spähte aus dem Fenster, und es sah draußen richtig kalt aus.

Die Stechuhr rief ebenfalls nach ihr, aber sie war müde und gähnte laut.

Vom Bett aus sah sie in den Flur, legte den Kopf schief und schärfte den Blick. Lag da schon wieder ein Brief?

Die Neugier gewann über die Müdigkeit, und sie stand schnell auf, holte den Brief und lief zurück ins Bett. Dieser hier war nicht zugeklebt, sie nahm den Brief heraus.

Es war ein Foto einer hübschen, jungen Frau. Das Papier war matt, aber sie konnte das nette Lächeln strahlen sehen. Die Augen waren wegen des Blitzes zusammengekniffen, ihre Haare hatten auch in Schwarz-Weiß Nuancen.

„Oha! Wer bist du denn?“, fragte sie laut. „Und wer bist du, der mir dieses Bild gebracht hat?“

Sie hielt das Foto an die Lampe, um die Antwort zu suchen.

Kapitel 39
KRANKENSCHWESTER

„Jetzt komm schon, sonst verpasst du das Frühstück und bekommst einen Vermerk." Die Krankenschwester klopfte zum zweiten Mal an diesem Morgen an Ronnys Tür. Wenn er nicht öffnete, würden sie hineingehen.

Sie legte ein Ohr an die Tür, um zu lauschen, aber es war still. „Dann komme ich jetzt rein."

Die Tür ging auf. „Man merkt, dass hier jemand gut geschlafen hat", scherzte sie und ging zum Bett. Die Gardinen waren noch zugezogen, es roch abgestanden. Sie schaltete die Nachttischlampe an.

Das Bett war leer. Sie schlug die Decke zurück und schaute sich schnell im Zimmer um. Ronny war nicht hier.

Kapitel 40

ANNA

Magnus wollte gerade den Mund öffnen, aber Anna kam ihm zuvor, zwinkerte mit einem Auge und hob eine Hand zum Stopp.

„Nein danke, alles gut, ich möchte keinen Kaffee."

„Ah, nein, das wollte ich gar nicht fragen. Ich habe meine Tasse schon getrunken."

Dann hatte er schon mit den anderen Pause gemacht, ohne sie zu fragen? Oder fand er sie komisch, wegen dem, was sie von der Schrift auf dem Spiegel erzählt hatte? Anna nahm ihre Formulare und ihre Stifte und folgte ihm in den Flur. In ihrer Brusttasche befand sich das Foto der Frau, und manchmal spürte sie es an der Haut. Sollte sie es jemandem zeigen, vielleicht kannte irgendwer die Frau auf dem Bild?

„Alles in Ordnung?", fragte Magnus sie und brach das Schweigen. Irgendetwas stimmte nicht.

„Ich habe gehört, dass Sie gestern mit den Ärzten zu Mittag gegessen haben."

Deshalb also die merkwürdige Stimmung bei ihm.

„Aha. Das haben Sie gehört?“ Anna hatte das Gefühl, dass sie hinter ihrem Rücken über sie geredet hatten.

„Von einem der Arbeitstherapeuten, ich weiß nicht mehr, wer, der hat es beim Nachmittagskaffee erzählt.“

„So interessant war das also für Sie alle.“ Anna hörte selbst, wie scharf ihre Antwort klang, aber das war ihr egal. Ihr gefiel nicht, was sie gerade gehört hatte.

„Wir sind jetzt da. Bereit?“ Magnus drehte sich zu ihr um.

„Natürlich.“

Der Patient saß bereits im Sprechzimmer, mit seiner Kontaktperson, in diesem Fall eine junge Krankenschwester mit gepiercter Lippe und dicken, auf dem Kopf zusammengefassten Dreadlocks.

Der Patient bewegte sich langsam, und der Körper erinnerte an einen Sack Kartoffeln, den man auf dem Stuhl abgestellt hatte, und als sie hineinkamen, nickte er bloß stumpf mit dem Kopf. Das hatte der Patient bereits zehn, zwanzig oder vielleicht auch dreißig Mal gemacht. Regelmäßige Begutachtungen, die zum Lehrbuch gehörten, aber den Kränksten nichts brachten. Dieser Mann würde die Klinik niemals lebend verlassen.

„Dann legen wir mal los.“

Der Patient hatte vor vielen Jahren in einer Vorschule gearbeitet, wo er sich an einem Dutzend kleiner Jungen vergriffen hatte. Als er dann geschnappt wurde, fand die Polizei Kinderbilder in seinem Computer, die zeigten, dass er zu einem pädophilen Netzwerk gehörte. Auf den Bildern waren unter anderem die Kinder aus der Vorschule zu sehen. Die Ermittler hatten während der Voruntersuchung zur Krisenintervention gehen müssen.

Anna fiel es schwer, keine Verachtung an der Grenze zum Ekel zu empfinden. Sie war dankbar, dass sie diesen Patienten nicht therapieren musste, auch wenn sie wusste, dass der Tag kommen würde, an dem sie gezwungen wäre, sich auch um diese Menschen zu kümmern.

Die Begutachtung dauerte nicht länger als eine Stunde. Anna machte sich vor allem Notizen. Sie machten die Begutachtung gemeinsam, damit sie bei Bedarf hinterher besprechen könnten, ob es Zweifel gab, aber in diesem Fall gab es keinerlei Zweifel. Auf dem Weg zurück in ihre Büros konnten sie feststellen, dass das Risiko eines Rückfalls immer noch gleich hoch war, so dass der Patient die gleichen Rechte und Pflichten wie zuvor behalten würde. Keine Entlassungsprüfung und keine erweiterten Freigänge oder andere Vergünstigungen.

Kapitel 41
ANNA

Anna ließ sich in ihren Bürostuhl fallen und schaute auf ihr Handy, das sie auf dem Schreibtisch hatte liegen lassen. Vier verpasste Anrufe innerhalb einer Stunde von Lina.

„Anna." Lina klang ängstlich und redete so laut, dass Anna das Handy vom Ohr weghalten musste.

„Was ist denn los? Was ist passiert?"

„Mein Patient wurde tot aufgefunden." Es herrschte ein paar Sekunden Stille.

„Okay, jetzt fang mal am Anfang an. Ganz ruhig. Es ist dein Patient. Nicht dein Freund. Okay?"

„Ja, aber das ist nicht irgendein Patient, weißt du. Es ist Ronny, für den ich die Verantwortung hatte. Verdammt, Anna, was, wenn ich einen Fehler gemacht habe?"

„Warte, mein Arbeitstelefon klingelt. Ich muss auflegen. Ich rufe dich zurück." Anna drückte Lina weg und hob den Hörer.

„Ja, wir müssen ein paar Punkte besprechen. Können Sie jetzt in mein Büro kommen?", fragte Bjurberg in barschem Tonfall.

Anna schaut schnell in ihren Terminkalender. Sollte sie Bjurberg das Foto zeigen? Nein, das würde sie nicht, sie würde zuerst versuchen, allein etwas mehr herauszufinden. Sie schob das Foto ganz tief in ihre Tasche.

„Passt wunderbar."

Sie versuchte, Lina noch einmal anzurufen, aber jetzt antwortete sie nicht. Anna fuhr sich mit der Hand durchs Haar und merkte, dass ihr Herz schneller schlug. Sie schloss die Tür hinter sich ab und ging schnell zu Bjurbergs Büro.

„Willkommen", sagte Bjurberg und deutete mit der Hand auf einen niedrigen Patientenstuhl direkt gegenüber von seinem großen Eichentisch.

Anna streckte den Rücken, um etwas höher zu kommen, schob ein paar Artikel, die zwischen ihnen gestapelt waren, beiseite, so dass sie die Arme auf dem Tisch abstützen konnte. Die Auszeichnungen an der Wand hinter ihm waren nicht zu übersehen. Es handelte sich um prämierte Artikel und Forschungsarbeiten, die aus dem großen Forschungsfonds von Säter finanziert wurden.

Man konnte sich leicht vorstellen, wie sich die Patienten in diesem Raum fühlten. Klein und in den Händen dieses mächtigen Mannes der schwedischen Rechtspsychiatrie.

Er räusperte sich. „Sie sind ja angestellt geworden, weil die andere Psychologin aufgehört hat. Was wissen Sie eigentlich darüber?" Ein gurgelndes Geräusch drang aus seinem Hals. War das Lachen oder Husten?

Anna atmete tief ein.

„Aufgehört? Sie ist doch verschwunden?"

„Nein, gar nicht, sie ist freiwillig gegangen. Wir haben ihre Kündigung erhalten."

Anna fiel auf, dass Bjurberg wegschaute, als er das sagte.

„Wenn Sie finden, dass in dieser Sache irgendetwas unklar ist, dann sollten Sie mit mir darüber reden, in der Klinik gibt es so viele Gerüchte, wenden Sie sich also bei diesem Thema einfach an mich. Einverstanden?"

Anna fühlte sich jetzt noch kleiner als beim Eintreten ins Büro.

„Ja, das werde ich. Ich weiß nur das, was in den Zeitungen stand. Die Psychologin hatte Ove viele Jahre therapiert, und durch ihre Methode gestand Ove Morde, die er eventuell gar nicht begangen hat."

Bjurberg nickte.

Es klopfte heftig an die Tür, bevor sie aufflog.

„Wir haben einen toten Patienten!" Es war eine junge Krankenschwester, die die Worte keuchend hervorbrachte.

„Was? Wer?"

Anna fiel auf, dass die Neuigkeit nicht dazu führte, dass Bjurberg sich auch nur einen Millimeter bewegte.

„Es ist Ronny. Wir haben ihn vor ein paar Minuten tot in der Dusche gefunden."

„Ist ein Arzt vor Ort? Todesursache?"

„Ja, Lina und Miro sind direkt gekommen. Die weiß ich nicht. Er wurde offenbar keiner Gewalt ausgesetzt. Vermutlich eine Überdosis. Aber er sitzt in einer merkwürdigen Stellung, mit offenem Mund, in der Ecke der Dusche."

Bjurberg strich über sein Kinn, nahm das Telefon, stand auf und nickte Anna zu.

„Wie Sie sicher verstehen, werden wir dieses Gespräch etwas später fortführen."

Sie stand schnell auf und verließ das Zimmer.

Bjurberg ging hinter der Krankenschwester her, in die andere Richtung.

Anna hörte gerade noch, dass er jemanden anrief, bevor die Stimmen im Hall des Korridors verschwanden.

Kapitel 42

LINA/BJURBERG

Miro hielt Lina an den Schultern fest.

„Das ist nicht dein Fehler." Er sah sie an.

Lina blickte zu Boden. Sie fühlte sich schuldig, wollte es aber nicht zeigen. Sie hätte Ronny zuhören sollen, hätte hören sollen, was er wollte, als sie seine Bitte um ein Gespräch das letzte Mal abgelehnt hatte, doch sie hatte ihn ignoriert. Vielleicht war es dieses Mal nicht nur etwas gewesen, das er verbockt hatte. Vielleicht war es ihm wirklich schlecht gegangen. Er hatte sie mehrmals treffen wollen, aber sie hatte es immer abgelehnt, was Miro auch wusste, und hatte Ronny gesagt, er müsse eben bis zum nächsten Tag warten. Die Vertretungsärztin in der Nachtschicht war außerdem ebenfalls Linas Empfehlung gefolgt.

„Du hast genau das getan, was du tun solltest." Miro versuchte, ihr in die Augen zu sehen.

Sie schaute zu ihm hoch. „Sicher?"

„Absolut, vertrau mir. Ich werde deine Notizen in der Krankenakte durchgehen, damit wir die vollständige Kontrolle über seine letzten Tage und Stunden haben. Das gehört natürlich auch zu den Ermittlungen wegen seines Todes."

Sie nickte und merkte, wie ihr ganzes Ich sich danach sehnte, sich in seine Arme fallen zu lassen. Miro konnte sie für den Moment trösten, den Schmerz verjagen. Das wusste sie. Obwohl sie ihre Sehnsucht nach ihm hasste, war die so stark, dass sie ihr kaum widerstehen konnte. Einen Augenblick lang sah sie in seine blauen Augen und spürte, wie die Wärme von seinem Brustkorb in sie strömte und jede ihrer Zellen mit Verlangen füllte.

Bjurberg stand plötzlich neben ihnen, und Miro schob sie von sich weg.

„Ja, es wird natürlich einen Bericht geben. Wo ist die Leiche?"

„In der Dusche. Sie bleibt dort liegen, bis die Polizei kommt und alles untersucht."

„Was ist die Todesursache?"

„Schwer zu sagen. Es gibt keinerlei Anzeichen äußerer Gewalt, und er war allein im Zimmer. Ich vermute eine Überdosis."

„Selbstmord?"

Miro verzog das Gesicht und schaute zu Lina. „Schwer zu glauben. Was denkst du?"

„Nein, er wirkte nicht deprimiert."

„Drogen?"

„Kann sein. Es sind einige Drogen im Umlauf, was wir nicht verhindern konnten. Du weißt, dass ich etwas dagegen tun wollte."

Bjurberg nickte, und seine Augen wurden schmäler. Lina wusste, dass er Miro absolut vertraute.

Lina folgte Bjurberg mit den Augen, als er ins Bad ging, wo Ronny immer noch in der Ecke unter dem Duschkopf saß, mit offenem Mund und aufgerissenen Augen. Niemand hatte ihn berührt, bald würde er abgedeckt und abtransportiert.

Der verzerrte Gesichtsausdruck des Toten machte Bjurberg stutzig. Und der Fundort. War Ronny dort, mitten in der Dusche, vollständig angezogen, zusammengebrochen? Das schien unlogisch. Kein Blut. Keine sichtbare Gewalt. Gab es Einstichspuren in den Armen? Er ging in einem Halbkreis um den Mann herum. Es war kaum zu erkennen. Das T-Shirt war heil, aber nass vom Wasser, das wahrscheinlich aus dem Duschkopf kam. Die Jogginghose war unversehrt. Keine Strümpfe.

Das Haar klebte in kleinen Strähnen wie Rattenschwänze am Kopf, und die Tätowierung am Hals war deutlich sichtbar. Der Mund stand offen.

Bjurberg beugte sich über den toten Mann. In Kehle und Mund war Wasser. Hatte der Kerl es etwa geschafft, sich unter der Dusche zu ertränken, oder was zur Hölle war hier los? Er betrachtete die tätowierte Schlange genauer, sie ringelte sich vom Nacken über den Hals bis hinunter zur Brust. Es war ein trauriger Anblick. Hatte sein Herz aufgegeben? Oder war es ein Aneurysma?

„Wurden die Angehörigen verständigt?", rief er, was unnötig war, weil die Kollegen direkt hinter ihm im Eingang zum kleinen Bad standen.

„Wir arbeiten daran. Wir haben bisher noch niemanden gefunden", antwortete Miro.

„Nein, es kam ihn jedenfalls niemand besuchen", sagte Lina und blickte zu Boden, dabei seufzte sie erleichtert auf. Bjurberg bemerkte es und legte die Stirn in tiefe Falten. Er spürte, dass er ein weiteres großes Problem zu bewältigen hatte.

Kapitel 43

ANNA

Bjurberg betrat den Personalraum, während Anna sich gerade über die Arbeitsfläche beugte, um herauszufinden, wie die Kaffeemaschine der Klinik funktionierte.

„Was ist das denn?“ Bjurberg zeigte auf ihre Brusttasche, aus der das schwarz-weiße Foto heraussah.

„Das ist … eine Verwandte.“ Sie schob es tiefer, so dass das Foto nicht mehr zu sehen war.

„Aha, interessant, die meisten Leute hängen sich so etwas an die Wand. Na, egal.“

Anna war froh, dass sie für sich selbst eintreten konnte, auch wenn es ein Mann wie Bjurberg war, der sie unter Druck setzte. Die anderen waren auf dem Weg zu ihrer Station, so dass nur noch sie übrig waren.

„Wo waren wir? Ach ja, Ihre Vorgängerin, natürlich war das ein Skandal für unser Krankenhaus, und ihre Methoden, sich in sogenannte verdrängte Erinnerungen zu vertiefen, sehen wir hier nicht mehr gern.“

Anna nickte langsam, um ihm zu zeigen, dass sie seiner Argumentation folgte, dabei empfand sie widersprüchliche

Gefühle. Es war ihre Kollegin, über die er sprach. Ihre Loyalität lag zunächst bei ihr.

„Deswegen möchten wir unsere psychologischen Aktivitäten sehr zurückhaltend gestalten. Nach außen hin ein ganz normales Profil, aber intern möchten wir im Prinzip bloß, dass Sie mit den Insassen über das Wetter reden. Wie dürfen auf gar keinen Fall, *also überhaupt nicht*, einen weiteren solchen Skandal riskieren. Das gesamte Krankenhaus und meine Berufsehre waren betroffen. Das darf sich unter gar keinen Umständen wiederholen."

Seine Augenbrauen hingen tief, und er wandte den Blick nicht von ihr ab.

„Was genau erwarten Sie denn von mir?"

Sie merkte, dass sie um sein Lob und seine Aufmerksamkeit buhlte. Es war für sie eine große Sache, hier zu sein und mit Schwedens Nummer eins innerhalb der Rechtspsychiatrie zu sprechen.

„Ich möchte, dass Sie die Psychologin sind, die wir in der Kommunikation nach außen nutzen, wenn etwas passiert oder wenn die Medien einen Kommentar von einem Psychologen möchten, dann verweisen wir auf Sie und Ihre Kompetenz. Das zeigt, dass wir uns verändert und aus unseren Fehlern gelernt und nun eine andere therapeutische Ausrichtung haben."

„Ja, aber ich bin doch die Neue, was sagen Vinterberg und Magnus denn dazu?" Anna wusste, dass sie dadurch gegenüber ihren Kollegen in eine unangenehme Lage kommen könnte.

„Die wissen nichts davon. Das ist so auch in Ordnung."

Anna veränderte ihre Haltung, sie stand an die Arbeitsfläche gelehnt. Sollte sie es wagen und aussprechen, was sie davon hielt? Es fühlte sich nicht richtig an, gegen ihre Kollegen ausgespielt zu werden und die Klinik öffentlich zu vertreten, noch dazu aus den teilweise falschen Gründen.

Sie versuchte, das gerade Gehörte diplomatisch zusammenzufassen.

„Mit anderen Worten sagen Sie, dass ich das Gesicht nach außen sein soll und KVT als unsere Methode verkaufen soll, aber intern soll ich mich bei der therapeutischen Arbeit zurückhalten und nicht tiefgehend mit den Patienten arbeiten."

Er nickte. „Ja, ich denke, wir verstehen einander."

Bjurberg war offensichtlich der Meinung, dass sie alles gesagt hatten, und damit war die Besprechung beendet.

Kapitel 44

VILLY

Heute war auf der Station viel los. Anscheinend war jemand gestorben. Im Moment liefen zehn Leute in und aus dem Zimmer ihm gegenüber. Villys Zimmer, mit Aussicht auf den Golfplatz und den Wald, war mit den Möbeln eingerichtet, die er sich vor seiner Ankunft in Säter gewünscht hatte. Ein breites Bett, eigene Bettwäsche, und an die Wände hatte er Bilder von Malin und den Kindern aufgehängt. Endlich war er ihnen näher.

Er streckte sich auf dem Bett aus und atmete auf, die Verlegung war ein Schritt hin zu dem Ziel, näher bei der Familie zu leben und vor allem nach und nach wieder ein normales Leben zu führen. Auch wenn der Preis hoch war, hätte er die Tat nie ungeschehen machen wollen. Aber das Gefühl, das ihn manchmal überkam, erschreckte ihn. Dass er es genossen hatte, als das Blut aus dem Brustkorb floss, dass er es tatsächlich hatte tun können, wieder und wieder. Darf man es wirklich genießen, einen Menschen zu töten?

Seine größte Herausforderung war, darauf zu achten, dass sie wirklich glaubten, er sei so krank, wie er sich bei den

Untersuchungen darstellte. Sollte herauskommen, dass er sie manipulierte, wäre alles vergeblich gewesen, und er bekäme nie wieder ein normales Leben. Er musste weiterhin den perfekten Patienten spielen und nichts von seinen anderen Seiten zeigen oder seine Geheimnisse enthüllen.

Käme heraus, dass er gar nicht so krank war, wie sie dachten, dann würde er nicht mehr hier sitzen, sondern für immer den Stempel kriminell tragen. Er würde keinen Job mehr bekommen, stünde immer unter Verdacht. Psychisch krank zu sein war deutlich besser, denn dann könnte er geheilt und damit entlassen werden. Er lächelte und fuhr sich mit der Hand durch die Haare. Die Verhaltenstherapie wäre das i-Tüpfelchen, um der perfekte Patient in Säter zu sein, der bald entlassen würde. Die Therapie sollte ihn heilen. Die Psychologin war der Schlüssel dazu.

Kapitel 45

LINA

Lina war allein in Ronnys Zimmer. Sie stand da und betrachtete den toten Mann, der zusammengesunken vor ihren Füßen saß. Die Spurensicherung würde jeden Moment auftauchen, alles absperren und untersuchen.

Sie begann an der Toilette und sah sich um. Am Nachttisch drehte sie ein paar Papiere, die dort lagen, um. Was stand da überhaupt? Sie ging näher. Plötzlich erstarrte sie. Sie las ihren eigenen Namen auf einem Blatt, dann den kompletten Namen des neuen Patienten Villy und Bjurbergs. Sie wandte sich um, war immer noch allein im Zimmer. Dann griff sie alle Papiere und stopfte sie in die Tasche ihres Kittels.

Sie hatte das Gefühl, dass das nicht bloß Schmierereien eines kranken, unter Medikamenten stehenden, psychotischen Patienten waren. Das waren sehr wichtige Informationen, die nicht in die falschen Hände fallen durften. Sie gehörten in Linas Hände. Schnell verließ sie das Zimmer.

Sie rief einer Krankenschwester zu, dass sie Wache stehen sollte, bis die Polizei kam, damit niemand sonst ins Zimmer ging. Die Frau tat wie geheißen, und Lina verließ die Station.

Es war bald Wochenende. Sie und Anna würden dann nach Stockholm fahren, und es wäre schön, die Klinik zu verlassen.

Kapitel 46
ANNA

Sie standen mit den anderen Wochenpendlern auf Säters Bahnsteig, traten hin und her und warteten auf den Zug aus Borlänge, um „die kleine Stadt neben dem großen Krankenhaus", wie sie 1900 anlässlich der Einweihung des Krankenhauses in einer Zeitung beschrieben worden war, zu verlassen. Anna würde das Wochenende damit verbringen, ihre letzten Sachen zu holen, die noch in Mathias' Wohnung waren, da er die Wohnung verkaufen wollte. Ihr war dabei sehr wehmütig zumute, und sie freute sich nicht darauf. Passenderweise war Mathias verreist, was sich gleichzeitig noch schlimmer anfühlte. In ihrer Jackentasche befand sich das Foto.

Sie zeigte es Lina. „Jemand hat dieses Foto in einem Umschlag bei mir eingeworfen. Ich wollte es dir schon früher zeigen, aber es kam immer etwas dazwischen." Ihre Finger wurden schnell kalt, und sie wechselte die Hand.

„Wer ist das?" Lina betrachtete das Foto.

„Keine Ahnung. Und ich weiß auch nicht, wieso ich es bekommen habe oder was ich damit tun soll."

Der Zug fuhr ein, und die Passagiere gingen auf die Waggons zu.

Anna öffnete eine Zugtür und stieg ein. Sie drehte sich rasch um und sah sich Säters Bahnhof an. Es war ihre Angewohnheit, sich immer von dem Ort, den sie verließ, zu verabschieden, man wusste ja nie, ob man zurückkam. Das Leben konnte sich innerhalb einer Sekunde verändern. Dann stieg sie schnell ein und suchte zwei freie Plätze nebeneinander.

Lina bat darum, sich das Bild genauer anzusehen, nahm ihr Handy heraus und fotografierte es.

„Was machst du?"

„Sieh mal." Lina zeigte ihr das Bild und vergrößerte es, so dass das schwarz-weiße Motiv zu einem grauen Mischmasch wurde. „Ich erkenne jetzt allerdings nicht mehr", sagte Anna.

„Nein, aber wir können die Details besser sehen."

Anna lächelte über Linas Ambitionen als Privatdetektivin.

Der Zug hielt in Avesta und Hedemora, kleine Städte, die bisher für Anna bloß Namen auf einer Landkarte gewesen waren.

„Hier!" Lina hatte sich das Bild lang auf dem Handy angesehen, und Anna war fast eingenickt.

Lina zeigte auf einen verschwommenen, hellgrauen Ring mit ein paar Strichen.

„Was ist das?"

„Sieht wie eine Kette aus. Es steht ein Name drin."

Anna blinzelte. Ja, sie hatte recht. Aber man konnte nicht lesen, was da stand.

„Aha, der erste Anhaltspunkt. Großartig, die Frau hatte auf jeden Fall einen Namen." Anna lächelte Lina an, die zufrieden nickte. Sie überlegte, ob sie ihr erzählen sollte, was auf dem Spiegel im Büro gestanden hatte, aber aus irgendeinem Grund entschied sie sich, damit zu warten.

Kapitel 47

MIRO

„Er ist anscheinend erstickt."

„Was? Was sagen Sie da?" Sprachlos starrte Miro den Polizisten und den Rechtsmediziner an, die nach einer schnellen Analyse und Untersuchung von Ronny und seinem Fundort zu ihm gekommen waren.

„Warten Sie." Miro wählte Bjurbergs Nummer. „Du solltest sofort herkommen."

„Können Sie einen Moment warten?" Miro hob den Zeigefinger vor den beiden Experten, die ihm gegenüberstanden. „Mein Chef kommt sofort."

Bjurberg wurde todernst, als er die Nachricht hörte. Er murmelte, dachte laut und verschränkte die Arme vor der Brust. „Wer kann das getan haben? Und wieso? Hatte irgendwer vom Personal noch ein Hühnchen mit Ronny zu rupfen? War es ein anderer Insasse? Will jemand die Klinik wieder in ein schlechtes Licht rücken?"

Er wandte sich an Miro.

„Das hier ist keine übliche Auseinandersetzung zwischen zwei Insassen, es geht auch nicht um eine unbezahlte Schuld. Oder was denkst du?", fragte er leise.

Miro biss besorgt in seine Oberlippe, was er nur noch sehr selten tat. Er schüttelte den Kopf und wusste, dass Bjurberg absolut nicht wollte, dass so etwas ausgerechnet jetzt in seiner Klinik geschah. Sein Chef hatte schon genug Sorgen, und ein Mordfall in einer geschlossenen Station war äußerst belastend.

Vielleicht würde er Miro bitten, das *den Anderen* im Netzwerk zu berichten.

„Wahrscheinlich wurde er mit einem Gegenstand im Mund erstickt. Er hat Schürfwunden tief im Hals und in der Kehle."

„Haben Sie den Gegenstand, mit dem er erstickt wurde, gefunden?"

„Nein, überhaupt nichts, da gibt es also ein großes Fragezeichen."

Was Drogen angeht, hatte man bisher nur Schlaftabletten gefunden, aber es würden noch mehr Proben untersucht.

Miro traf Bjurbergs Blick. „Wir müssen jetzt sehr diskret sein", sagte Bjurberg.

Kapitel 48

ANNA

In Uppsala stiegen noch mehr Pendler ein, und die Gänge füllten sich mit stehenden Reisenden. Anna kaufte sich ein Sandwich und einen Saft, schickte einer Freundin eine SMS und dann noch eine an ihre Mutter. Nur Sekunden nachdem sie die SMS verschickt hatte, klingelte das Telefon. Anna stöhnte, nein, jetzt wollte sie wirklich nicht reden. Wann würde ihre Mutter verstehen, dass eine SMS bedeutet, dass sie *nicht* sprechen konnte oder auch wollte. Sie sah, dass Lina auch mit dem Handy beschäftigt war, und las erstaunt Miros Namen.

„Hast du mit den anderen Ärzten in deiner Freizeit Kontakt?"

Lina legte das Handy schnell mit dem Display nach unten beiseite.

„Ja, das kommt vor, wenn irgendwas mit den Patienten ist, sonst nicht." Sie nahm eine Zeitung aus der Tasche im Sitz und begann darin zu blättern. Anna kannte ihre Freundin zu gut und sah verstohlen aber prüfend zu ihr und dann zum Handy.

„Es war bloß Miro, irgendwas wegen der Arbeit, nehme ich an, ich rufe ihn später zurück", sagte Lina und las die Zeitung.

Es war kurz vor sechs Uhr, und ein Gefühl der Unruhe beschlich Anna, als sie in der Menschenmasse vom Zug zur U-Bahn ging.

„Fährst du am Sonntagabend zurück?", fragte sie Lina.

„Das weiß ich noch nicht. Das hängt davon ab, wie viel in der Wohnung zu tun ist. Und wie es Mama geht. Mit ihr wird es leider immer schlimmer. Manchmal habe ich Angst, dass sie tot ist, wenn ich komme."

Anna nickte, sie wusste, dass Linas Mutter schon seit vielen Jahren psychisch krank war und sie eigentlich in einem Heim leben sollte. Lina tat ihr wirklich leid, weil sie diese Verantwortung ganz allein, ohne andere Angehörige, trug, aber sie wusste auch, dass sie daran gewöhnt war und es bisher immer geschafft hatte.

„Na, wir werden sehen, treffen wir uns nicht im Zug, dann in Säter."

Sie verabschiedeten sich mit einer Umarmung, und Lina bog mit der Menschenmenge ab zu einem anderen Pendelzug, um bis zu ihrer Mutter nach Karlberg zu fahren.

Anna ging in die andere Richtung. Sie war jetzt Teil eines stetigen Stroms von Menschen, die in unterschiedliche Richtungen durch die Sperren und Eingänge zur U-Bahn gingen. Sie ekelte sich, als sie unfreiwillig den Geruch von Urin, Schweiß und der Körperwärme fremder Menschen einatmete. Durch die Erinnerung an den Terroranschlag in der Drottninggatan war sie viel wachsamer und gestresster, wenn sie mitten in der Stadt war. Sie bemühte sich, den Blick auf den Boden zu richten, auf platt getretene Kaugummis und Kippen, während sie sich in Richtung des Eingangs des Kaufhauses Åhléns vorkämpfte. Sie hatte plötzlich den starken Wunsch, umzukehren und den Zug zurück nach Säter zu nehmen.

Ein unter Drogen stehender Mann mit verschwommenem Blick und halb gebeugten Beinen stand wie ein lebender Toter ein paar Meter vor ihr. Wieso kümmerte man sich nicht um ihn? In Dalarna hätte man ihn sicherlich aufgefangen. Hier ging er in der Masse unter.

Endlich war sie bei Åhléns. Sie musste nach unten in die Lebensmittelabteilung, um das Notwendigste zu besorgen.

Ihr Puls stieg, als sie durch die Parfumabteilung zur Rolltreppe hetzte. Als sie auf dem Weg zur Kasse war, klingelte ihr Telefon. Es war Mathias, und sie antwortete leicht wehmütig. Ihr Gespräch war kurz, ein paar praktische Details, währenddessen lief sie weiter zur U-Bahn, quetschte sich durch die Absperrungen und betrat die Bahn nach Odenplan.

Jetzt waren es noch mehr Menschen. Sie musste aufstehen und sich einen ruhigen Platz suchen, um ihre Augen zu schließen und ihre Fassung wiederzuerlangen. Die Leute standen so dicht gedrängt, dass man beim Abbremsen unausweichlich gegeneinanderstieß. Entschuldigendes Lächeln. Dann wieder der Blick in die Ferne. Anna musste plötzlich ein paar Mal niesen und fror.

Der Innenhof des Hauses am Odenplan hatte keine Seele, aber dafür hatte das Gebäude riesige Türen und ein prächtiges Treppenhaus. Der Kontrast zu ihrem kleinen Innenhof in Säter war krass. Der hatte Seele, aber eben kein prachtvolles

Gewölbe. Sie ging die geschwungene Paradetreppe hinauf. Nun war das Licht aus, und es schien auch keins hinter dem Milchglas der Wohnungstür. Es war trotzdem schön, zu jemandem nach Hause zu kommen. Nachdem sie Schluss gemacht hatten, hatte sie das Gefühl ganz verdrängt und fühlte jetzt eine Träne die Wange hinunterrinnen.

Im Badezimmer zog sie sich aus, machte die Dusche an und entspannte sich erst, als das warme Wasser über ihren Nacken und Rücken floss. Sie war zu Hause, aber es war nicht mehr ihr Zuhause.

Kapitel 49

NILS

In Säter schlug die Kirchturmuhr Mitternacht, und Nils zählt jeden Schlag, weil er wach war.

Er lag zwischen dünnen Laken und konnte nicht schlafen. Die Gedanken ließen ihn in den dunkelsten Stunden oft nicht los, weil er sich nicht ablenken konnte. Dann wurde es schwarz, schwer und finster. Es war ein Loch, in das er nicht hineinfallen wollte.

In seiner Familie gab es Depressionen, aber er wollte dem düsteren Dämon nicht anheimfallen.

Plötzlich fiel ihm das Atmen schwer. Fühlte man sich einfach so in seinem Alter, oder näherte er sich nun dem Ende?

Starb er jetzt? Der Gedanke ließ sein Herz heftig pochen. Er musste eine Lampe anschalten, um sich zu vergewissern, dass er nicht tot war.

Durch das Licht der Nachttischlampe riss er die Augen auf. Er lebte noch.

Es war pures Unglück, das das mit ihm anstellte.

Kapitel 50

ANNA

Über Nacht hatte Anna heftige Kopfschmerzen im Hinterkopf und Nacken bekommen. Es fühlte sich merkwürdig an, in dem Bett, das sie sich in den letzten Jahren geteilt hatten, allein zu schlafen. Sie massierte sich den Nacken, aber die Spannung ließ nicht nach. Sie schaute auf den kleinen Tisch neben dem Bett. Dort lag das Bild der Frau aus Säter. Sie war zu einer Art heimlichen Freundin geworden, die sie begleitete.

Die Frau blickte sie an, und ihr Lächeln wollte ihr etwas sagen, das sie noch nicht verstand. Oder überinterpretierte sie das Ganze? Das Foto war im Freien gemacht worden, Anna sah hinter der Frau ein Stück Säule oder Gebäude.

„Wo kann das aufgenommen worden sein?" Anna blieb noch eine Weile im Bett liegen, merkte aber, wie sie wieder anfing zu frieren. Sie stand auf und versuchte, sich mit einer weiteren, langen Dusche zu wärmen, schluckte eine Paracetamol und hoffte, der Schmerz würde verschwinden.

Nach einer guten Stunde spürte sie Halsweh und wie ihre Nasenschleimhäute anschwollen. Sie nieste mehrmals und fühlte sich elend. Den Gedanken, eine Freundin treffen zu wollen, schlug sie sich sofort aus dem Kopf.

Sie tippte schnell eine SMS. „Es fühlt sich nach Grippe an. Ich kann leider nichts unternehmen. Sorry." Anna schluckte und zog sich die Decke bis ans Kinn. Sie schloss die Augen und wollte nur schlafen, schlafen und schlafen. Sie legte noch eine Bettdecke und eine Wolldecke über sich, sie hatte fast 39 Grad Fieber und klapperte mit den Zähnen.

Kapitel 51

MIRO

Ein Mord in der Klinik. Das war wirklich nicht gut. Miro hatte versucht, Lina zu erreichen, die erfahren musste, was mit ihrem Patienten passiert war, aber sie hatte nicht geantwortet. Ronny war erstickt worden, aber wer das getan hatte und wie, wussten sie nicht. Die Polizei behandelte das Ganze erstmal vertraulich.

Es war nicht schwer, einen Menschen zu töten. Das hatte Miro im Balkonkrieg gesehen, aber es gab nur wenige, die genau diesen Mord hätten begehen können. Bjurberg hatte ihn mehrmals angerufen, und jetzt hielt er den Hörer ans Ohr und hörte seinem Chef zu.

„Wie lief die Vernehmung?“ Bjurbergs Stimme am anderen Ende der Leitung klang träge.

„Sie haben alle, die an diesem Abend und in der Nacht gearbeitet haben, befragt, doch niemand hat etwas gesehen. Ronnys Tür war die ganze Zeit geschlossen. Aber ich befürchte …“

„Was?“

„Na, du weißt schon. Vielleicht war das Personal nicht aufmerksam. Es muss am Mittwoch passiert sein, nachmittags, abends oder nachts. Am Donnerstagmorgen hat man ihn gefunden."

Bjurberg brummte und begriff, worauf er hinauswollte. Wenn das Personal so lange mit denselben Klienten arbeitete, dann wurde es etwas lax, und es kam zu informellen Übereinkommen, die nicht regelkonform waren. Insassen durften E-Mails lesen oder an Orte gehen, an denen sie sich eigentlich nicht aufhalten durften. Nach diesem Ereignis würde es wieder strenger gehandhabt, so viel war auf jeden Fall klar.

Miro hatte sogar schon schlafende Angestellte angetroffen, die eigentlich Wachdienst hatten. Manchmal waren sie auch gar nicht da, wo sie sein sollten, und fummelten auf ihren Handys. Oder aneinander. Das war auch ein paar Mal passiert. Miro hörte Bjurbergs tiefen Seufzer.

„Es gab viele, die Ronny nicht mochten. Kann es jemand vom Personal gewesen sein?" Miro dachte laut nach.

„Wir müssen einfach abwarten, was bei den Ermittlungen herauskommt. Ich habe *die Anderen* informiert." Das Wort Anderen zog Bjurberg lang.

„Ja, wir müssen einfach mehr erfahren."

Miro legte auf. Er lag zu Hause auf dem Bett, dachte an die neue Psychologin. Seine Hand rutschte in seine Hose. Wurde er steif? Nein, gar nicht. Er schloss die Augen, und schon sah er stattdessen Lina vor sich. Es war neulich sehr schön gewesen. Ein Blick zur Uhr, er hatte noch etwas Zeit für sich allein.

Kapitel 52
ANNA

Auch in Stockholm war der Herbst kühl und der Himmel intensiv blau und kalt. Anna hatte Fieberträume, schnäuzte sich und nahm noch mehr Fiebersenker. Gegen Abend stand sie auf und ging zum Sofa, vor den Fernseher. Auf dem Weg dorthin holte sie das Foto.

Wie sollte sie herausfinden, wer das hier war? Sie könnte ja den Polizisten kontaktieren, der ihr diese merkwürdige Nachricht geschickt hatte? Oder den Reporter? Sie fotografierte das Bild mit dem Handy, zögerte ein paar Sekunden, schickte es dann aber an den Polizisten. „Dieses Bild habe ich in einem anonymen Umschlag bekommen, wissen Sie, wer das ist?" Irgendwie fühlte sich das sicherer an, als es dem Reporter zu geben. Vielleicht hatte der Kommissar noch mehr Infos für sie?

Obwohl sie in ihrem Bett in Odenplan lag, befanden sich ihre Gedanken zweihundert Kilometer entfernt. Und wo in Säter befand sich Zimmer 55?

Kapitel 53

LINA

Jedes Mal, wenn Lina nach Hause kam, wünschte sie sich, dass sich etwas zum Besseren verändert hatte, obwohl sie wusste, dass es nie passieren würde. Dass ihre Mutter dieses Mal wie eine normale Mama war, nämlich gesund, dass sie sie umarmen und fragen würde, wie ihr Tag gewesen war. Und nicht immer andersrum.

Leider war sie jedes Mal enttäuscht, wenn sie auf die unveränderte Wirklichkeit traf. Die Haare ihrer Mutter waren wie immer ungewaschen und verfilzt. Sie trug einen wilden Mix aus bunten, gemusterten Kleidern, und in der Küche türmte sich das schmutzige Geschirr.

Lina begriff, als Angehörige wie als Ärztin, wie ernst und tiefgehend die Diagnose bipolar war. Die Psychosen lösten einander ab.

Ihre Mutter strahlte immer, wenn Lina kam, aber nach kürzester Zeit begann sie dann mit ihren schier unendlichen Grübeleien. Sie hing in ihren eigenen Gedanken fest und fummelte mit Stricknadeln und Wollknäuel. Der Tod war das häufigste Gesprächsthema, und sie war schnell dort angelangt. Nach ein paar Minuten schien es, als wüsste sie gar nicht mehr, dass Lina da war.

Lina schüttelte die Tablettenboxen auf der Arbeitsfläche, sie klangen leer. Ihre Mutter nahm inzwischen insgesamt um die zwanzig Tabletten pro Tag, schätzte sie. Sie räumte die Küche auf und wischte schnell das Bad, dann rief sie eine Freundin an und fragte, ob sie bei ihr schlafen könnte.

Eine Stunde später ging sie, was ihre Mutter kaum bemerkte. Lina war mehr wie jemand vom Pflegedienst als wie eine Tochter. Als sie ging, wusste Lina, dass sie dieses Wochenende nicht mehr zurückkäme, aber sie hatte wenigstens nach ihrer kranken Mutter gesehen. Jetzt musste sie an sich selbst denken und für eine Weile die Kontrolle verlieren und damit all ihre Sorgen.

Kapitel 54

ANNA

Durch die Tabletten hatte Anna es aus dem Bett geschafft und einen Teil der Kisten durchgesehen, die an den Wänden standen. Einen Großteil würde sie wegwerfen oder weggeben. Was sie behalten wollte, würde sie, solange es noch Wohnungsbesichtigungen gab, in den Abstellraum stellen. Es war traurig, und sie wollte Matthias anrufen, ließ es aber sein. Zwischen ihnen hatte es so gut angefangen, doch dann war nichts mehr übrig, und jetzt war er wie ein Fremder, obwohl sie zusammengelebt hatten. Sie fühlte sich etwas besser und setzte sich an den Computer, um noch mehr Informationen zu Säter zu suchen.

Sie versuchte es wieder mit unterschiedlichen Suchwörtern. „Verschwundene Frau in Dalarna", „alter Krankenhauspavillon", „Irrenhaus".

Entsetzliche Bilder der Behandlungen, die in Säter gemacht worden waren, tauchten auf. Lobotomie. Schwarz-weiße Bilder von Menschen in steriler Umgebung. Wahnsinnige Blicke, Künstler, Pfleger, Pavillons und massenweise Bäder. Bäder? Sie überflog den Text. Bäder galten damals als eine effektive Behandlung. Warme und kalte Bäder, das ganze Jahr über. Huch, war das dort, wo sie jetzt arbeitete? Sie suchte nach alten Diagnosen, aber die Suchwörter führten zu keinen Treffern. Sie müsste in eine Art Archiv gehen, wenn sie mehr herausfinden wollte.

Was machte sie da eigentlich? Sie lächelte vor sich hin. Dachte sie, dass es etwas herauszufinden gab? Kurz schaute sie aufs Handy, ob der Polizist geantwortet hatte. Noch nicht.

Sie scrollte weiter durch die Treffer. Der Skandal in Säter. Die Psychologin, die aufgehört hatte. Da stand nicht, warum. Alles findet man eben doch nicht im Internet. Sie suchte weiter nach Frauen in Säter, nach vermissten Frauen in Dalarna.

Ihr wurden Artikel über ein verschwundenes Mädchen angezeigt.

Nein, sie konnte nicht die Kommissarin in einer schwedischen Version von Inspector Barnaby spielen. Und wer hat überhaupt gesagt, dass es sich um ein Verbrechen handelte? Sie klappte den Laptop zu und beschloss, alles sein zu lassen. Sie schnäuzte sich ein paar Mal und amüsiert sich damit, die zusammengeballten Taschentücher in den Papierkorb zu werfen.

Kapitel 55

LINA

Lina und ihre Freundin gingen an der Schlange vorm Berns vorbei. Die Türsteher begrüßten sie und ließen sie hinein.

Drinnen bestellten sie sich zwei Strawberry Daiquiri und nickten einander zum Prost zu, was für ihre Umgebung kaum sichtbar war. Der Alkohol fühlte sich gut im Körper an, und Lina, die sich nicht mehr richtig wohlgefühlt hatte, seit Miro ihr Büro verlassen hatte, spürte, wie die Leere langsam von etwas anderem gefüllt wurde.

Es dauerte nicht lange, bis sie mit zwei Männern redeten und flirteten, die von der anderen Seite der Bar zu ihnen gekommen waren. Lina spielte ihr Spiel perfekt und wusste, was sie wollte. Nämlich, dass mindestens einer der Männer sie so sehr wollte, dass er ihr noch vor zwölf einen Vorschlag machte. Sie wusste, dass das falsch war, aber genau das brauchte sie jetzt.

Es entwickelte sich, wie sie es sich gedacht hatte, und schon bald spürte sie einen Arm um ihre Taille und Bartstoppeln an der Wange.

„Meine Wohnung ist nur einen Katzensprung entfernt. Was meinst du?"

Er war blond und durchtrainiert. Ein aufgeknöpftes Boss-Hemd. Er roch gut. Sie erzählte, dass sie Ärztin war, aber er schien nicht zuzuhören, sondern machte ihr weiter Komplimente über ihr Aussehen.

Lina wachte mit einem Ruck in der fremden Wohnung auf, neben ihr der Mann, der anscheinend Fredrik hieß. Eine gut geputzte Wohnung in Östermalm mit kühler Junggeselleneinrichtung. Sie erinnerte sich an den Sex als wirklich okay, aber nicht so intensiv wie mit Miro. Wieso musste sie Vergleiche anstellen?

Fredrik lächelte sie an und sagte guten Morgen. Jetzt wollte sie nur noch weg. So schnell wie möglich.

„Im Schrank findet du saubere Handtücher", rief er ihr nach. Nachdem sie geduscht und sich abgetrocknet hatte, suchte sie ihre Handtasche und nahm ihr Handy heraus. Mehrere verpasste Anrufe von Miro. Sie spürte, wie ihr Blut durch den Körper rauschte. Sie musste hier weg und ihn sofort anrufen.

„Und du bist also Ärztin?", rief Fredrik aus dem Schlafzimmer.

„Ich arbeite in der Rechtspsychiatrie in Säter."

„Oha."

Er richtete sich halb auf.

„Davon liest man ja nur. Sind da nicht die ganz Kranken? Richtig Verrückte?"

Lina reckte den Kopf und lächelte schief. Sie hatte keine Lust auf Small Talk, aber wollte auch nicht unfreundlich sein. Jetzt dachte sie nur noch an Miro.

„Wohl kaum verrückter als deine Klienten als Jurist hier in Stockholm."

Fredrik lachte über ihren Vergleich, aber stimmte zu, dass das nicht ganz falsch war.

„Melde dich doch noch mal", sagte er und reichte ihr seine Visitenkarte, während sie sich fertig machte, um zu gehen.

„Ja, das mache ich vielleicht." Sie küsste ihn auf den Mund und verließ die Wohnung. Als sie auf die Straße trat, warf sie die Visitenkarte in den nächsten Mülleimer. Sie zog den Reißverschluss bis ans Kinn und klappte den Kragen hoch. Sie würde jetzt nur noch ihren Koffer bei ihrer Freundin abholen und dann den nächsten Zug nach Säter nehmen.

Kapitel 56

MIRO

Es dämmerte schon, und Miro stand an sein Auto gelehnt da.

Er sah Lina aus dem Bahnhof und auf sich zukommen. Endlich hatte er sie erreicht, wollte aber nichts am Telefon erzählen. Sie war wirklich attraktiv. Vielleicht könnte sie ihm im Auto schnell einen blasen.

„Hallo." Er sah sich schnell um und küsste sie. Er wollte sie fühlen und legte seine Hand auf ihren Rücken, zog sie sanft, aber bestimmt an sich.

„Was wolltest du denn?" Sie lächelte ihn flirtend an und sträubte sich etwas, aber nicht so sehr, dass zwischen ihnen ein Abstand entstand.

„Du weißt, dass ich viel will."

Lina trat etwas näher an ihn, ließ ihre Hand innen an seinem Oberschenkel hochgleiten, trotz des dicken Jeansstoffs wusste sie genau, wie er sich anfühlte. Er stöhnte etwas, nahm ihre Hand und drückte sie, damit sie spürte, wie er hart wurde. Lina warf einen Blick um sich herum und nickte zum Auto. „Sollen wir?"

Miro schob sie vor sich in den Wagen. Alles andere müsste eben warten. Sie setzte sich auf den Beifahrersitz. Er ließ den Motor an und fuhr schnell in einen kleinen Seitenweg hinter dem Bahnhof. Die ganze Zeit spürte er ihre Hand in seinem Schritt.

Kapitel 57
SVEN JÄRRING

Sven Järring hatte Bengt direkt angerufen, als er Annas SMS bekommen hatte. Der Briefschreiber hatte sein nächstes Opfer ausgesucht. Das war eindeutig. Die Psychologin, die sich in Luft aufgelöst hatte, ausgewandert war, die Identität gewechselt hatte, ermordet worden oder was auch immer geschehen war, hatte ähnliche Briefe erhalten.

„Wir müssen ihr erzählen, was wir wissen, und sie in die richtige Richtung lenken."

Am anderen Ende der Leitung stimmte Bengt zu.

„Wer weiß, vielleicht kann sie etwas herausfinden, wodurch wir endlich Klarheit bekommen, was eigentlich in Säter geschieht."

Kapitel 58

LINA

„Ermordet?“ Lina klappte den Mund auf. Die Nachricht fühlte sich nach dem Sex wie eine kalte Dusche an. „Warum hast du das nicht sofort gesagt?“ Sie schaute Miro verärgert an.

„Ich dachte, wir könnten es uns zuerst nett machen, danach hättest du wohl keine Lust mehr gehabt.“

Sie nickte, damit hatte er sicherlich recht.

„Das ist ja auch nichts, das ich am Telefon besprechen möchte. Ich dachte aber, dass es wichtig ist, dass du es weißt. Er war schließlich dein Patient.“

Ja, das war er. Und noch mehr, aber das wusste ja niemand, worüber sie sehr erleichtert war. Aber das war trotzdem kein Trost. Miro erzählte, was in der Klinik los war, und Lina sank auf den Stuhl. Sie merkte, dass der oberste Hosenknopf noch offen stand, atmete ein und knöpfte ihn zu.

„Kannst du mich nach Hause fahren?“

Miro ließ den Wagen an, und sie schwiegen. „Ich melde mich, wenn es mehr Informationen gibt. Und ich vertraue darauf, dass das hier zwischen uns bleibt.“

„Was meinst du?“, fragte sie neckisch.

Miro lächelte und zwinkerte auf diese Weise, die ihn mit allem durchkommen ließ.

„Alles, okay?"

Sie nickte, aber hatte das Gefühl, dass sie das überhaupt nicht versprechen konnte. Im Moment musste sie zu niemandem loyal sein außer zu sich selbst. Sie war zu häufig enttäuscht worden, und daran erinnerte sie sich viel zu oft.

Sie verabschiedete sich und schloss hinter sich die Autotür.

Kapitel 59

ANNA

Annas braune Haare flatterten im Wind, als sie zwischen den frühen Morgenpendlern kurz vor sechs auf dem Bahnsteig stand. Ihr Körper schmerzte noch, und sie fühlte sich matt, aber sie wollte so schnell wie möglich zurück nach Säter. Es war eine magnetische Anziehungskraft, die sie nicht erklären konnte. Etwas, das sie nicht benennen konnte, wartete auf sie und war deutlich wichtiger als das, was hier war. Die Großstadt fühlte sich seelisch leer und tot an, die hohen Gebäude gruseliger als die Fenstergitter der Klinik. Hier war sie niemand, in Säter hatte sie bereits eine Rolle, die das Leben von Menschen beeinflussen konnte. Sie trampelte mit den Füßen, um warm zu werden. Die Menschen um sie herum waren wie lebende Schaufensterpuppen, und sie hatte Lust, allen zuzuschreien: „Wacht auf, das hier ist alles unecht, begreift ihr das nicht." Sie würde so etwas niemals tun, aber sie hatte Mitleid mit all diesen Menschen, die vielleicht niemals so intensiv leben würden wie sie jetzt in Dalarna.

Beim Lesen der SMS von dem Polizisten hatten sich ihre Nackenhaare aufgestellt. *Es gibt ein paar Frauen in Säter, die seit vielen Jahren vermisst werden. Rufen Sie mich nach dem Wochenende an.*

Der Zug würde gegen neun in Säter ankommen. Der Handywecker weckte sie kurz hinter Hedemora. Als sie ausstieg, wurde ihr bewusst, dass sie heute nicht wie gehofft arbeiten könnte. Die Infektion war noch da, und sie fühlte sich schwach und wacklig. Sie rief Karin Vinterberg an.

„Ich habe mich gerade gefragt, wo Sie bleiben?"

„Ich habe eine Grippe, glaube ich." Sie begann zu husten und musste das Telefon beiseitelegen, bis der Anfall vorbei war.

„Oha, dann müssen Sie zu Hause bleiben. Wir möchten Sie jedenfalls nicht hier haben und riskieren, dass Sie die Patienten anstecken."

„Ja, das verstehe ich. Ich werde versuchen, morgen zu kommen. Dann ist das erste Gespräch mit Villy geplant, und das möchte ich nicht verschieben müssen."

Bevor sie nach Hause ging, deckte sie sich noch bei der Apotheke mit Schmerztabletten und Schleimlösern ein. Die Dame an der Kasse war irritierend langsam, und Anna bewegte sich ungeduldig, während sie darauf wartete, ihren Pin eingeben zu können. Hatte sie trotz allem aus Stockholm den Stress mitgebracht?

Als sie endlich ihren Hof erreichte, hatte sie fast das Gefühl, umzukippen. Sie schloss ihr Fahrrad ab und stieg die Treppe hinauf. Obwohl es im Flur dämmrig war, sah sie sofort den Brief auf der Matte. Noch einen. Sie stellte ihre Tasche ab und hob ihn sofort auf. Ihr Name stand in feinen, verschnörkelten Buchstaben darauf. Sie schüttelte sich.

Langsam schnitt sie mit dem Gemüsemesser die Längsseite auf, und ein kleiner Bogen fiel heraus. Darauf standen folgende Zeilen:

Vergessen
Aber es gibt eine Wahrheit
Die von den Erleuchteten entdeckt wird
Du kannst das
ÄTER

Sie war jetzt so müde, dass sie sich hinlegen musste. Mit dem Brief in der Hand legte sie sich aufs Sofa, schlief ein und hatte einen langen, schweren Fiebertraum.

Anna wachte zwei Stunden später auf. Von ihrem Platz auf dem Sofa aus konnte sie durchs Fenster in den Hof sehen. Ein starker Herbstwind raschelte in den Kronen der Eichen, riss trockene Blätter ab und nahm sie mit in den Himmel.

Sie fühlte sich durch die Medikamente ein bisschen besser und aß mit besserem Appetit etwas. Neben ihr auf dem Tisch lag der Brief.

Sie las ihn noch einmal.
... entdeckt wird ...
... Du kannst das ...
Und von ÄTER?
Sie verglich ihn mit dem ersten Brief mit dem Absender ER.
Sollte es eigentlich Säter heißen?
Sie verschwand ...
Verschluckt ...
Falsche Geburt ...

Sie müsste es mit anderen besprechen, um herauszufinden, worum es hier ging.

Schon am Abend spürte Anna, dass sie am nächsten Tag arbeiten könnte. Sie duschte lange und bereitete sich vor, indem sie ihren Terminkalender durchging und die Kleider für morgen herauslegte.

Dann aß sie eine große Schüssel Grießbrei mit viel Zucker und Zimt.

Kapitel 60
BJURBERG

Ein Mord in einer geschlossenen Abteilung. Bald wäre es in den Medien. Bjurberg schaukelte im Stuhl in seinem Büro, er war an Zwischenfälle ja durchaus gewohnt, aber das hier hätte er nun wirklich nicht auch noch gebraucht. Er hatte nicht nur die Verantwortung für das, was jetzt in der Klinik geschah, sondern auch für das, was vor ihm passiert war. Das war manchmal eine schwere Last. Die Klinik zu leiten bedeutete, sich *den Anderen* anzuschließen und zu tun, was beschlossen wurde. Einige Beschlüsse waren seine eigenen, andere gehörten *den Anderen*. Er drehte den Stift zwischen den Fingern, und während er nachdachte, folgte er mit dem Blick den feinen Linien im Holz des Schreibtischs.

Die Reaktion des Netzwerks auf den Mord war ein tiefes Schweigen, dann hieß es, sie würden sehen, was sie über ihre Kontakte tun könnten, damit Säter nicht wieder in ein schlechtes Licht gerückt würde.

Außerdem war die Frage gestellt worden, ob Bjurberg in seiner aktuellen Rolle weitermachen könne, falls Säter erneut im Rampenlicht landete. Wer sollte übernehmen? Miro war dafür noch nicht bereit.

Bjurberg war jedenfalls erleichtert, dass die verschwundene Psychologin bisher so wenig Aufmerksamkeit geweckt hatte. Wahrscheinlich lag es daran, dass sie eine alleinstehende Frau ohne Angehörige war, die ihre Karriere ganz allein ruiniert hatte. Er blickte aus dem Fenster und sah zufällig, wie Anna Varga den See entlangging.

Er kniff die Augen zusammen. Anna Varga.

Kapitel 61
ANNA

Es war einer dieser sehr klaren Herbstmorgen mit dem Ljustern als gigantischen, blauen Spiegel. Diese Weite und diesen Raum konnte man in Stockholm zwischen Wohnhäusern und Straßen unmöglich erleben. Oft lag außerdem ein schwacher, grauer Nebel oder eine dünne Wolke wie ein Deckel über der Stadt.

Anna spürte einen Glücksrausch. Hier wollte sie leben. Es war so schön, als sie langsam den See entlangging, und sie atmete so tief ein, dass es fast in der Nase brannte. Die Farben waren intensiv und klar, und die roten Holzhäuser setzten sich perfekt vor dem grünen Gras ab, vom bunten Herbstlaub, dem See und dem Himmel, dazu der Duft des Sägewerks, den sie tief einsog.

Es war so frisch und schön, dass sich jeder Atemzug wie eine Wiedergeburt anfühlte. Ihr fiel es kaum auf, aber sie lächelte, als sie sich ihrer Arbeit näherte.

Sie lächelte den ganzen Weg über, bis sie an Karin Vinterbergs halb geöffnete Tür klopfte.

„Hallo, sind Sie gesund?“

„Ich fühle mich deutlich besser, danke.“ Anna merkte, dass ihr Tonfall irgendwie anders war als sonst. Sie fragte, ob Magnus da war.

„Er wird wohl wie üblich in seinem Büro sein, vermute ich.“

Karin Vinterberg drehte sich zu ihrem Computer um und wandte Anna, die in der Tür stand, ihren Rücken zu. Eines war sicher, an Karin Vinterberg würde sie sich wegen des Briefs auf keinen Fall wenden.

„Ja, das wird wohl so sein“, murmelte sie und ging zu ihrem Büro.

Um zehn Uhr hatte Anna das Gespräch mit Villy. Sie bereitete sich auf die Beurteilung vor, indem sie drei Screening-Formulare kopierte und ein Notizbuch und Stifte herausnahm. Sie blätterte in seiner Krankenakte, um sich über die neuesten Aufzeichnungen zu informieren. Was hatte er in den letzten Tagen getan. Gegessen … geschlafen … war aufgestanden … soziales Training. Im Grunde war es völlig verrückt, dass andere Menschen so detailliert notierten, wie der Alltag einer Person aussah. Nichts Auffälliges, er blieb ein Bilderbuchpatient. Verbargen diese perfekten Zeilen etwas anderes, konnte er tatsächlich eine so fehlerlose Person sein, wo er doch gerade erst als krank verurteilt worden war? Er hatte schließlich seinen Pflegebruder getötet.

Ihr Handy meldete sich. Eine SMS von Sven. *Bitte rufen Sie mich so schnell wie möglich an.* Sie hatte den Polizisten nicht vergessen, wollte aber nach Feierabend anrufen. Sie schaute auf die Uhr, jetzt konnte sie nicht sprechen. Es musste warten. Plötzlich hatte sie das Gefühl, dass die Wände Ohren hatten und dass alles, was sie tat, beobachtet wurde. Es war ein merkwürdiges Gefühl, das sie abzuschütteln versuchte, aber die Präsenz war so stark, dass es unmöglich war. Sie wählte Linas Nummer.

Kapitel 62

LINA

Das Wichtigste war, die Rolle perfekt zu spielen, professionell zu sein. Lina hatte sich Ronnys Zettel genau angesehen, als sie gestern Abend nach Hause gekommen war. Es standen mehrere Namen darauf, und es gab eine Art Stammbaum mit verschiedenen Namen. Was er sich dabei gedacht hatte, konnte man nicht wissen. Lina war jedenfalls froh, dass sie sie mitgenommen hatte.

Sie knöpfte sich gerade den Kittel zu, als Anna anrief.

„Hallo, wie geht's?"

„Das weiß ich ehrlich gesagt gar nicht, es passieren jetzt komische Sachen."

„Was meinst du?"

„Du hältst mich wahrscheinlich für total verrückt, aber zuerst habe ich doch diese Briefe und das Foto bekommen, dann hatte ich den Eindruck, auf dem Spiegel in meinem Büro stünde etwas, und jetzt habe ich das Gefühl, dass mich jemand beobachtet."

Lina schwieg ein paar Sekunden.

„Geht's dir gut, Anna?"

„Ja, mir geht's super. Aber so langsam frage ich mich, ob ich mir Dinge einbilde. Und dann ist das mit meiner Vorgängerin so merkwürdig. Wo zum Teufel steckt sie? Was weißt du eigentlich darüber?"

„Es gibt Gerüchte. Wir können irgendwann darüber sprechen. Aber wie gesagt, es sind bloß Gerüchte."

Lina warf einen Blick auf die Uhr, sie musste sich beeilen, um zur Visite zu kommen.

„Ich muss los, können wir später reden? Nach allem, was passiert ist, habe ich ziemlich viel um die Ohren. Bleib ruhig. Ich hatte dir ja gesagt, dass Säter etwas ganz anderes ist als alles, was du bisher erlebt hast."

„Ja, danke ..." Anna seufzte tief.

Um zehn vor zehn schloss sie ihr Büro ab und ging zum Sprechzimmer auf Villys Station, das sie reserviert hatte. Ihr war flau im Magen. Danach hatte sie sich gesehnt, seit sie zum ersten Mal den Zug hierher bestiegen hatte, endlich mit Patienten zu arbeiten.

Sie versuchte, sich auf dem Weg durch die langen Korridore zu sammeln. Denn ihr war bewusst, dass das kleinste Gefühl, das sie in sich trug und mit dem sie nicht umgehen konnte, ihr Gespräch beeinflussen könnte. Wieso fühlte sie sich unsicher und fast ängstlich?

In seiner rechtspsychiatrischen Untersuchung fanden sich keine größeren Fragezeichen, im Gegenteil, sie war ebenfalls glasklar – oder war sie zu dünn?

Hatte sie etwas übersehen? War bei Villy alles so perfekt, wie es schien?

„Anna, halte dich an Fakten und keine Fantasien", ermahnte sie sich selbst stumm.

Während der Psychotherapie im Rahmen ihrer Ausbildung zur Psychologin hatte ihr Therapeut das mehrfach ihr gegenüber wiederholt.

Sie rutschte schnell in Tagträumerei und Fantasien ab.

Kapitel 63

SVEN JÄRRING

„Jetzt gibt es in der Klinik einen Mord. Du kannst ein paar Zeilen darüber schreiben. Das wird Bjurberg etwas aus dem Gleichgewicht bringen."

„Meine Güte, wie sicher ist die Quelle?" Bengt lächelte breit. Das waren gute Neuigkeiten.

„Sicher, aber noch nicht offiziell." Sven und Bengt standen hinter Svens Haus. Er hatte Bengt hergebeten, um ihm die neuesten Informationen seiner Kontakte in der Klinik mitzuteilen.

„Wer ist tot?"

„Ronny hieß er, aber die Frage lautet eher, wer hat ihn umgebracht und warum?"

Bengt machte sich in seinem kleinen Block Notizen. Er gehörte noch zur alten Journalistengeneration mit Stift und Papier. Er würde sofort die Redaktion anrufen.

„Wir müssen Anna Varga treffen und ihr das Gesamtbild geben. Sie kann uns helfen. Ich habe sie gebeten, mich heute anzurufen."

Kapitel 64

ANNA

Als Anna die letzte Schleuse zur Station erreichte, hatte sie jedenfalls über ihre eigenen Gedanken und Gefühle nachdenken können, so dass sie nicht mehr diffus waren. Ihr war bewusst, mit welchen Erwartungen sie in das Gespräch ging. Ein Werkzeug, dessen Übung im Kurs zur Psychotherapie während ihrer Ausbildung wirklich wichtig war.

Villy war bereits da, als sie ankam, obwohl es noch nicht zehn war.

Er stand auf und reichte ihr die Hand. Sie zögerte nicht, sie zu nehmen, aber interpretierte die Geste als eine Chance für ihn, den ersten Schritt zu tun, die Kontrolle, vielleicht die Macht im Zimmer zu übernehmen.

„Hallo, angenehm", sagte er, doch so konnte sie nicht antworten. Das war zu offen und alltäglich.

„Hallo", erwiderte sie undramatisch.

Sie ließ ihm das Gefühl, das Kommando haben. Wahrscheinlich war das für ihn und seine Art, Beziehungen zu knüpfen, wichtig. Sie überließ ihm das Steuer, um zu verstehen, wie er tickte. Seine Hand war warm und kräftig. Anna setzte sich in den leeren Sessel und legte ihre Mappe mit den Formularen und dem Block auf ihre Knie.

„Ich fange gern damit an, darüber zu sprechen, wieso Sie hier in Therapie sind und welche Erwartungen Sie an unser Gespräch haben."

„Es gehört zu meinem Behandlungsplan. Vielleicht bringt es mir etwas."

„Wenn Sie sagen, dass es Ihnen etwas bringt, was genau meinen Sie damit?" Anna lehnte sich bewusst im Sessel etwas vor.

„Ich habe noch nie mit jemandem direkt über mich und mein Leben gesprochen. Ich habe viel mitgemacht, aber gleichzeitig fühlt es sich falsch an, in der Vergangenheit zu wühlen." Villy wog seine Worte ab, aber Anna hatte den Eindruck, dass er trotzdem ganz genau wusste, was er sagen sollte.

„Ich verstehe. Hatten Sie vorher überhaupt schon einmal eine Gesprächstherapie?"

Er hatte das rechte Bein über das linke geschlagen und wippte hektisch mit dem Fuß. Der starke, ruhige Mann hatte gewiss noch eine andere Seite.

„Nein. Ich habe vor allem mit meiner Frau gesprochen, aber sie weiß natürlich nur das, von dem ich dachte, es deprimiert sie nicht."

Anna machte sich Notizen, wahrscheinlich hatte man ihn in der früheren Klinik noch nicht als reif für eine Gesprächstherapie eingestuft.

„Sie haben also Dinge erlebt, von denen Sie annehmen, dass sie andere deprimieren, wenn sie sie hören?"

„Schon, ich wurde ja wegen Mordes verurteilt."

Anna bemerkte eine Veränderung in seinem Tonfall, und plötzlich sah er aus dem Fenster. Sie notierte sich etwas in ihrem Block, „deprimierend“, „wegen Mordes verurteilt“. Es war immer wichtig, darauf zu achten, wie der Patient selbst von seinem Urteil berichtete.

„Können Sie mir helfen, weiterzukommen?“, fragte er und wandte sich an sie.

„Weiterkommen? Wie?“

„Also, ich will ja nicht mein restliches Leben hier verbringen.“

„Wie glauben Sie, dass die Therapie Ihnen dabei weiterhilft?“

„So wie ich es verstanden habe, sind Sie hier in der Klinik die wichtigste Psychologin, und da müssten Sie mir doch den rechten Weg weisen können, der mich hinausbringt.“

Kälte breitete sich in ihrer Brust aus.

„Ich kann natürlich durch unsere therapeutische Arbeit nichts an Ihrem Urteil verändern. Es gibt die üblichen Risikobewertungen und andere Tests, die Ihre Zeit hier verkürzen können. Die KVT-Therapie wird auf der Grundlage dessen, was wir als Ihr mögliches Problemverhalten oder Ihre negativen Gedanken identifizieren, eingesetzt. Sie bekommen dann Übungen, die Ihnen helfen, eine funktionalere Art des Handelns zu erlernen.“

Villy sah sie plötzlich scharf an. „In der ganzen Zeit, seit ich verurteilt worden bin, hat niemand danach gefragt, wie es mir geht. Sie sind doch Psychologin und können Menschen analysieren, können Sie das nicht?“

„Nein, wäre mein Job doch bloß so einfach.“ Sie lachte, im Zimmer hatte sich eine gewissen Spannung breitgemacht, und sie wusste, dass Humor das absolut beste Mittel sein konnte, um wieder eine ausgewogene Gesprächsatmosphäre zu schaffen. Das funktionierte meistens, Villy stimmte in ihr Lachen ein.

„Sie unterliegen der Schweigepflicht?"

„Natürlich. In Ihren Unterlagen gibt es ein paar Dinge, die mich zum Nachdenken gebracht haben. Wie zum Beispiel war Ihre Kindheit?"

„Meine Kindheit …" Villy verstummte. „Ich würde sagen, dazu war ich auch verurteilt."

„Wie meinen Sie das?"

„Ich war dazu verurteilt, in dieser Familie aufzuwachsen."

„Ist das etwas, worüber Sie während der Therapie gern sprechen würden?"

„Ja, das könnte sicher gut sein."

Anna war zufrieden. Das hier würde gut. Durch einen Knall drehte sie sich um.

„Die Zeit ist um." Einer der Pfleger stand in der Tür, die hinter ihm zugeschlagen war.

Nachdem sie sich vor dem Zimmer verabschiedet hatten, hatte Anna das starke Gefühl, beobachtet zu werden, während sie durch den Korridor ging. Sie drehte sich schnell um und sah gerade noch, wie Villy wegschaute. Er hatte sie angesehen. Wie in Zeitlupe ging sie zurück in ihr Zimmer.

Kapitel 65
MIRO

Es klopfte an der Tür, und anstatt die Ampel zu verstellen, öffnete Miro. Er wusste, dass Bjurberg um die Mittagszeit oft unangemeldet hereinsah.

„Können wir ein paar Dinge besprechen?"

Miro nickte und schloss hinter ihm die Tür.

Ganz wie zu Hause nahm Bjurberg auf dem großen, bequemen Sessel Platz, und Miro setzte sich auf den Schreibtischstuhl. Das Sofa vermied er. Das eignete sich am besten für Sex.

„Was denkst du, wie lief es mit Villy?", fragte Bjurberg.

„Gut, vermute ich. Er hat nichts gemacht, das irgendwie bemerkenswert wäre, finde ich. Anna Varga scheint auch verstanden zu haben, was wir wollen."

„Ja, ich habe mit ihr gesprochen, und ich glaube, dass sie begriffen hat, was sie tun sollte und wie. Wir werden bald eine kleine Neuigkeit an die Zeitungen geben können und sie als *Goodwill*-Botschafterin für die Klinik auftreten lassen. Das brauchen wir vor allem auch wegen des Todesfalls … oder Mord."

Miro fühlte sich plötzlich für Anna verantwortlich, er mochte sie irgendwie. Es schien nicht gerecht, dass sie jetzt schon in diese Rolle schlüpfen sollte.

„Was sollte das denn sein?"

„Ich überlege noch. Hast du eine Idee?"

„Wir können ja von Villy berichten, anonym natürlich, wie gut wir die Insassen mit der neuesten Therapie behandeln, dass sie näher an ihre Heimat kommen und all sowas, das gut klingt."

Bjurberg legte die Hände in den Nacken und lehnte sich zurück. „Das machen wir. Hast du etwas von *ihr* gehört?"

„Von der Psychologin meinst du? Nein, kein Wort. Und du weißt ja, wenn ich nichts gehört habe, dann heißt das meistens, dass niemand etwas gehört hat."

„Sehr gut." Bjurberg sah erleichtert aus, entspannte die Schultern und schlug ein Bein übers andere.

Er sah sich im Zimmer um.

„Kann ich vielleicht einen Kaffee haben?"

„Klar." Miro stand auf und ging zum Schrank auf der anderen Seite. „Was darf es sein? Afrikanisch? Würzig? Citrus? Original?"

Er hielt Bjurberg die Kiste mit Espressokapseln hin.

„Einfach das Übliche."

Miro schaltete die Maschine an und legte ein schwarzes Original ein. Nach wenigen Augenblicken floss Kaffee in einem dünnen Strahl in den Pappbecher. Miro reichte Bjurberg den Becher, der ihn in einem Schluck leerte.

„Dann machen wir es wie besprochen."

Als Bjurberg gegangen war, stellte Cilic sich ans Fenster und sah hinaus.

Er dachte an Lina. Wieso hatte sie sich nicht mehr bei ihm gemeldet? Der Sex im Auto war doch gut gewesen.

Kapitel 66

NILS

Nils hatte das einzige Fotoalbum aus seiner Kindheit herausgenommen. Kleine Schwarz-Weiß-Bilder, manche mit nachgezogenen Linien, um sie zu retuschieren. Sogar damals hat man versucht, das Hässliche zu verstecken und das Schöne zu betonen. Er blätterte vorsichtig um.

Seine Mutter war wunderschön. Greta-Garbo-ähnlich und auf allen Bildern lächelt sie. Auf einem hält sie Nils auf dem Arm, als er gut sechs Monate alt war, und beide sehen aus wie eins. Im Hintergrund steht sein Vater, der Brauereichef mit Hut und dunklem Anzug. Und daneben sein großer Bruder Ragnar, der in dem Jahr gestorben ist, in dem Nils achtzig wurde. Nils vermisste ihn sehr, sie waren beide die meiste Zeit ihres Lebens Junggesellen gewesen.

Nils dachte an seine Kindheit. Wie sie im Hof mit Steinkugeln spielten und im Wald mit Schleudern auf Vögel schossen, wie sie im Bach badeten, der durch das Grundstück floss, und wie die Dienerschaft vor den beiden Lausbuben floh, während die alte Ida immer dafür sorgte, dass sie sauber und satt waren. Nils klappte das Album behutsam zu und fuhr mit der Hand darüber. Abgesehen von den harten Schlägen seines Vaters war es eine schöne Kindheit und Jugend gewesen, mit Tanz im Park, und auch das Erwachsenenleben hatte gut begonnen. Die heftige Verliebtheit, dann der Bruch und das Vermissen. Eine Träne trat in seine Augenwinkel, und er wischte sie schnell mit dem Handrücken weg.

Er war kein Mann, der weint. Nicht Nils.

Er ging in den Flur und zog seine gefütterte Lederjacke und seine Mütze an. Es war Zeit für frische Luft. Er ging aus der Tür und schaute in den Himmel. Ein Schwarm Zugvögel flog vorbei.

Es war angenehm kühl.

Der Duft des kommenden Winters war ihm wohlbekannt, und da es viele und gute Vogelbeeren gab, erwartete Nils einen eiskalten, schneereichen Winter, der den See mit einer dicken Schicht Eis und Schnee bedeckte.

Kapitel 67

ANNA

Anna und Magnus waren mit drei Kaffeebechern auf dem Weg zur Psychologenbesprechung.

„Also, was haben wir denn heute?", begann Karin und sah ihre beiden jüngeren Kollegen an.

„Ich möchte über mein erstes begutachtendes Gespräch mit Villy sprechen", sagte Anna und strich eine Haarsträhne, die ihr vor die Augen gefallen war, wieder hinters Ohr.

Sie blätterte in ihren Notizen. Dann legte sie die Papiere wie einen Fächer vor sich und begann, Villys Herkunft in groben Zügen zu erläutern.

„Ein relativ unauffälliges Leben, soweit wir wissen. Wirkt er krank?", fragte Karin.

„Schwer zu sagen", antwortete Anna und erzählte vom Gespräch und von Villys Wunsch nach Therapiekontakt mindestens zweimal wöchentlich.

„Wie beurteilen Sie das?", fragte Karin.

„Dass er Interesse zeigt und wir therapeutisch arbeiten können. Aber ich habe noch kein klares Bild, auf welches problematische Verhalten wir uns konzentrieren sollten."

Anna zweifelte nicht daran, dass sie Villy nach der ersten Sitzung richtig einschätzte. Sie war allerdings unsicher, ob sie ihn nach zehn Sitzungen genauer einschätzen könnte.

„Es ist schwierig mit ihm, weil es auf gewisse Weise so leicht mit ihm ist", sagte sie zusammenfassend.

„Ich hatte auch mal eine solche relativ einfache Patientin mit einer ziemlich durchschnittlichen Lebensgeschichte, die weder größere Hochs noch Tiefs hatte, aber es zeigte sich, dass ihre Strategien immer sehr erfolgreich waren. Sie hatte sich an alles geklammert, was in ihrer Umgebung funktionierte, und es so geschafft, im Erwartungsrahmen zu bleiben. Eigentlich war sie sehr krank. Eines Tages erstach sie zwei Menschen in einem Einkaufszentrum." Karin zog die letzten Worte.

Sie alle wussten, dass frühe Verhaltensabweichungen, wie Tiere oder andere Kinder zu quälen, ohne dabei Reue oder Verständnis zu zeigen, frühe Anzeichen waren, die im Erwachsenenalter zu schweren Verbrechen führen konnten. Aber bei einem Teil der Patienten war es schwieriger, Muster zu erkennen.

Plötzlich flog die Tür auf.

„Hallo, sitzt ihr hier und analysiert?" Es folgte ein amüsiertes Lachen.

„Ja, stell dir vor, das tun wir tatsächlich", erwiderte Karin Vinterberg knapp, worauf Miro sie kurz anlächelte.

Er legte seine Hand auf Annas Schulter. Seine Hand war warm, wodurch sie sich etwas entspannte, obwohl sie wusste, dass eine solche Berührung durch ihn grenzwertig war. Vor allem, weil er die Hand nicht mehr wegnahm. Sie bewegte sich etwas, um ihm klarzumachen, dass es ihr unangenehm war. „Wie läuft es mit Villy?"

Durch Miros Berührung fiel es ihr schwer, sich zu konzentrieren, und sie spürte, wie ihr das Blut vom Hals in den Kopf stieg. Auch wenn ihr bewusst war, dass es gar nicht um Miro ging, sondern um ihre Sehnsucht nach Nähe, waren die Reaktionen im Moment schwer zu unterdrücken. Sie musste sich eingestehen, dass ihr die Signale, die er ihrem Körper schickte, gefielen.

„Es läuft gut, wir haben jetzt einen Behandlungsplan. Ich werde mich zweimal wöchentlich mit ihm treffen, das nächste Mal schon am Donnerstag."

„Gut, gut. Und Bjurberg hat mit Ihnen gesprochen, wie ich gehört habe."

„Ja, das hat er." Anna schaute nach unten auf den Tisch und vermied Augenkontakt mit ihren Kollegen.

Sie taten ihr etwas leid. Sie wussten nicht, was in der Klinik los war, dass ihre Arbeit nach und nach ausradiert wurde und dass die Leitung mit verborgenen Herrschaftstechniken Schritt für Schritt ihre Therapiearbeit eliminieren würde.

„Gut", sagte Cilic noch mal. „Ja, dann habe ich hier wohl nichts mehr zu tun." Endlich nahm er die Hand weg, und Anna streckte sich, um die Gefühle, die in ihr aufgekommen waren, zu vertreiben. Ihre Bluse klebte etwas an ihr, und sie löste den Stoff vorsichtig, ohne, dass die Kollegen etwas merken sollten. Er hatte einen merkwürdigen Geruch, der lange anhielt.

Karin Vinterberg saß schweigend da und betrachtete sie. Sogar Magnus schien eine Art Erklärung zu erwarten, was Bjurberg mit ihr besprochen hatte. Sie wusste nicht so genau, was sie sagen sollte.

„Bjurberg wollte über Villy sprechen und sichergehen, dass wir gut zusammenarbeiten."

Karin Vinterberg hatte ihre kühle Aura wiedergefunden, und Anna spürte, dass die vorher angenehme Atmosphäre wie weggeblasen war.

Kapitel 68

LINA

Hätte Lina um Ronny trauern sollen? Es war schließlich ein Kumpel ihres Bruders, der da gestorben war. Aber sie fühlte sich eiskalt, es gab kein Fünkchen Mitgefühl. Was sagte das nun über sie als Menschen aus: dass sie keine echte Empathie empfinden oder eine Beziehung zu einem Menschen aufbauen konnte? Oder vielleicht auch einfach nur, dass sie blockiert war und keine echte Verbindung zu ihrer Vergangenheit hatte? Außerdem verachtete sie auf gewisse Weise sowohl Drogen wie auch deren Benutzer. Das waren schwache Menschen ohne Charakter. Sicher, irgendwie war es auch eine Krankheit, aber man hatte trotzdem doch immer auch die Wahl.

Und wenn sie ganz ehrlich war, dann hatte sie Ronny zumindest teilweise die Schuld dafür gegeben, dass ihr Bruder an einer Überdosis gestorben war. Er hatte ihren Bruder zum Heroin gebracht, davon war sie überzeugt. Ohne Ronny würde ihr Bruder heute vielleicht noch leben, und sie wäre nicht so verdammt einsam.

Sie zog ihre Jacke an und ging schnell durch den Park vor der Klinik, um diese Gedanken zu vertreiben. Sie hatte keine Geschwister, keine gesunde Mutter, und ihr Vater war nie da gewesen. Ronny und ihr kleiner Bruder hatten sich seit ihrer Jugend gegenseitig in den Drogensumpf begleitet. Doch Ronny hatte ihren Bruder überlebt.

Sie sah in den Himmel, zu den Wolken, die wie Wattebäusche vorbeitrieben. Das Weinen unterdrückte sie. Es verging kein Tag, an dem sie ihren kleinen Bruder nicht vermisste. Doch jetzt würde sie hoffentlich alles, was gewesen ist, hinter sich lassen. Jetzt könnte Ronny sie nicht mehr an ihre Herkunft erinnern und das Gute zerstören, das sie sich aufzubauen versuchte.

Ihre Ziele waren hochgesteckt. Aber sie würde sie erreichen. Das tun, was noch keiner in ihrer Familie je getan hatte.

Kapitel 69

ANNA

Anna hatte den Tag mit Hilfe von Paracetamol, Ibuprofen und vielen Papiertaschentüchern überstanden. Beim Nasenspray war sie vorsichtig, weil sie früher schon mal davon abhängig gewesen war, daher ließ sie es jetzt, wie die meisten Medikamente, weg, wenn es nicht absolut notwendig war. Sie war müde und sehnte sich nach ihrem Bett. Aber ihre Schicht war noch nicht zu Ende, und sie konnte noch nicht gehen. Sie nahm eines ihrer dicken Lehrbücher, die sie immer auf neue Ideen und Perspektiven brachten – *Forensic science*. Sie blätterte durch die Kapitel und blieb an einem über Menschen mit einer dissoziativen Persönlichkeitsstörung hängen. Vermutete man, dass Villy daran litt, oder war es, wie es hieß, ein plötzlicher Realitätsverlust? Anna versank im Bürostuhl und las, bis sie merkte, dass draußen vor ihrem Fenster eine Straßenlaterne anging. Es war nach fünf, und sie sollte wirklich nach Hause.

Sie schickte Lina eine SMS, ob sie mit ihr in die Stadt gehen wollte.

„Wie geht's dir überhaupt?" Anna fand, dass Lina nach dem Wochenende irgendwie nicht wie sonst war, sie sah grau und müde aus. „Anstrengendes Wochenende gehabt?"

„Nein, alles gut ... Aber es ist schon heftig, mit meinem verstorbenen Patienten und so ... also, dem Ermordeten ..." Lina sah sie nicht an, sondern blickte stur geradeaus.

„Das finde ich schrecklich, wie kann das passieren, ohne, dass jemand etwas gesehen hat? Es gibt doch Kameras auf den Stationen?"

Lina erstarrte. „Ja, aber nicht überall."

Sie wollten gerade zum See abbiegen, als ein Auto neben ihnen hielt. Anna sah Miro hinter dem Seitenfenster, das er jetzt öffnete.

Ihr fiel auf, dass Lina sich aufrichtete und mit der Hand durch die Haare fuhr.

„Hallo." Er wandte sich an Anna. „Dann wohnen Sie also in der Nähe?"

„Ja, in der Stadt." Anna deutete über den See nach Säter.

„Und Sie?"

Anna merkte, dass Lina plötzlich wegschaute und sich nicht an dem Gespräch beteiligte. Sie war doch wohl nicht eifersüchtig, oder?

„Ich wohne in Hedemora. Es ist ganz angenehm, nicht direkt neben der Arbeit zu wohnen." Er strich mit den Händen übers Lenkrad, und Anna schämte sich etwas, weil sie darauf achtete.

„Soll ich euch mitnehmen?", fragte er, und sein Blick blieb auffällig lange hängen. Lina hatte sich jetzt mit verschränkten

Armen neben den Wagen gestellt, und Anna wandte sich etwas erstaunt an sie. „Sollen wir?"

„Nein, danke, ich gehe auf jeden Fall." Sie klang kurz und bestimmt.

„Ja, wir gehen lieber, trotzdem danke."

Miro schloss das Fenster und fuhr davon. Er nickte beiden zu.

Was wollte er überhaupt? Annas Körper reagierte auf ihn, sie fühlte sich berührt und gesehen. Ihr Puls wurde schneller, wenn sie an ihn dachte. Oder war das Stress? Nein, es reichte. Was dachte sie sich denn nur? Und wieso klang Lina so sauer?

„Ich fand, du hast etwas genervt geklungen, oder täusche ich mich? Habt ihr irgendein Problem?"

„Nein, gar nicht, aber ich will in meiner Freizeit nichts mit der Arbeit zu tun haben. Er ist ja mein Ausbilder. Und …"

„Und?"

Lina schwieg ein paar Sekunden lang, schien die Worte abzuwägen.

„Nimm dich vor Miro in Acht, man kann ihm nicht ganz vertrauen."

Anna merkte sich, was sie sagte. Aus dem Augenwinkel sah sie, wie Miro abbog und in Richtung Landstraße verschwand. Aber sie fragte sich, wem von den beiden sie eigentlich vertrauen konnte. Irgendetwas lief da, von dem sie noch nichts wusste.

Sie spazierten in die Stadt und trennten sich am Marktplatz. Anna hatte lange darauf gewartet, allein zu sein, um den Kommissar anzurufen.

„Versprich, dich zu melden, wenn du reden willst oder so." Sie wusste zwar nicht, was ihre Freundin verbarg, aber ihr Bauchgefühl sagte ihr, dass da etwas nicht in Ordnung war.

Lina zuckte mit den Schultern und sagte, es sei alles in Ordnung, aber in der Bewegung erkannte Anna eine fremde Kälte. „Okay, wir sehen uns ja morgen."

Anna nahm ihr Handy aus der Tasche, wählte schnell die Nummer des Polizisten und hörte es klingeln.

„Hallo, hier ist Anna Varga, die Psychologin aus Säter."

„Hallo, Anna, wie schön, dass Sie anrufen. Ich habe Ihnen etwas zu erzählen. Können wir uns heute Abend treffen?"

Kapitel 70

LINA

Lina zog ihre Kleider aus und legte sie auf einen Stuhl, dann ging sie ins Badezimmer. Wie jeden Abend, wenn sie nach Hause kam, machte sie die Dusche an und ließ das Wasser warm werden, bevor sie daruntertrat. Sie sah sich im Spiegel. Die gerade Nase, kleine Sommersprossen, grüne Augen, gut gezupfte und geschwungene Augenbrauen, ein gerader Mund und glattes, blondes Haar. Sie war nicht blondiert, worauf sie stolz war.

Sie war gern eine Blondine und wollte nie etwas anderes sein. Lina wusste, dass sie gut aussah, und auch, dass ihr Aussehen ihr Türen sowohl öffnen als auch verschließen konnte.

Im Wäschekorb lagen Kleider, die sie nicht anfassen wollte. Darauf waren Spuren von ihm, und sie wollte sie noch nicht waschen. Aber sie war dazu gezwungen. Sie stopfte sie in die Waschmaschine, gab Waschmittel und Weichspüler dazu, schaltete auf sechzig Grad und dann auf Start. Die Maschine begann sich zu drehen, rund, rund, rund. Ihr wurde schwindelig, und sie fasste sich an die Stirn.

Kapitel 71
ANNA

Als sie mit dem Löffel in der Tasse rührte, stieg der Duft von süßem Tee auf. Durch das Fenster in der Ecke des Cafés sah Anna auf den Marktplatz. Ein Auto fuhr vor und parkte ein Stück entfernt. Sie sah einen durchtrainierten, älteren Mann aussteigen und das Auto abschließen. Der Mann kam auf das Café zu, und Anna begriff, dass das Sven sein musste, hob die Hand und winkte ihm zu.

Er nickte ihr zu und bestellte zuerst an der Theke. Dann setzte er sich und betrachtete sie ein paar Sekunden lang. Ein Polizist war wohl immer mehr oder weniger im Dienst. Mit seiner Tasse Kaffee ging er ruhig und vorsichtig und lächelte auf eine sehr vertrauenswürdige Art. Anna reichte ihm die Hand.

Das Café würde schon in einer Stunde schließen. Die Frau an der Theke war hinter einem Vorhang verschwunden. Sie konnten ungestört reden.

„Wenn wir effizient sein wollen, dann erzählen Sie doch mal, was geschehen ist, seit Sie in Säter angefangen haben."

„Ich bin erst seit ein paar Tagen hier, und wenn ich ehrlich bin, weiß ich nicht, ob ich das, was ich erlebt habe, ernst nehmen soll oder nicht. Aber jetzt ist ein Patient gestorben, und das scheint ja nun wirklich ernst."

Sven nickte. „Ja, das wissen wir, die Polizei wird ermitteln. Aber eigentlich ist es nicht das, was uns interessiert." Er bedeutete ihr, weiterzureden. „Erzählen Sie nur, damit ich Ihnen helfen kann."

Sie erzählte von den Briefen, von dem Foto, das sie dann auch auf den Tisch zwischen sie legte. Sven hatte es bereits gesehen und ließ es liegen. Dann erzählte sie sogar von der Nachricht, die sie auf dem Spiegel in ihrem Büro gelesen hatte, sie glaubte wirklich, sie gesehen zu haben, aber dann war sie weg. „Da stand Zimmer 55 oder sowas, und das gibt es offiziell nicht in Säter. Aber beim Googeln habe ich im Internet etwas dazu gefunden", schloss sie.

Sven lehnte sich vor.

„Also, Anna, es ist so. Es gibt Gerüchte über ein solches ‚geheimes' Zimmer in Säter."

„Was meinen Sie?"

„Wir haben lange versucht, mehr Informationen zu bekommen, was genau in Säter vorgeht und wie dort Entscheidungen getroffen werden. Vielleicht können Sie uns helfen, mehr darüber zu erfahren."

„Ich?" Anna zuckte zurück. Was konnte sie schon tun, wenn sie zu schnüffeln begann, würde sie ihr eigenes Grab graben. Ihre Karriere wäre sofort beendet. Sie schüttelte den Kopf.

„Doch, Anna, hören Sie, es gibt eine Sache, die Sie für mich tun sollen. Sie erhalten eine Aufgabe von mir. Sobald Sie die erledigt haben, melden Sie sich noch mal bei mir."

Jetzt sprach er so leise, dass Anna nur gerade so verstand, was er sagte. Als sie alles gehört hatte, bekam sie Gänsehaut und wusste, dass sie nicht mehr zurückkonnte. Der Ball rollte.

Sie war gezwungen, es zu tun.

Kapitel 72

ANNA

Eine unruhige Nacht hatte das alles nicht einfacher gemacht. Anna versuchte, ihr zweites Gespräch mit Villy vorzubereiten, aber ihre Gedanken waren ganz woanders. Sie war zerstreut, aber gleichzeitig fest entschlossen, das zu tun, was sie und Sven gestern besprochen hatten.

Nachdem Anna sich in Dissoziation eingelesen hatte, beschloss sie, bei Villy nach Symptomen zu suchen.

Es gab zwei Varianten. Die psychoforme, bei der er eventuell das Gefühl hatte, sich komplett zu verlieren, und vergaß, was er getan hat, wer er war oder wo er sich befand. Oder die somatoforme, mit körperlichen Erfahrungen, bei der er physisch betroffen wäre und anormale körperliche Reaktionen und Symptome festgestellt hätte.

Dissoziation wurde in seinem Gutachten erwähnt, und während ihres ersten Gesprächs hatte er sich gegen Ende verändert. Das konnte ein Zufall sein, aber sie war neugierig, worum es bei alldem ging. Es könnte mit einem früheren Trauma zusammenhängen. Was hatte Villy erlebt? Anna fühlte sich schließlich gut vorbereitet, als sie die Tür schloss und durch die Flure und Treppen zu seiner Station ging. Gleichzeitig schaute sie im Korridor in die entgegengesetzte Richtung. Dorthin müsste sie gehen, wenn niemand sie sah.

Dieses Mal achtete sie darauf, vor ihm da zu sein, daher saß sie bereits zwanzig Minuten vor dem Termin im Sessel und war bereit.

Villy kam breitbeinig und mit demselben Pfleger wie beim letzten Mal herein. Er sah blass und etwas müde aus.

„Wie ging es Ihnen seit unserem letzten Treffen?"

„Na ja, es dauert etwas, sich an das Neue anzupassen. Vielleicht hatte ich geglaubt, mich mehr zu Hause zu fühlen, weil wir ja in Dalarna sind, aber hier ist es ja genauso wie vorher, vier Wände, Personal, Regeln, Routinen. Aber ich kann auf den See schauen. Wissen Sie, dass ich als Kind darin geschwommen bin?"

„Ach ja, sind Sie extra von Vansbro hierhergefahren?"

„Ja, ein paar Mal. Wie ich schon letztes Mal gesagt habe, hatte ich es nicht leicht in der Familie. Aber wer glaubt schon einem Pflegekind? Ich musste mich halt mit der Situation abfinden und mich so gut wie möglich benehmen."

Anna spürte instinktiv Trauer. Kinder, denen es schlecht ging, deprimierten sie immer. Das war ein Hauptgrund, wieso sie mit Erwachsenen arbeitete. Sie wäre nie damit klargekommen, sich um Kinder zu kümmern, die im Elend lebten oder Misshandlungen oder Missbrauch erlebt hatten. Ein Kind war immer unschuldig, immer betroffen und niemals schuldig. Sie wäre untergegangen.

„Im Gutachten nach Ihrer rechtspsychiatrischen Untersuchung steht, dass Sie als Kind unter kürzeren Gedächtnislücken litten. Stimmt das?"

„Meine Gedächtnislücken? Es war wohl so, dass ich ab und zu alles um mich herum vergaß. Das passierte oft und dauerte manchmal lang."

„Wann passierte das?"

„Zum Beispiel beim Essen oder wenn ich in der Schule war. Es konnte auch passieren, wenn ich allein in meinem Zimmer war. Beim ersten Mal war ich so acht, neun Jahre alt."

„Hatten Sie Angst, wenn das geschah?"

„Angst ist vielleicht das falsche Wort, es fühlt sich gleichzeitig unangenehm und gut an. Ich habe nie darüber geredet, deswegen ist es nicht so leicht, die richtigen Worte zu finden. Es fühlt sich an … als würde ich die Augen schließen, und dann wird alles schwarz und still, und ich falle sozusagen schnell nach hinten, in etwas, das ganz dunkel ist, ganz schwarz. Wie das Weltall, aber ohne Sterne und nicht schön."

Anna machte sich Notizen, so dass der Stift auf dem Papier kratzte. Sie hatte früher schon einmal eine ähnliche Beschreibung von einer Patientin gehört. Ihr Vater hatte sie wiederholt sexuell missbraucht, und die Augen zu schließen und „nach hinten zu fallen" war die einzige Möglichkeit für sie gewesen, die Übergriffe zu überstehen und zu überleben. Es passierte sofort, wenn er ihr Zimmer betrat, aber konnte später auch in anderen Situationen passieren, die gar nichts mit ihm zu tun hatten.

„Ich habe das immer schon gehabt", sagte er nachdenklich und stockend.

„Möchten Sie etwas Wasser?"

„Es geht schon." Er hob die Hand.

Ein Mann, der nicht daran gewöhnt ist, Hilfe anzunehmen, sondern sich selbst zu kümmern.

„Erzählen Sie mir von Ihrer Familie, Ihrer Pflegefamilie. Oder erzählen Sie mir zuerst von der Familie, in die Sie hineingeboren wurden."

Villy wandte den Blick von ihr ab zu Boden. „Ich weiß nicht viel. Ich wurde weggeben, als ich erst ein paar Tage alt war. Zunächst kam ich für ein paar Jahre in ein Kinderheim."

„Haben Sie Geschwister?"

„Soweit ich weiß, nicht. Manchmal würde ich gern mehr darüber herausfinden. So wie jetzt, da wir darüber reden, dann denke ich daran. Andererseits, was würde es mir jetzt helfen, mehr zu wissen?"

Anna schlug ein Blatt im Block um, damit machte sie deutlich, dass sie weitermachte. „Sie sind dann in eine Familie mit einem gleichaltrigen Bruder gekommen. Herrschte zwischen Ihnen Konkurrenz?"

Seltsam, dass er in eine Familie mit einem gleichaltrigen Kind geschickt wurde, fand Anna, angesichts all dessen, was dadurch an Konkurrenz und Geschwisterrivalität entstehen kann. Wahrscheinlich dachte man, sie würden Freunde werden.

„Gut, dass Sie das erkennen. Ehrlich gesagt war es von Anfang an dazu bestimmt, schiefzulaufen. Und das ist es ja auch irgendwie. Jetzt ist er tot, und ich sitze hier."

Es war das erste Mal, dass Villy den Mord erwähnte, und Anna stellte keinerlei Folgefragen.

„Erzählen Sie von Ihrer Schwester."

„Sie ist zwei Jahre jünger als ich. Als Kinder haben wir gut miteinander gespielt. Sie kam besser mit mir klar als mit ihrem echten Bruder." Anna wollte noch mal auf die Gedächtnislücken zurückkommen.

„Erleben Sie solche Gedächtnislücken heute immer noch? Ich hatte den Eindruck, dass es gegen Ende unseres letzten Gesprächs passiert ist", sagte sie probeweise. „Ihr Blick war sozusagen verschwunden."

„Ja, das kann schon sein, für einen kurzen Moment. Ich selbst merke es ja kaum. Aber jetzt, wo Sie es sagen …"

„Können Sie sich selbst irgendwie daraus befreien, wenn es passiert?"

„Nein, ich habe keine Kontrolle darüber."

„Können Sie es hervorrufen, wenn ich Sie darum bitte?"

Er schloss ein paar Sekunden lang die Augen, als würde er es ausprobieren, schlug sie aber wieder auf.

„Lieber nicht. Das ist nichts, womit ich experimentieren will, ich hoffe, es verschwindet."

„Ob es jemals verschwindet, ist unterschiedlich von Person zu Person. Es kann sein, dass man es mehr oder weniger das ganze Leben lang hat, bei manchen geschieht es immer seltener. Wenn man Angst davor hat, sich anspannt, sich Sorgen macht und unter hohem Druck lebt, ist die Wahrscheinlichkeit, dass es dazu kommt, höher. Sport ist da zum Beispiel auf jeden Fall sehr gut."

„Warum bekommt man Gedächtnislücken?"

„Dafür gibt es verschiedene Gründe, es können rein neurologische Gründe mit Hirnfunktionsstörungen sein, wie bei Epilepsie, aber der Grund kann auch eine belastende Erfahrung sein, wie ein echtes Trauma. In dem Fall kann es für den Körper eine Art sein, sich zu schützen oder etwas auszuhalten."

Sie wartete ab, ob Villy etwas dazu sagen würde. Doch er saß stumm und nachdenklich da. Schließlich antwortete er.

„Ich glaube nicht an so einen Hokuspokus, sondern daran, dass wir selbst die volle Kontrolle haben, wir haben absolut totale Kontrolle über das, was passiert und wie wir damit umgehen. Ich habe einiges erlebt, aber deswegen bin ich kein Opfer dieser Dinge, ich weiß genau, was passiert ist und wieso ich getan habe, was ich getan habe.“

Kapitel 73

NILS

Im Boot war Wasser, so dass Nils einen Großteil des Tages mit Schöpfen verbracht hatte. Nachdem er das Ruderboot an Land gezogen und das Leck, das Schuld an dieser kleinen Havarie war, gestopft hatte, stellte er sich mit den Händen in den Hüften hin und blickte über den See. Er musste auf einen Stein gerudert sein, oder vielleicht war es ein Abnutzungsschaden, vom Scheuern am Landesteg.

Jetzt musste er den Boden des Boots trocknen. Es war wunderbar befreiend, heute etwas zu tun zu haben. Er hatte sich seit gestern früh unruhig gefühlt.

Nils dachte oft daran, wie sein Leben früher war, bevor er in den Ruhestand gegangen war. Die Tage waren voller Arbeit auf dem Hof, immer hatten er und sein Bruder ihren Eltern geholfen.

Jetzt war das Leben bequemer, aber so viel weniger lebendig. Alles wäre anders, hätte er eine Familie gehabt, Kinder und Enkelkinder.

Nils sehnte sich nach Veränderung. Das Leben fühlte sich viel zu vorhersehbar an, als dass er zufrieden sein konnte.

Die Veränderung könnte näher sein als jemals zuvor. Aber das wusste er noch nicht.

Er hatte heute Morgen Gunnar getroffen, und auch heute hatte er wieder mal erzählt, was in der Klinik geschah.

Gunnars Tochter war eine redselige Krankenschwester, die Gunnar gern berichtete, was da drinnen passierte. Jetzt war ein Mann in der Klinik ermordet worden, weswegen Nils grinsend mit dem Kopf schüttelte. Das war doch verrückt. Er lächelte, weil Bjurberg Probleme bekam.

Kapitel 74

MIRO

„Wir haben einen Mörder unter uns." Bjurbergs Worte führte dazu, dass sich keiner im Raum mehr rührte, ein dichtes Schweigen stellte sich ein. Alle in dieser extra anberaumten Besprechung Versammelten schauten einander besorgt an.

„Ronny ist ermordet worden, und heute erscheint es in den Medien, wenn es nicht schon öffentlich ist. Ich möchte nicht, dass Sie mit irgendeinem Außenstehenden darüber sprechen. Alle Fragen bitte ans Sekretariat oder an mich weiterleiten."

Miro stand breitbeinig hinter Bjurberg, seine Arme hingen seitlich herab. Er sah die Reaktionen seiner Kollegen und versuchte herauszufinden, ob sich jemand auffällig benahm. Lina suchte Blickkontakt mit ihm, den er ihr nur ganz kurz gewährte. Er hatte jetzt keine Zeit für sie.

„Wie ist er gestorben?" Eine Krankenschwester hob die Hand.

„Soweit wir wissen, wurde er irgendwann Donnerstagabend oder -nacht erstickt. Wir werden noch mehr Antworten bekommen."

„Aber wer hat das getan? Jemand von den anderen auf der Station?“ Eine Aushilfe fragte das, was Bjurberg natürlich nicht beantworten konnte.

„Das ist alles, was ich im Moment weiß. Die Polizei wird ermitteln, und wahrscheinlich werden einige von Ihnen vernommen werden. Unter anderem Sie, vermute ich.“ Bjurberg zeigte auf Lina. „Sie waren seine Ärztin und hatten am meisten Kontakt zu ihm.“

Lina nickte neutral, doch Miro fand, sie sah gestresst aus.

Kapitel 75
ANNA

Zum Mittagessen gab es bei Anna eine Brokkolisuppe. Wie üblich hatte sie sie zu warm gemacht und sich die Zunge verbrannt.

Villys letzte Worte hatten in ihr eine Kälte ausgelöst, die nicht mal die Suppe wärmen konnte.

Danach spazierte sie zwei Runden um die Klinik, und ihr wurde warm. War er ein Opfer oder ein Täter oder beides? Und spielte das überhaupt eine Rolle?

Nachmittags erledigte sie mehrere Anrufe. Sie verfolgte drei Behandlungspläne und teilte zwei Stationen mit, was sie herausgefunden hatte. Außerdem hatte sie noch Papierkram zu erledigen.

Sobald sich die Gelegenheit bot und sie allein war, würde sie das tun, worum Sven sie gebeten hatte. Sie würde warten, bis es ganz still war und alle nach Hause gegangen waren.

Kapitel 76
ANNA

Annas engste Kollegen waren jetzt nach Hause gegangen. Sie klopfte nacheinander an alle anderen Türen, warf einen Blick in den Personalraum, der dunkel und leer war. Niemand auf der Toilette. Sie war ganz allein.

Sie öffnete die Tür hinunter zur Unterführung, durch die man in den anderen Flügel der Klinik kam, und schaltete das Licht an. Dann ging sie die Treppe, die zum Korridor führte, hinab. Hier unten war es still, kalt und ein bisschen feucht. „Gehen Sie in die andere Richtung, und dort irgendwo soll sich eine Tür befinden", hatte Sven sie angewiesen.

Sie ging um die Treppe herum zu einem Teil des Korridors, der im Dunkeln lag. „Aua!" Sie fluchte, weil sie mit der Hüfte an irgendein Möbelstück gestoßen war, das an der Wand stand. Ein altes Bett. Noch mehr Möbel, leere Bücherregale, Aktenschränke. Anna schaltete die Taschenlampe ihres Handys an und leuchtete auf Decke und Wände.

Sie befand sich in einem Teil der Unterführung, die niemand betrat, die Wände waren vergilbt, und die Farbe blätterte von der Decke. Etwas weiter vorn sah sie zwei Türen.

Sie leuchtete auf die mit dem Schild „Sicherungskasten“. Plötzlich hörte sie einen leichten, metallischen Schlag.

Hatte sich etwas bewegt, an das sie gestoßen war? Sie atmete schnell, lenkte die Taschenlampe um sich herum. Sie war allein hier unten. Noch ein Schlag. Ihr Herz pochte schneller. Woher kam das Geräusch? Sie ging weiter auf die zweite Tür zu, hörte ihren eigenen Atem.

An dieser Tür gab es kein Schild. Sie fasst die Klinke an, sie war kalt und schwergängig, dann zog sie an der Tür. Sie war abgeschlossen. Sofort ließ sie wieder los.

Was glaubte Sven, was sie hier unten finden würde? Einen Sicherungskasten und eine verschlossene Tür und alte Möbel. Es war unheimlich, ganz allein hier unten zu sein. Sie wollte jetzt hier weg. Ein letztes Mal ließ sie das Handylicht über den Türrahmen gleiten. Ganz oben, wo der Lichtstrahl auf ein kleines Metallschild traf, hielt sie an. Darauf stand eine Nummer. Anna stellte sich auf die Zehenspitzen. 55.

Sie rannte durch den Korridor zurück und die Treppe hinauf, öffnete die Tür zu ihrer eigenen Station und schloss sie hinter sich. Dann blieb sie stehen und lehnte sich an die Wand, atmete heftig.

Eine verschlossene Tür mit Nummer 55, genau wie Sven gesagt hatte. Das Einzige, was sie jetzt tun konnte, war, es Sven zu sagen. Sie schickte ihm eine SMS. *Dort unten gibt es eine Tür, aber sie ist verschlossen und trägt die Nummer 55.*

Seine Antwort kam direkt.

Wie wir vermutet haben. Danke, Anna, ich melde mich.

Kapitel 77

LINA

Lina schaute zur Uhr. Sie saß im Auto und wartete auf Anna. Hatte sie vielleicht vergessen, dass sie heute nach Feierabend rausfahren und im Wald spazieren gehen wollten? Wo blieb sie denn? Sie hätten sich schon vor einer guten Weile treffen sollen, und sie war nicht ans Telefon gegangen. Jetzt sah sie Anna aus der Klinik kommen. Sie lief ihr entgegen.

„Entschuldige, ich musste noch etwas überprüfen."

„Ich habe versucht, dich anzurufen."

„Oh, okay, ich hatte kein Netz, sorry."

Lina ließ den Motor ihres roten Fiat an und fuhr von Säter auf die Landstraße, ein paar Kilometer weiter bog sie nach links ab, in Richtung Bispberg.

„Es wird bald dunkel, können wir trotzdem dorthin?"

„Ja, wir sehen auf jeden Fall noch etwas, ein bisschen Abwechslung tut doch gut. Sieh mal, ist das nicht unheimlich niedlich?" Lina zeigte auf zwei kleine rote Holzhäuser neben der Straße, die leicht bergauf verlief. Anna unterbrach sie.

„Lina, es ist was faul in Säter."

„Ja, in Säter ist vieles faul."

„Ich meine es ernst. Seit ich angefangen habe, sind so merkwürdige Sachen passiert."

„Was denn zum Beispiel?"

Lina schaltete einen Gang runter, um den kleinen Berg hochzufahren.

„Du weißt doch, dass ich Briefe und das Foto bekommen habe, aber dann habe ich auch etwas auf dem Spiegel in meinem Büro gesehen."

Lina drehte sich fragend zu ihr um.

„Ich dachte, dass da etwas stand, über *die Anderen* und Zimmer 55."

Lina schüttelte den Kopf und begann zu lachen.

„Jetzt hör aber auf, Anna, das mit Zimmer 55 ist ein altes Gerücht in der Klinik. Du weißt doch, dass dort so viele Verrückte gewesen sind, dass es natürlich Unmengen an Gerüchten gibt. Gerade das hier ist ein Märchen."

„Aber es stand so auf dem Spiegel in meinem Zimmer ... Und im Keller habe ich eine Tür mit dieser Nummer entdeckt. Sie war verschlossen."

„Es gibt viele solcher Gerüchte. Das habe ich doch gesagt. Nach einer Weile weiß man nicht mehr, wer verrückter ist, man selbst oder die Patienten." Lina grinste sie an. „Da hat sich sicher jemand einen Scherz mit dir erlaubt, beim Personal gibt es auch Bekloppte."

Anna schaute aus dem Seitenfenster des Autos. Lina hatte vielleicht recht. Sie hatte die Perspektive verloren und sich Dinge eingebildet, die es gar nicht gab. Oder vielleicht hat sie jemand veräppelt.

Die Sonne stand tief, und es war unheimlich schön hier.

Sie ließen den Ort hinter sich und waren bald schon auf halbem Weg den Berg hinauf. Lina parkte, und sie wanderten zum Aussichtsplatz.

Es war ruhig, die Baumkronen rauschten leise, der Duft von Moos und Pilzen begleitete sie auf dem ausgetretenen Weg. Anna spürte, wie die Anspannung, die sich über den Tag hinweg aufgebaut hatte, nachließ.

„Hör mal, Lina, mir geht alles Mögliche durch den Kopf. Ich verspreche, ich höre damit auf. Aber kannst du dir auch mal die Briefe ansehen? Das Foto kennst du ja schon."

„Natürlich kann ich das, aber nimm es nicht so ernst, das Meiste in Säter ist irgendwie nicht echt. Es sind die Ideen der kranken Menschen."

Anna schluckte eine Handvoll Blaubeeren und merkte, wie sich ihr Magen zusammenzog. Sie kam sich naiv vor.

„Sollte etwa ein Patient mir Briefe durch den Briefschlitz werfen? Sie haben ja Freigang."

„Ja, möglicherweise. Aber sie können auch immer jemanden darum bitten, die Briefe dorthin zu bringen."

„Da hast du recht. Aber ich finde, es klingt ziemlich weit hergeholt, und soweit ich weiß, gibt es unter meinen aktiven Patienten keine ungeklärten Fälle."

„Willst du meinen guten Rat als alte Freundin?" Lina legte eine Hand auf ihre Schulter. „Lass das, und erledige einfach deine Arbeit. Sieh doch nur, wie es deiner Vorgängerin ergangen ist. Sie ist einfach verschwunden."

Ihr Magen zog sich jetzt noch mehr zusammen, aber sie nickte. Irgendetwas stimmte nicht, aber sie versuchte, es für den Augenblick zu vergessen.

„Sieh mal, sind das nicht Pfifferlinge?“

„Stell dir mal vor, ich habe noch nie Pfifferlinge gefunden.“

Wie zwei kleine Mädchen auf einer Blumenwiese krochen sie dann auf allen vieren herum und füllten ihre Taschen.

Oben auf dem Gipfel war die Aussicht umwerfend. Sie blickten über Wälder, die ganze Landschaft und setzten sich auf die Steine.

„Wie still es hier ist.“

„Ja, man hört fast seine eigenen Gedanken.“

Es dämmerte, und bald wurde es Zeit, wieder hinunterzugehen, dieses Mal schneller. Ein anderes Auto parkte neben ihrem, und sie vermuteten, dass es den zwei Blaubeersammlern gehörte, die sie auf dem Weg bergab getroffen hatten.

„Willst du mit zu mir kommen, dann können wir die Pfifferlinge zubereiten?“, fragte sie Lina.

„Ja, gern. Ich bleibe dieses Wochenende übrigens hier. Das wird mein erstes Wochenende in Säter.“ Anna hatte ihr Leben in Stockholm letztes Wochenende abgeschlossen, daher wäre auch sie in Säter.

Kapitel 78

SVEN

Sven machte sich Notizen in seinem Block, dabei hielt er das Telefon ans Ohr. Am anderen Ende lauschte Bengt aufmerksam. Das Gerücht um Zimmer 55 hatte über die Jahre auch sie erreicht, aber er hatte sich immer gefragt, ob es nicht doch bloß ein Gerücht war. Was war Zimmer 55 überhaupt? Ein Archiv? Eine alte, inzwischen geschlossene Station? Die Fantasie eines Patienten?

Dank Anna hatten sie jetzt jedenfalls einen Teil der benötigten Informationen erhalten. Sie hatten das Zimmer lokalisiert, das wie vermutet unter den übrigen Stationen lag, und die Frage war, sie sie jetzt weitermachen sollten.

„Kannst du die Information an deine alten Kollegen weiterleiten, damit sie ermitteln?"

„Ja, daran hatte ich gedacht, wir müssten aber erfahren, was sich hinter der Tür befindet."

Aus Erfahrung wusste Sven, dass es schwierig sein konnte, so eine Genehmigung zu bekommen. Aber sie mussten es versuchen.

„So machen wir's." Er schwieg ein paar Sekunden. „Im Krankenhaus wurde jetzt eine Mordermittlung begonnen. In Zusammenhang damit können die Kollegen sich doch auch mal den Teil des Gebäudes anschauen?"

„Das ist keine dumme Idee", brummte Bengt zustimmend. „Ich werde mal ein bisschen mit den Ermittlern dort reden. Das könnte unsere Chance sein. Bleiben wir dabei. Bis dann."

„Schönen Abend."

Sven schaltete das Telefon aus, lehnte sich zufrieden zurück und schaute auf das Bild von Bjurberg. Er hatte das starke Gefühl, dass er sich endlich etwas näherte. Dieses Gefühl hatte ihn noch nie getrogen.

Kapitel 79

ANNA

Anna erklärte, wie Lina fahren sollte, es gab mehrere Einbahnstraßen, und es war einfacher, mit dem Fahrrad oder zu Fuß zu ihr zu kommen. Lina parkte auf dem Marktplatz, und sie gingen mit ihren Taschen voller Pfifferlinge zu ihrer Wohnung.

Lina kommentierte den hübschen Innenhof mit dem sauber geharkten Kies und den schönen Bäumen. Sie traten durch die Tür und stiegen die knarzende Treppe hinauf. Anna überlegte, ob sie von dem Toten in der Wohnung erzählen sollte, entschied sich aber dagegen. Sie wollte selbst nicht mehr daran denken.

Anna schloss die Tür auf, und genau wie die letzten zwei Male lag ein Brief auf dem Flurteppich. Es fühlte sich gut an, dass Lina bei ihr war und es mit eigenen Augen sah, fand Anna.

Sie sah Lina an und schüttelte langsam den Kopf. „Der dritte Brief. Und jetzt darfst du ihn auch lesen."

Kapitel 80

ANNA/LINA

„Weiß oder rot?"

„Rot?"

Anna streckte sich nach dem Schrank über dem Kühlschrank und holte eine Flasche heraus, die sie aus Stockholm mitgebracht hatte. Aus einer Schublade nahm sie eine Handvoll Teelichter, dann suchte sie im Schrank nach Kerzenhaltern, aber fand keine, so dass sie die Kerzen stattdessen auf einen Teller auf den Tisch stellte.

Lina nahm ein Feuerzeug aus der Tasche und zündete die Kerzen an.

„Hast du angefangen zu rauchen?"

„Nein, aber es ist immer gut, ein Feuerzeug dabeizuhaben."

Diesen Gedanken hatte Anna noch nie gehabt. Ihr Handy klingelte. War das noch mal der Polizist? Nein, wieder ihre Mutter. „Moment, ich geh mal kurz ran."

„Hallo Mama. Ja, alles ist super. Und bei euch? Aha … mal wieder der Zahnarzt, wie nervig … Okay, die Prostata, aber das ist sicher nicht schlimm. Ob es hier gefährlich ist? Nein, überhaupt nicht, es ist so schön. Du musst mich mal besuchen kommen. Das traust du dich nicht? Hör mal, Lina ist gerade hier, ja, ich richte ihr Grüße aus … Wir essen jetzt. Ich muss Schluss machen. Tschüss."

Lina setzte sich an den Küchentisch und fummelte an dem noch ungeöffneten Brief herum. Sie sah hinaus auf den Hof, wo das Laub in einem Wirbel aufflog. Hier saß sie, in einem hübschen Haus in Säters Innenstadt mit einer ihrer besten Freundinnen. Es fühlte sich geborgen und gut an. Sie hatte so hart gekämpft, um es hierher zu schaffen. Würde sie es bis zum Ende durchhalten? Sie trank einen großen Schluck Wein und schaute in die Kerzenflammen auf dem Tisch vor sich.

Kapitel 81

ANNA

„Erledigt, sorry, meine Mama macht sich immer Sorgen um mich, jetzt hat sie ein paar Tage Ruhe.“ Anna erhob ihr Glas zum Anstoßen. Dann ging sie ins Wohnzimmer und kam mit den anderen Briefen und dem Foto zurück.

„Das hier war der erste.“

Lina las laut vor.

Sie verschwand in Säters Wäldern

Verschluckt, aber für immer in meinen Gedanken

Ein Mädchen aus Säter falscher Geburt, aber mit einem Herzen voller Liebe

ER

„Dann kam dieser.“

Lina legte den ersten Brief beiseite und nahm den anderen.

Sie las wieder laut vor:

Vergessen

Aber es gibt eine Wahrheit

Die von den Erleuchteten entdeckt wird
Du kannst das
ÄTER

Als sie fertig war, zog Lina die Augenbrauen hoch. „Sehr seltsam. Öffne den letzten!"

Anna schlitzte ihn mit dem Gemüsemesser genauso vorsichtig auf wie die anderen beiden.

In deinen Händen liegt
Die Antwort.
Lass die Macht nicht wieder bestimmen.
Ich verfolge die Entwicklung und habe nicht mehr viel Zeit
Danke
LSMÄTER

„Es klingt jedenfalls nicht bedrohlich, außer vielleicht das mit der Macht." Lina war aufgestanden und schaute auf den Tisch.

„Ja, das sehe ich auch so. Aber was hat das mit mir zu tun? Und weißt du was, ein Reporter, in den ich beim Joggen reingerannt bin, hat mich gewarnt. Denn der vorherigen Psychologin ist dasselbe passiert."

Lina riss plötzlich die Augen auf, schüttelte langsam den Kopf und setzte sich auf einen der zwei Küchenstühle.

„Okay, eins nach dem anderen. Der Absender bedeutet gar nichts, das sind ja bloß Buchstaben. Irgendeine rätselhafte Kombination von Buchstaben oder etwa ein Name?"

„Ich habe auch schon drüber gegrübelt. Aber ich verstehe ehrlich gesagt gar nichts. Kann diese Person nicht einfach klar schreiben? Muss ich es in Stückchen bekommen? Das ist doch etwas albern."

„Du solltest zur Polizei gehen. Das ist am besten."

„Ich habe mit einem Polizisten gesprochen."

„Was? Worüber?"

„Über die Briefe. Was denkst du denn?" Anna erzählte, dass sie mit dem Polizisten sogar über Zimmer 55 gesprochen hatte und darüber, was sie in der Unterführung unter ihrer Station heute Nachmittag gesehen hatte.

Lina schwieg eine Weile. „Wie gesagt. Du bildest dir da was ein. Sei vorsichtig, Anna. Ich glaube, du solltest das jetzt in Ruhe lasse. Ernsthaft, das kann nur negativ auf dich zurückfallen. Oder tu, was du tun musst. Ich weiß nicht, was richtig ist."

„Vielleicht gebe ich diesem Reporter einfach alle Infos, dann kann er ja weiter recherchieren, aber wahrscheinlich kommt das Ganze dann in die Zeitung."

Ihr Bauchgefühl sagte ihr, dass die Briefe Probleme machen würden, egal, wie sie damit umging.

„Oder vielleicht kannst du mit Bjurberg darüber reden?"

„Nein, ganz sicher nicht." Das war das Letzte, was Anna wollte.

„Du kannst vielleicht selbst ein paar Nachforschungen anstellen. Dir alte Zeitungen anschauen oder in den Artikeln suchen. Ist denn jemand hier in Säter verschwunden?"

„Das habe ich schon getan. Da steht viel, aber nichts mit speziellen Informationen, von denen aus ich weitermachen könnte."

„Wenn ich du wäre, würde ich alle Infos dem Reporter geben, die haben doch Archive und kennen Unmengen an Leuten. Lass ihn doch damit weitermachen, dann bist du es los."

Anna nickte erleichtert. Sie erhob ihr Glas, und sie stießen an.

Die Pfifferlinge köchelten in der Pfanne und schwitzten alles Wasser in einem dichten Dampf aus, und Lina gab etwas Butter dazu, so dass sie gelbbraun wurden. Anna suchte nach einem Toaster, den sie irgendwo tief hinten in einem Schrank gesehen hatte. Dann kippte sie ihn über der Spüle aus, schüttelte alte Brotkrümel heraus und steckte zwei Scheiben Toastbrot hinein.

Gegen zehn hatten sie aufgeräumt, und Lina fuhr nach Hause. Anna wusch sich und machte sich bettfertig. Bevor sie sich schlafen legte, las sie noch mal die Zeilen des neuen Briefs.

In deinen Händen liegt
Die Antwort.
Lass die Macht nicht wieder bestimmen.
Ich verfolge die Entwicklung und habe nicht mehr viel Zeit
Danke
LSMÄTER

Wer war das, der „die Entwicklung verfolgte", und welche Macht bestimmte? Und welche Antwort hatte sie? Sie müsste auf jeden Fall stärker darauf achten, was um sie herum geschah.

Kapitel 82

MIRO/LINA

Bei der Morgenbesprechung der Arztgruppe wurde hitzig über das, was mit Ronny passiert war, diskutiert.

Miro beobachtete und lauschte.

„Viele mochten ihn nicht."

„Sowohl die Patienten als auch das Personal hatten Probleme mit ihm."

„Aber dass jemand hier ermordet wurde und wir immer noch nicht wissen wie und warum, ist schrecklich. Wenn ich jetzt zur Arbeit fahre, spüre ich Widerwillen", sagte eine junge Ärztin im Praktikum. „Gibt es einen Mörder unter uns?"

Miro hielt vor ihr einen Finger hoch. „Du kannst ganz ruhig und sicher sein."

Lina wusste nicht, wie sie das, was sie um sich herum hörte, einordnen sollte. Die Wörter rotierten in ihrem Kopf. Welche Verantwortung hatte sie jetzt? Sollte sie versuchen, etwas zu sagen, um das Gerede zu stoppen?

Miro hatte ein paar Mal in ihre Richtung geschielt, aber sie war seinem Blick ausgewichen, obwohl er auf ihrer Haut brannte. Seit er sie am Bahnhof abgeholt hatte, waren sie nicht mehr allein gewesen.

Bjurberg kam herein. Das Gespräch verstummte. Er wandte sich direkt an Lina.

„Ein Polizist ist hier, der mehrere von euch befragen wird. Dich und dich." Er deutete auf Miro und Lina. Das gehörte nicht zu ihrem Plan. Sie warf Miro einen raschen Blick zu. Könnte er ihr irgendwie helfen? Er sah ruhig aus und zwinkerte ihr zu. Dadurch entspannte sie sich ein bisschen. Eine Sekunde lang fantasierte sie darüber, dass alle anderen im Zimmer verschwanden, Miro sich zu ihr vorlehnte und sie fest küsste, ihren zugeknöpften Arztkittel hochschob und ihre Brüste umfasste, sie dann vorsichtig umdrehte und am Sofa von hinten nahm.

Bevor Lina zu dem Polizisten ging, musste sie noch etwas erledigen. Sie schickte Anna eine SMS. *Komm schnell zu mir in die Toilette in der Unterführung. Wichtig!* Genau dort gab es keine Kameras, sie könnten sich also ungestört unterhalten.

Sie lief schnell in ihr Büro. Das Material, das sie aus Ronnys Zimmer mitgenommen hatte, hatte sie in den Aktenschrank gelegt. Es bestand das Risiko, dass man ihr Büro durchsuchen würde, und dann dürften sie nichts finden, was sie näher mit Ronny verband. Sie steckte alles in einen großen Umschlag und faltete ihn.

Sie spürte Schweiß auf ihrer Stirn und etwas Übelkeit. *Verdammt, Lina, jetzt vermassele nicht alles,* sagte sie sich streng.

Kapitel 83
MIRO

Bjurberg sah verärgert aus und schaute zu Miro. Die Polizisten neben ihnen warteten. Sie riefen Lina an. Wo blieb sie denn?

Irgendwas an ihrem Verhalten stimmte nicht, das spürte Miro. Er müsste später mit ihr reden. Sie war sonst immer pünktlich und ordentlich.

„Geben Sie mir eine Minute, ich hole sie", sagte er und ging in den Korridor.

Kapitel 84

ANNA

Sie stand vor der Toilette und sah Lina auf sich zulaufen.

„Was ist passiert?“ Anna hatte Lina noch nie so aufgebracht gesehen.

„Komm.“ Sie zog sie in die Toilette und schloss die Tür ab.

Die Leuchtröhren flackerten auf und verbreiteten brutal helles Licht.

„Das hier, Anna.“ Sie flüsterte. „Das sind Dokumente und Papiere, die in Ronnys Zimmer lagen. Du musst sie nehmen. Es geht auch um einen deiner Patienten.“

„Was?“ Anna zögerte, aber sie wollte ihrer Freundin natürlich helfen. Sie hatte mehrere Fragen, aber Lina unterbrach sie.

„Die Polizei ist jetzt hier und wird mich vernehmen. Ich will nicht, dass sie wissen, dass das in seinem Zimmer lag und ich es mitgenommen habe.“

„Aber warum …“ Sie sah ein, dass sie im Moment keinerlei Antworten von Lina bekäme, und steckte den Umschlag unter ihren Pullover.

Lina öffnete die Tür, und da draußen stand Miro. Anna trat direkt hinter ihr aus der Toilette.

„Aha, ihr wart also …“ Er sah verdattert aus, und es war einer der wenigen Momente, in denen Anna Miro sprachlos sah.

Er sah zu Anna, die nicht wusste, was sie sagen sollte.

Lina nickte ihm zu. Anna begriff nicht, was zwischen ihnen war.

Jetzt wurde ihr klar, dass sie keine normale, kollegiale Beziehung zueinander hatten. Ihre Körpersprache erzählte von etwas, das noch keiner wusste, aber sie erkannte es.

Hätte sie selbst eine Beziehung mit einem Kollegen haben können, oder hätte ihr die Moral im Weg gestanden?

„Wo bleibst du denn, Lina? Wir warten bei der Vernehmung auf dich. Du sollst zuerst rein, danach ich.“

„Es war etwas Wichtiges wegen eines von Annas Patienten“, sagte Lina mit diesem Lächeln, das sie schon weit gebracht hatte.

„Was war denn so wichtig?“

Für Anna war es offensichtlich, dass Miro erkannt hatte, dass das eine Lüge war, daher zuckte sie leicht mit den Achseln und murmelte etwas.

Miro nickte Lina zu, dass sie jetzt gehen sollten, und Anna sah zu, wie sie schnell verschwanden.

Kapitel 85

LINA

Miro sagte nichts, als sie durch den Flur gingen. Plötzlich blitzte es vor Linas Augen auf, und ihr wurde extrem schwindlig. Sie blieb stehen, beugte sich vor, den Kopf zwischen den Beinen.

„Was ist los?" Miro drehte sich etwas verärgert zu ihr um.

Alles drehte sich. Sie dachte an ihren Bruder und an Ronny. An ihre Mutter. Sie hatte niemanden. Niemanden. Und Miro hatte sie auch nicht, obwohl er direkt neben ihr stand. Sie war vollkommen einsam auf der Welt. Die Angst packte sie so heftig, dass sie kaum stehen konnte.

„Komm, setz dich hierhin." Miro zog einen Stuhl herbei, und sie setzte sich. Die Übelkeit stieg wie eine Druckwelle in ihr auf. So viele aufgestaute Gefühle und Frustration. Gleichzeitig war es eine Erleichterung, denn jetzt war es vielleicht vorbei. Ronny würde sie nicht mehr belasten, es gab keinen Grund mehr, dass ihre Beziehung entdeckt werden würde. Und alles sollte so bleiben, wie es war. Hatte sie im Leben die richtige Wahl getroffen? Das weiß man ja immer erst hinterher.

Schweiß stand auf ihrer Oberlippe, die Beine trugen sie kaum. Sie atmete tief ein und spürte, wie sich ihr Magen zusammenzog, wie ein Krampf. Sie beugte sich wieder vor. Das Blut strömte in ihr Hirn. War das bloß Angst? Sie bezweifelte es.

Plötzlich war es genauso schnell vorbei, wie es gekommen war. Sie stand auf.

„Jetzt geht's mir wieder gut", sagte sie und ging weiter zu den Polizisten.

Kapitel 86

ANNA

Annas Telefon vibrierte, und auf dem Display stand eine Nummer mit der hiesigen 0225-Vorwahl. Sie wollte den Anruf zuerst wegdrücken, aber dann schloss sie schnell die Tür und antwortete mit ihrem Namen.

„Hallo, ich bin's. Bengt, der Reporter."

Anna zögerte ein paar Sekunden

„Haben Sie noch mehr Briefe bekommen?"

„Ja, es kommen immer noch welche."

„Ich habe mit Sven gesprochen, und wir würden uns gern alle Briefe und das Foto ansehen, wenn das in Ordnung ist?"

Sie unterbrach ihn. „Kann man bei Ihnen in alten Artikeln suchen, also richtig alten, nicht solche, die man im Internet findet?"

„Ja, natürlich kann man das", sagte er schnell. „Wir haben ein Archiv, und manche Jahrgänge gibt es auf Mikrofiches, die man auf unseren Maschinen betrachten kann."

„Kann ich Zugang dazu bekommen?"

„Ja, das lässt sich einrichten. Ich helfe Ihnen gern. Im Moment ist ja nicht viel los."

Genau wie vermutet. Sie verabredeten, dass sie schon am Nachmittag vorbeikäme.

„Bringen Sie die Briefe mit, dann kann ich sie mit Ihnen zusammen lesen und sehen, worum es geht. Sie können mir vertrauen. Ich tue nichts, was ich nicht tun soll. Ansonsten wäre ich nicht schon so lange Reporter in einem solch kleinen und besonderen Ort."

Anna schloss den Aktenschrank unter ihrem Schreibtisch auf und legte den Umschlag hinein, den sie von Lina bekommen hatte. Dann sah sie auf ihrem Terminkalender nach, was heute noch anstand. Sie hatte keine Termine mehr und konnte früher gehen. Dann würde sie es noch nach Hause schaffen, um die Briefe zu holen, bevor sie Bengt traf.

Sie nahm ihr Handy und schickte Lina eine Nachricht, dass sie den Reporter treffen und sich später melden würde. Arme Lina, wo war sie da nur hineingeraten? Wegen eines Mordes von der Polizei vernommen zu werden musste sehr unangenehm sein. Aber was enthielt der Umschlag von Lina eigentlich? Sie musste einfach nachsehen.

Sie öffnete den Schrank erneut und nahm ihn heraus. Es steckten ein paar Bogen Papier darin, die sie herauszog. Es sah aus wie Kritzeleien, ein paar Namen von Personen, die im Krankenhaus arbeiteten.

Und ein Stammbaum. Und da stand der Name ihres Patienten, Villy Svensson.

Kapitel 87
BJURBERG

Das Telefonat, das Bjurberg erwartete, war nicht privat, aber er beschloss trotzdem, für heute zusammenzupacken und nach Hause zu fahren. Er zog es vor, ungestört in seinem Arbeitszimmer in der alten Direktorenvilla zu sprechen, wenn *die Anderen* anriefen.

Als er vom Klinikgelände fuhr, passierte er eine Gruppe, die zur Hälfte aus Pflegern und zur Hälfte aus Patienten bestand. Sie gingen schnellen Schrittes am Radweg entlang. Den Patienten sah man an, dass sie unter starken Medikamenten standen.

Bjurberg nickte, als er an ihnen vorbeifuhr, gab dann Gas und bog ab. Die Wälder umgaben ihn, und er sehnte sich nach einem schneereichen Winter. Dann wurde es in ganz Säter still und ruhig. Ruhe. Der Mord an Ronny machte ihm Sorgen. Ansonsten hatte er bei dem Meisten die Hände im Spiel, aber das hier war ihm völlig unbegreiflich. Wer und warum?

Er war schon früher in ähnliche Situationen involviert gewesen und hatte sogar schon zusammen mit *den Anderen* einen aktiven Part übernommen. Aber dieses Mal nicht.

Die ersten Vernehmungen waren jedenfalls schon gelaufen, und sie wären hoffentlich bei den Ermittlungen, was in seiner Klinik geschehen war, weiter.

Seine Frau war bei einem Treffen der Frauen von Rotariern, abgesehen von ihrem Rauhaardackel war das Haus also leer, und er könnte ungestört telefonieren.

Er parkte, ging ins Haus, fütterte den Hund und nahm den Teller mit belegten Broten, die seine Frau vorbereitet hatte, aus dem Kühlschrank. Dann machte er Wasser warm und goss es über einen Teebeutel.

Die Tür zu seinem Arbeitszimmer war abgeschlossen, und der einzige Schlüssel dazu hing an seinem Schlüsselring. An dem hing auch noch ein anderer Schlüssel zu einer Tür, zu der nur er und Stark Zugang hatten. Den Schlüsselbund hatte er immer bei sich.

Die Luft im Zimmer war zum Schneiden und etwas abgestanden, daher öffnete er das Sprossenfenster, um frische Luft hereinzulassen. Wenn die Sonne tagsüber auf das dunkle Holz schien, wurde es schnell etwas muffig.

Er sah sich selbst im glänzenden Mahagonitisch und stellte die Tasse genau auf sein Spiegelbild. Dann öffnete er die Schublade und nahm das Dokument heraus, das er für das Telefonat brauchte.

Das Dokument war nur eines der gut gehüteten Geheimnisse des Netzwerks. Die Schlüssel scheuerten in seiner Tasche und erinnerten ihn daran, ein Teil davon zu sein.

Die ersten zwei Angelegenheiten waren schnell geklärt, und sie waren sich vollkommen einig, wie sie mit der Situation umgehen sollten. In der dritten Angelegenheit erklärte Bjurberg seinen Plan, um den guten Ruf Säters Schritt für

Schritt mit Hilfe von KVT und ohne Skandale wiederherzustellen. Natürlich fragten sie nach dem Mord in der Klinik, zu dem er aber ehrlicherweise nichts Neues sagen konnte.

Dann fragten sie, ob alles andere unter Kontrolle war, und er antwortete ja.

Danach beendete er das Gespräch, streckte sich, so dass es in der Lendengegend knackte, blickte über den spiegelglatten, kleinen See, der im Sommer von Mückenhorden beherrscht wurde, doch inzwischen waren die Biester tot.

Auf seiner Armbanduhr sah er, dass es noch länger dauern würde, bis seine Frau nach Hause käme. Er schloss den Schreibtisch und das Büro ab, dann ging er die Treppen hinunter, um frische Luft zu schnappen.

Kapitel 88

ANNA

Dafür, dass es erst früher Nachmittag war, war die Stadt sehr leer. Anna ging schnell. Sie musste noch nach Hause und die Briefe holen, bevor sie Bengt in der Redaktion traf.

Das letzte Stück lief sie zur Wohnung. Sie ging schnell auf Toilette und trank ein Glas Wasser. Wo hatte sie die Briefe und das Foto denn hingelegt? Sie sah sich verwirrt um. Zuletzt hatten sie dort auf dem Tisch gelegen. Sie fand sie auf der Fensterbank und steckte sie vorsichtig in ihre Handtasche. Danach schloss sie die Tür ab und ging genauso schnell zum Marktplatz, wo sie ihr Fahrrad vor einem Kleidergeschäft abstellte. Dort war auch die Gegensprechanlage der Zeitung.

Bengt ließ sie hinein, sie gingen zwei Treppen hinauf, die Tür oben stand einen Spalt auf. Die Redaktion befand sich in einer früheren Wohnung, schien es. Die Wände waren praktisch verschwunden und ein offener Raum entstanden, den sich die drei Reporter und der Fotograf teilten.

Bengt war allein, und sie sah sich rasch um. Viel Papier und Zeitungen, surrende Computer, ein Radio und leere Kaffeetassen auf dem Tisch.

„Wir können uns hierhin setzen“, sagte er und führte sie zu einem Kaffeetisch mitten im Zimmer.

„Kaffee?“

„Ja, sehr gern.“

Während er Kaffee eingoss, erzählte er, dass er seit dreiundzwanzig Jahren für die Zeitung arbeitete und vorher Reporter in Hedemora gewesen war. Er hatte als Laufbursche begonnen, dann im Archiv gearbeitet, und jetzt war er eben Reporter. Aber der Lokalredaktion drohte ständig ihre Auflösung, jedes Jahr etwas mehr.

Anna erzählte kurz von den Briefen und legte sie auf den Tisch vor Bengt.

„Kann es eine Verbindung zu einem Ihrer aktuellen Patienten geben?“

„Ich darf natürlich nicht über meine Patienten sprechen. Außerdem bin ich noch ganz neu hier. Daher ist es für mich sehr wichtig, dass nichts hiervon in der Zeitung landet. Jedenfalls noch nicht.“ Bengt nickte, was sie beruhigte. „Ich will nur herausfinden, ob hier drin ein Fünkchen Wahrheit steckt. Und worum es überhaupt geht“, fuhr Anna fort.

„Verstehe.“

Sie kam direkt zum Punkt. „Welche Frauen sind verschwunden und werden immer noch vermisst?“

Bengt betrachtete das Bild und las die Briefe mehrmals. Er rieb sich über den Bart, Anna sah ihn an.

„Es gab hier in Säter Frauen, die verschwunden sind … Genau wie auch anderswo. Ein paar wenige Fälle wurden als Totschlag oder sogar Mord klassifiziert. Und ein paar wurden nie wiedergefunden, sie sind einfach verschwunden.“

Anna legte ihre Hände um die dampfende Kaffeetasse.

„Die Psychologin hat sich ja auch in Luft aufgelöst …“

Bengt nickte und sprach weiter.

„Und es gibt das Gerücht, dass die Klinik früher tatsächlich mal ein Ort war, an dem man lästige Frauen loswerden konnte. Sie wurden einfach eingesperrt.“

Anna lief es eiskalt den Rücken runter. Wie entrechtet und schutzlos müssen diese Frauen gewesen sein. Was hatten sie wohl getan, um so ein Schicksal zu verdienen? Vaterlose Kinder? Armut? Psychische Probleme? Wussten sie etwas, das sie nicht wissen durften? Sie schauderte.

„Und wer ist die Frau, um die es in diesen Briefen geht? Haben Sie eine Idee?“

„Nein, nicht direkt, aber wir können versuchen, das, was hier steht, auseinanderzunehmen. Das mit der falschen Geburt deutet darauf, dass es um etwas geht, das vor längerer Zeit passiert ist. Ein Klassenunterschied? Sie gehörte vermutlich einer anderen sozialen Klasse an.“

Bengt schob die Briefe auf dem Tisch hin und her, als versuche er, ein Puzzle zu legen.

„Ja, aber falsche Geburt klingt, als könnte es vor mindestens fünfzig Jahren geschehen sein oder nicht? Ich vermute eine Art Gutshof oder Ähnliches, wo man große Unterschiede zwischen Leuten und Leuten machte.“

Anna erkannte langsam, worauf er hinauswollte. Es war etwas, das vor über fünfzig Jahren passiert war, an einem Ort, an dem es unterschiedliche soziale Gruppierungen gab.

„Es kann doch nicht sehr viele solcher Familien oder Höfe gegeben haben?“, fragte Anna Bengt.

„Nein, das müsste man herausfinden können. Geben Sie mir ein paar Tage.“

„Was können Sie noch herauslesen?"

Die Neugier machte sie ungeduldig, und sie fand, dass Bengt viel zu träge war.

„Ein Mädchen aus Säter steht da, die Wälder werden genannt. Es geht also wirklich um etwas hier in Säter."

„Und das mit der Macht?"

„Ja. Welche Macht bestimmte damals über andere Menschen?"

Wo gab es damals mächtige Männer? Im Rathaus? Auf der Kanzel? Im Krankenhaus? Sie hob einen Bogen an und las ein paar Sätze mehrfach. Dann schaute sie sich den Absender sämtlicher Briefe an.

„Und das mit dem Absender, sagt Ihnen das was?"

„Unterschiedliche Buchstabenkombinationen, soweit ich sehe ohne Sinn. Es ist kein Dialekt."

Bengt drehte sich um und zeigte auf eine Tür, dann meinte er, sie könnten im alten Archiv suchen. Das alte Archiv bestand aus Ausschnitten, die nach Schlagwörtern sortiert waren. Der Archivar war entlassen worden, weil es nichts mehr zu tun gab, sagte Bengt, um sein lückenhaftes Wissen zu entschuldigen, aber versprach, ihr zu helfen.

„Ungeklärte Morde? Könnte das ein Schlagwort sein, unter dem wir suchen können?", fragte sie.

„Glauben Sie, dass es um Mord geht?" Bengt legte den Kopf schief.

„Ja, oder doch um einen Vermisstenfall."

„Vielleicht findet man es dann eher unter Vermisste als unter Mord."

Anna wusste, dass sie einen Weg ohne Umkehr eingeschlagen hatte. Was sie am Ende finden würde, war genauso unbekannt wie das, was auf dem Weg geschehen würde. Jetzt konnte sie nicht mehr zurück.

Sie hoffte, dass sie im Archiv etwas Wichtiges finden und dadurch auch erkennen würden, wie das mit ihr zusammenhing. Das musste sie wissen.

„Geben Sie mir einen Tag oder zwei … oder drei", meinte Bengt und stand auf.

Bevor Anna ging, bat Bengt sie darum, die Briefe zu kopieren.

Er nahm seine Kopien, und Anna steckte die Originale im Umschlag vorsichtig in ihre Tasche.

„Ich melde mich, sobald ich das Archiv durchforstet habe." Bengt schüttelte ihre Hand, und sie stieg die Treppen hinab.

Kapitel 89

LINA

Ihr Körper hörte nicht auf zu zittern, obwohl sie inzwischen mit Worten und Händen zuschlug. Das Klopfen auf die Beine dämpfte den Schmerz, der durch sie schoss. Sie hatte die Vernehmung überstanden, doch als sie die Klinik verlassen und sich in ihr Auto gesetzt hatte, war ihr schwarz vor Augen geworden, und Bilder tauchten auf, die sie nicht sehen wollte. Und jetzt protestierte ihr gesamter Körper und wollte überhaupt nicht auf sie hören. Das kleine Kind in ihr schämte sich, wollte weinen, schreien, nicht mehr leben, getröstet werden, alles auf einmal. Das Einzige, was sie jetzt noch tun konnte, war, zu versuchen, alle Gefühle zu verjagen. Die Schläge halfen.

Den Fragen der Polizei nach zu urteilen, gab es keinerlei Anzeichen, dass sie verdächtigt wurde. Aber vielleicht wollten sie sie auch in die Irre führen. Damit sie sich sicher fühlte und Vertrauen fasste und sich dann verriet. Es klopfte ans Fenster, und sie zuckte zusammen.

„Lina, wie lief die Vernehmung?" Miro starrte durch das Fenster zu ihr.

Wieso tauchte er jetzt auf? Sie versuchte, den Zündschlüssel zu drehen, damit sie schnell von ihm wegfahren konnte, aber der Motor reagierte nicht.

Sie sammelte sich ein paar Sekunden lang und öffnete das Fenster. „Ach, hallo! Wie geht's?", sagte sie gezwungen fröhlich.

„Ich wollte wissen, wie die Vernehmung gelaufen ist?"

„Ja, gut, sie haben Fragen zu Ronnys letztem Tag gestellt. Ich konnte nicht viel dazu sagen. Es steht alles in der Krankenakte. Es ist doch okay, wenn wir ihnen die geben?"

Miro nickte. In einem solchen Fall gaben sie die Akten weiter.

„Okay, aber hör mal, ist alles in Ordnung? Du siehst blass aus."

„Anna war krank, ich glaube, ich habe mich angesteckt. Ich gehe nach Hause und ruhe mich aus." Sie schloss das Fenster, winkte ihm hastig. Endlich sprang der Motor an, und sie fuhr hektisch vom Parkplatz.

Kapitel 90

ANNA

Die Zeit war nur so verflogen, und auf dem Marktplatz knurrte Annas Magen. Das Nächste hier war die örtliche Imbissbude Dalarasten. Am Fenster für Bestellungen sah sie einen jungen Mann im Kochhemd.

„Hallo“, rief er, stellte einen hohen Tellerstapel ab und streckte den Kopf heraus.

„Haben Sie griechischen Salat?“

„Natürlich. Noch etwas?“

Anna schüttelte den Kopf, bezahlte und setzte sich hin, um auf das Essen zu warten. Ihr fiel auf, wie gut sie sich doch in Säter fühlte. Und das, obwohl sie ganz allein war, abgesehen von Lina kannte sie niemanden hier. Es war eine fremde Welt und doch auf eine merkwürdige Weise bekannt. Diejenigen, die daran glaubten, früher schon einmal irgendwo gelebt zu haben, fühlten sich vielleicht genauso, eine Art Geborgenheit, ein Wiedererkennen, obwohl die Umwelt ganz neu und anders war.

In Stockholm hätte sie vermutlich nichts an einer Imbissbude gekauft und wäre überhaupt nicht abends alleine rausgegangen, um sich etwas zu essen zu bestellen. Und jetzt saß sie hier. Und es ging ihr gut, obwohl sie allein war. Allein mit sich sein können, Frieden mit sich schließen. War es wirklich so, wie ihr Therapeut gesagt hatte, dass sie sich das Leben erschaffen hatte, dass ihre Eltern wollten, aber nicht das, was sie wollte? Dass deren ständige Predigten darüber, was sie tun sollte und müsste, sie so stark beeinflusst hatten? Das wollte sie nicht glauben. Natürlich wollten sie als Einwanderer aus Ungarn, dass ihre Kinder es hier schafften, aber ihr ewiges Gerede darüber war schon ein schwerer Rucksack. Die Entscheidung, nach Säter zu ziehen, war ihre eigene gewesen, nicht die ihrer Eltern, nicht die von Mathias.

„Hier bitte, Ihr Salat." Ihr wurde eine weiße Plastiktüte mit einer Transportbox entgegengestreckt. Sie stand auf und ging nach Hause. Das Leben eines anderen zu leben, was bedeutete das überhaupt? Sie hatte einen echten Aufstieg hingelegt – aus dem Elternhaus in das Zentrum von Stockholm mit Mathias und jetzt hierher nach Säter.

In Säter war die Luft klar und gut zu atmen. Nach dem Essen duschte sie lange, und obwohl es erst kurz nach acht war, ging sie ins Bett. Sie schaltete die Lampe aus und schlief wie ein Kind die ganze Nacht durch. Einen kleinen Moment lang durfte ihr Gehirn eine Pause von allem machen, was ihr durch den Kopf ging.

Kapitel 91

ANNA

„Aha." Verwirrt, aber ohne es zu zeigen, schaute Anna auf den Stammbaum, den Villy gezeichnet hatte und ihr bei ihrem dritten Gespräch zeigte. Sie rieb sich am Kinn. Die fehlenden Personen in der Baumkrone waren auffällig. Zwei Äste waren mit Namen gefüllt. Im dicken Ast, der direkt nach oben ging, stand Malin und die Namen seiner beiden Kinder. Ein Ast links trug den Namen Sara. Sie dachte an die Skizze, die noch auf ihrem Tisch lag und die aus Ronnys Zimmer stammte. Das war ein ganz anderer Stammbaum, auf dem Villys Name stand. Und Ronnys. War das die Einbildung eines Verrückten, oder steckte tatsächlich etwas Wahres darin?

„Ihre Schwester." Sie deutete, und Villy nickte.

Über den rechten Ast hatte er einen dicken Strich gezogen, darauf standen die Namen seines toten Bruders und seiner Pflegeeltern.

„Auf mehr Personen komme ich nicht. Ich habe keine weiteren Verwandten."

„Was denken Sie, wenn Sie das hier sehen?"

„Ich habe meinen Bruder ja getötet, es könnte also anders aussehen."

Er strich über seine Bartstoppeln, und Anna versuchte, Blickkontakt zu ihm herzustellen.

„Jedenfalls haben Sie die Schwester auch dabei." Villy nickte. „Und Ihre Eltern."

„Pflegeeltern", murmelte er.

„Sie befinden sich hinter demselben schwarzen Strich wie Ihr Bruder. Wie das?"

„Es gibt sie, aber sie spielen in meinem Leben keine Rolle. Sie könnten genauso gut tot sein. Wir haben keinerlei Kontakt."

Villy lehnte sich zurück und atmete ein paar Mal tief ein.

„Können wir noch etwas über diesen Strich reden? Wie ist es dazu gekommen?" Anna lehnte sich zu ihm vor.

„Ich kann Ihnen erzählen, dass mein Bruder mir fast täglich schreckliche Dinge angetan hat."

„Hat das denn niemand unterbunden?"

„Meine Eltern wussten, was vor sich ging, aber ihnen war es sehr wichtig, dass niemand etwas erfuhr, und sie taten nichts dagegen. Ich glaube, sie dachten, es wäre genug, dass sie mir ein Zuhause gegeben haben und sich auf diese Weise engagiert hatten. Sie gingen nie dazwischen, ließen ihn immer weitermachen."

Villy verstummte, und Anna glaubte, dass seine blauen Augen glänzten, aber es könnte auch eine Reflektion des Sonnenlichts sein, das jetzt ins Fenster fiel. Sie wollte mehr darüber wissen, wie es während seiner Kindheit zu Hause war.

„Ich erinnere mich nur an bestimmte Dinge, aber an die so genau, dass sie mich bis ins Grab verfolgen werden. Kleine Sachen, wie dass er mich dazu zwang, Würmer und Schnecken zu essen. Einmal presste er mir sicher fünf oder sechs Stück in den Mund."

Anna drehte sich vor Ekel der Magen um.

„Was glauben Sie, warum hat er ihnen so etwas angetan?"

Villy schwieg, das Surren des Ventilators hörte man deutlich.

„Eifersucht ist das Einzige, was mir einfällt. Außerdem ging es oft um Sara. Sie war lieber mit mir als mit ihm zusammen. Deswegen hat er mich wirklich gehasst."

Die Jungen rivalisierten um die Aufmerksamkeit der Schwester und der Eltern.

„Haben Sie versucht, sich mit Ihrem Bruder anzufreunden?"

„Ich erinnere mich nicht an so viel. Greta betonte immer wieder sehr, dass er ihr richtiger Sohn war und ich nicht."

„Wie fühlte sich das für Sie an?"

„Ich habe gelernt, dort zu überleben."

„Hat er Ihr Leben bedroht?"

„Er hat mich immer zu allem Möglichen gezwungen und gedroht, mich zu töten, sollte ich irgendwem davon erzählen. Er hat meinen Kopf im See unter Wasser gehalten, bis ich keine Luft mehr bekam. Als ich dann mit nassen Kleidern nach Hause kam, hat er Greta und Gösta angelogen, ich wäre ungeschickt gewesen und ins Wasser gefallen, so dass sie mich ausschimpften. Zur Strafe musste ich in den nassen Kleidern schlafen."

Villy erzählte von seinen einsamen Zimmern auf dem Dachboden, während die anderen unten wohnten. Anna ahnte langsam, dass der Mann vor ihr, der so perfekt erscheinen wollte, sehr viel mehr Defekte mit sich herumschleppte, als es den Anschein hatte. Er hatte sein ganzes Leben darum gekämpft, ein normales Leben zu führen. Aber war das bereits zum Scheitern verurteilt? Sie hielt den Stift zwischen ihren Fingern, wusste aber nicht, was sie schreiben sollte.

„Ich fühlte mich ausgeschlossen, aber dort hatte ich auch meine Ruhe. Dort konnte ich einen Stuhl an die Tür stellen, so dass er nicht hereinkommen konnte, und ich konnte Zeitungen lesen, die ich in Papierkörben fand. Ich habe immer gern gelesen, wissen Sie?"

„Sie sagen, dass Sie sich an manche Dinge sehr genau erinnern, aber andere völlig vergessen haben."

Villy schnappte nach Luft. Er versuchte, etwas zu sagen, aber es kamen keine Worte, seine Augen verdrehten sich plötzlich, und ein paar Millisekunden lang sah sie nur das Weiß der Augäpfel. Anna bekam Angst, dass er einen funktionellen Anfall hätte, streckte sich schnell nach einem Plastikbecher und bot ihm an, etwas Wasser zu holen.

„Können wir jetzt Schluss machen?"

Anna nickte, sie war selbst erleichtert, stand auf und ging.

Anna wählte Linas Nummer, als sie aus dem Sprechzimmer kam.

„Ich habe heute Villy gesprochen. Er hatte Gründe, seinen Pflegebruder zu ermorden", flüsterte sie leise, damit niemand sie hörte.

Sie kam an einem Fenster vorbei und sah, wie der Wind die Bäume schwanken ließ.

„Es gibt immer einen Grund, sonst würden sie kein Verbrechen begehen. Geld, Drogen, Eifersucht …", erwiderte Lina zynisch. Linas Stimme klang abweisend und fremd.

„Bei dir alles in Ordnung?"

„Ja, klar, ist halt viel mit meinen Patienten und so."

Anna war in ihrem Büro angekommen und nahm die Zeichnung des Stammbaums in die Hand. „Hör mal, hier stehen ja sowohl Ronnys als auch Villys Name und Personennummer."

„Ja, das habe ich auch gesehen. Keine Ahnung, worum es da geht. Ronny war ja schizophren, darin muss also keine Wahrheit liegen."

Anna fand Linas Antworten sehr knapp, sie wechselte lieber das Thema.

„Er wurde in Kindheit und Jugend ständig misshandelt, dieser Bruder hat versucht, ihn umzubringen."

„Das sind Faktoren, die wir jetzt bewerten können, aber sie haben keine Auswirkungen auf das Rechtssystem, das wissen wir ja. Niemand hat das Recht zu töten. Außer manche Staaten."

„Ja, aber es fühlt sich schlimm an. Er wollte sich nur an jemandem rächen, der ihn während der gesamten Kindheit gequält hat. Aber was ich nicht weiß, ist, ob Villy krank oder gesund ist."

„Das ist eine Frage, die du ignorieren kannst", antwortete Lina schnell. „Gegen Villy wurde ermittelt, er wurde verurteilt und ist ganz sicher krank."

„Aber wieso hat er seinen Bruder erst jetzt umgebracht? Das begreife ich nicht."

„Daran habe ich nicht gedacht, aber da hast du recht, Sherlock. Warum jetzt?"

Wieso hatte Villy seinen Bruder gerade jetzt umgebracht? Warum nicht früher? Und das war genau so etwas, von dem

Bjurberg nicht wollte, dass sie sich darum kümmerte. Auf ihrem Handy sah sie, dass sie einen Anruf verpasst hatte, und zwar von Bengt.

Bevor sie und Lina aufgelegt hatten, hatte Lina sie gewarnt. „Werde nicht zur neuen Skandalpsychologin. Sonst bist du für immer geliefert." Der Satz ging ihr ständig durch den Kopf.

Anna schaute zum Fenster hoch, bevor sie hineinging.

Was für ein Unterschied, sie war frei und konnte draußen eine Runde spazieren gehen, die Verurteilten konnten nur unter Bewachung in den Innenhof.

Wäre sie fähig, einen Menschen zu töten?

Anna wollte gerade den Computer ausmachen und zusammenpacken, als sie hörte, wie jemand hinter ihr ihren Namen sagte.

„Villys Pfleger hat angerufen und gesagt, dass es ihm nach Ihrem Gespräch schlecht geht."

Sie drehte sich auf dem Stuhl um und sah eine besorgte Karin Vinterberg im Türrahmen.

„Ach ja, was hat er gesagt?"

„Es ist wohl am besten, wenn Sie sich direkt darum kümmern." Karin Vinterberg drehte sich auf dem Absatz um.

Anna wurde unruhig. Das war nicht gut. Sie rief auf seiner Station an. Der Pfleger antwortete und sagte, dass er sich noch ein akutes, kurzes Gespräch mit ihr wünschte.

Was sollte sie darauf sagen? War das in Ordnung oder nicht? Müsste sie Miro fragen? Nein, sie entschied es selbst und sagte, dass sie sofort auf Station kommen könnte. Sie warf einen Blick auf den Umschlag aus Ronnys Zimmer, nahm das Blatt mit dem Stammbaum heraus und stopfte es in ihren Block. Das, was sie jetzt tat, lag außerhalb aller Therapierahmen, aber aus irgendeinem Grund war ihr das egal. Um die Konsequenzen würde sie sich später kümmern.

Villy war blass und grau, als er da in der Tür stand.

„Ich hatte keine Zeit, alles zu erzählen."

Der Pfleger neben ihm deutete auf ein Zimmer, in das sie gingen und sich hinsetzten. Anna stand jetzt als professionelle Psychologin etwas im Wald. Aber Villy schien entschlossen, weiterzuerzählen.

„Einmal hatte er das Schloss am Brunnen des Nachbarn, der gerade verreist war, geknackt. Er hatte ein Messer aus einer Kiste geholt, mit dem Gösta Holzmännchen schnitzte. Er drohte mir mit dem Messer, hielt mich fest und zwang mich …" Die Worte blieben ihm im Hals stecken. Er verstummte.

„Was ist passiert?", versuchte Anna ihn vorsichtig zum Weiterreden zu bringen.

„Er zwang mich, mich in den Eimer zu setzen, der an der Kette hing. Die ganze Zeit über hielt er das Messer so."

Villy zeigte mit den Händen, wie das Messer an seinem Hals lag, die Spitze am Adamsapfel.

„Er sagte, dass er mich jetzt für immer loswerden würde. Dann löste er die Kurbel, und ich fuhr hinunter. Es war völlig schwarz, und ich konnte nichts sehen. Ich hing da. Ich fühlte etwas, das eine Treppenstufe sein konnte, aber es gab keine Treppe. Er kurbelte so heftig, dass der Eimer schwankte und wackelte. Schließlich rutschte er weg, hätte ich mich nicht an dieser Stiege oder diesem Griff festgehalten, wäre ich in den Brunnen gefallen und ertrunken."

„Mein Gott. Was ist dann geschehen?"

„Ich habe natürlich geschrien und gerufen, aber es war vollkommen schwarz. Es war so feucht, und meine Arme wurden so müde. Ich glaube, ich habe auch einen Fuß zwischen zwei Steine quetschen können."

„Das ist ja furchtbar. Was passierte dann?" Anna konnte sich den kleinen Jungen vorstellen, der in diesem pechschwarzen Abgrund um sein Leben kämpfte.

„Ich schrie und schrie. Ich weiß nicht, was passierte, aber plötzlich war da oben wieder etwas Licht. Es war Sara. Sie rief zu mir hinunter, und ich schrie und heulte zurück."

„Konnte sie Ihnen hochhelfen?"

„Ich habe ihr zugerufen, sie solle den Eimer hinunterlassen, aber der Eimer war weg. Er hatte ihn mitgenommen. Aber die Kette konnte sie zu mir herunterkurbeln. Ich schaffte es, sie wie einen Knoten zu binden, so dass ich einen Fuß hineinstellen konnte. Dann rief ich ihr zu, dass sie kurbeln solle. Aber ihr fehlte die Kraft. Sie war ja erst sieben oder so."

Villy erzählte, dass Sara es nicht schaffte, sondern Hilfe holte und mit Greta zurückkam.

„Greta muss doch einen Schrecken bekommen haben."

„Nein, sie wurde sehr wütend und rief, dass ich selbst schuld sei, wenn ich so ein Lausbub sei, der in einen Brunnen klettert. Aber sie würde mir noch eine Chance geben. Also kurbelte sie mich hoch. Von diesem Tag an hasste ich sie alle. Außer Sara."

Villy leckte sich die Lippen, sein Mund war trocken, obwohl er etwas Wasser bekommen hatte. Er rieb die Handflächen aneinander, und Anna reichte ihm ein Papiertaschentuch.

„Möchten Sie noch mehr erzählen, oder sollen wir hier Schluss machen?“

„Wir machen hier Schluss. Ich kann nicht mehr. Ich habe das bisher noch niemandem erzählt.“

Anna hatte Lust, den durchtrainierten und äußerlich so starken Mann vor sich zu umarmen, ihn zu trösten wie das kleine Kind, das er mal war und als das er nie eine tröstende Umarmung bekommen hatte. Aber so etwas vertrug sich natürlich nicht mit ihrer professionellen Rolle. Sie sammelte sich und beendete das Gespräch mit einem neutralen Gesichtsausdruck.

Kapitel 92

LINA

Die Müdigkeit und Angst, die sich Lina bemächtigt hatten, wogen so schwer, dass sie auf dem Sofa einschlief, als sie nach Feierabend nach Hause kam. Ein paar Stunden später wachte sie mit rasendem Herzen auf.

Ein beklemmendes Gefühl der Unruhe hatte sich in ihr breitgemacht.

Das konnte, das durfte nicht wahr sein. Sie war noch nie schwanger gewesen.

Sie schaute in ihren Kalender und begann die Tage seit ihrer letzten Periode abzuzählen und wann ihr Eisprung gewesen war. Sie war überfällig, und es konnte nur Miro sein, denn bei Fredrik hatte sie verhütet.

Sie rieb sich die Stirn. Ihr Herz pochte.

Sie hatte keine Lust, einen Schwangerschaftstest in der Apotheke in Säter zu kaufen. Und einen online zu bestellen würde ein paar Tage dauern. Es musste einfach warten, bis sie wieder in Stockholm war und irgendwo anonym einkaufen konnte. Bis dahin hätte sie sicher schon ihre Periode und wäre wieder fit, redete sie sich ein. Kein Problem, sagte sie sich laut. Sie hatte immer ihre eigene Mama sein müssen und daher gelernt, sich selbst zu beruhigen. „Das wird schon, Lina. Alles wird gut“, meinte sie und strich sich selbst über die Wange.

Kapitel 93

MIRO

Miro hatte das starke Gefühl, dass Lina etwas mit dem Mord an Ronny zu tun hatte. Sie war für ihn ein offenes Buch, und ihr Verhalten hatte sich seit Ronnys Tod radikal verändert. Natürlich konnte es sein, dass man so etwas als Ärztin sehr schwernimmt, sich schuldig fühlte oder sein eigenes Handeln überdachte. Aber es war etwas anderes. Sollte er mit ihr darüber reden oder sich zurückhalten?

Eigentlich müsste er es um seiner selbst willen bei Bjurberg ansprechen, aber er fand, dass es auch so schon schlimm genug war, und seine Beziehung zu Lina dürfte unter gar keinen Umständen herauskommen. Er war besorgt.

Auf jeden Fall würde er jetzt keinen Sex mehr mit ihr haben, um nicht selbst Probleme zu bekommen. Sollte ihre kleine Affäre herauskommen, könnte sich auch seine eigene Karriere in wenigen Minuten auflösen. Jetzt hieß es, das Reptiliengehirn ausschalten und stattdessen die Frontallappen nutzen.

Er machte den Fernseher genau in dem Moment an, als die Nachrichten begannen.

„Ein Patient in Säter wurde tot aufgefunden. Die Polizei ermittelt wegen Mordes." Zwei Sätze, dann ging es mit einer anderen, innenpolitischen Nachricht weiter. Er legte die Stirn in tiefe Falten. Es ging also wieder los.

Kapitel 94

ANNA

Anna bekam das letzte Gespräch mit Villy nicht aus dem Kopf. Er tat ihr leid. Sie wusste, dass dieses Gefühl falsch war. Es war verkehrt, die eigenen Gefühle ins Spiel zu bringen, aber in all dem Elend wollte sie ihm den Stammbaum zeigen. Was, wenn darin Wahrheit steckte? Dann hätte er ja noch eine ganz andere Familie.

Sie warf das gehackte Gemüse in den Topf und briet es an. Dann öffnete sie eine Dose Kokosmilch und rührte sie zusammen mit gehackten Tomaten und einem Löffel Currypaste unter.

Der Duft der Gewürze breitete sich in der Küche aus und vermittelte ihr ein Gefühl von zu Hause. Sie sah aus dem Fenster in den Hof. Es war gemütlich, und sie fühlte sich langsam wie zu Hause. Geborgen, obwohl alles noch im Argen lag. Sie lächelte. Das, was in Säter geschah, passte in ein Buch oder eine Fernsehserie. Der Ort hatte sie schon beim ersten Eintreffen an Twin Peaks erinnert, viel Holz, Wälder und unterschiedliche Menschen sowie die umwerfend schöne Altstadt. Und über all das ragte das unheimliche, alte Krankenhaus. Die neuen Gebäude waren allerdings weniger dominierend, sondern etwas unauffälliger. Sie rührte im Topf und probierte ein Stück Brokkoli, der langsam weich wurde. Sie sah ihr Handy blinken, und es war wieder Bengt. Oh, sie hatte vergessen, ihn anzurufen. Sie hob ab.

„Also, ich habe ein paar alte Artikel über eine verschwundene Frau gefunden, und einige Details passen zu denen im Brief. Sie können gern herkommen, dann zeige ich sie Ihnen."

Anna warf einen Blick auf die Uhr. Heute war es schon zu spät, und sie brauchte heute Abend ein bisschen Ruhe. Die Frau war bereits seit knapp einem halben Jahrhundert verschwunden, da machte ein Tag mehr oder weniger auch keinen Unterschied.

„Morgen?"

„Ja, das passt gut. Ich bin in der Redaktion, rufen Sie an, bevor Sie kommen."

Sie gab etwas Gemüse in einen tiefen Teller, aß und genoss es.

Kapitel 95
VILLY

Villy lag im Bett, aber konnte nicht schlafen. Er sollte darum bitten, die Therapie abbrechen zu dürfen. Es war zu anstrengend, daran zu denken. Schließlich wollte er jetzt nicht zurück in die Vergangenheit, sondern in die Zukunft. Er durfte sein Gleichgewicht nicht verlieren, sondern musste so gesund wirken, dass er Freigang bekam und schließlich eine Prüfung, um früher entlassen zu werden. Am besten, er bat darum, die Gespräche mit der Psychologin zu beenden. Ja, das war das einzig Richtige.

Er schaltete die Lampe aus und zog die Decke über die Schultern.

Kapitel 96
NILS

Nils wachte auf, weil er pinkeln muss, wie jede Nacht. Als er aufstand, kam ein helles blaues Leuchten auf ihn zu, und er wurde nach hinten geschleudert und fiel zurück ins Bett. War das das Herz? Würde er jetzt sterben? Noch nicht. Er war noch nicht bereit. Ein paar Sekunden lang war alles in der Schwebe, und er wusste nicht, ob er lebendig, tot oder ohnmächtig war. Plötzlich sah er sein Schlafzimmer wieder.

Er schaffte es, sich aufzusetzen, griff nach dem Telefon und wählte 112.

Schwindelig saß er auf der Bettkante und spürte, wie das Blut rauschte und der Kopf dröhnte. Das Wichtigste war, die Tür aufzuschließen, damit die Sanitäter hereinkamen. Er stolperte zur Tür und schloss auf. Durch den Schwindel torkelte er im Flur und stieß gegen die Wände.

Dann brach er auf dem Boden zusammen.

Kapitel 97

ANNA

Anna hatte richtig gut geschlafen, mit schönen Träumen, die sie vergaß, als sie die Augen öffnete. Heute Nacht hatte es gefroren. Der Winter wäre bald da, und es könnte jederzeit der erste Schnee fallen. Die ersten, frostigen Morgen waren immer schön.

Es war Freitag, aber heute musste sie keinen Zug erreichen und merkte, wie sich Ruhe in ihrer Brust ausbreitete. Sie brauchte sich nicht zu beeilen.

Das Gras war knackig weiß, die Sonne wärmte langsam die Zweige, und der Frost schmolz vor ihren Augen dahin.

Beim Ausatmen sah sie ihre Atemluft, und sie dachte, dass das Leben wirklich schön war, wenn man die Jahreszeiten und die Veränderungen in der Natur so klar sah.

Auf dem Weg zur Klinik beschloss sie, das Blatt Villy zu zeigen. Worauf das hinauslief, darüber musste sie später nachdenken. Es war das Mindeste, was dem armen Mann zustand. Die Hoffnung auf eine eventuelle neue Familie. Natürlich überschritt das weit ihre Befugnisse, aber wer würde es schon erfahren? Sie unterlag der Schweigepflicht, und wer würde einem verurteilten Mörder glauben, der darüber hinaus eine dissoziative Störung hatte, sollte er sie anzeigen. Dieser Gedankengang fühlte sich etwas manipulativ an, aber sie glaubte, dass Villy positiv reagieren würde und dass ihre Beziehung inzwischen so gut war, dass er ihr vertraute.

Ein Auto hupte, und sie winkte dem Fahrer, der die Hand hob, zu. Sie hörte ihn etwas rufen. Er sah aus wie Miro. Wie viele Autos besaß der Mann denn?

„Sollen wir heute zusammen zu Mittag essen?“, rief er.

Anna dachte an den Porridge in ihrer Lunchbox, aber den könnte sie auch heute Abend essen.

„Ja, okay.“ Sie hob den Daumen, und er machte eine Geste, dass sie später telefonieren würden.

Kaffeeduft erfüllte den Personalraum, und das Personal saß hier beim Freitagsfrühstück wie in einer Andacht.

Anna unterhielt sich mit einer Arbeitstherapeutin, die irgendetwas von ihrem Garten erzählte, als ihr plötzlich ein Gedanke kam. Garten ... Brunnen. Was hatte Villy gesagt? Kette ... Daran hatte sie bisher noch nicht gedacht. Sie stand so schnell auf, dass ihr Stuhl fast umfiel. Sie entschuldigte sich bei der Arbeitstherapeutin.

Kette, Brunnen, eingesperrt, Rettung, genau das stand doch in Villys Gutachten nach seiner Untersuchung. Deswegen wiederholte er das unbegreifliche Wort im Polizeiwagen auf dem Weg ins Gefängnis. Es war keine Mordwaffe, die bisher nicht gefunden worden war, sondern das zufällige mentale Wiedererleben eines Kindheitstraumas durch enormen Stress.

Die Kette im Brunnen, mit der sein Bruder ihn hatte umbringen wollte. Aber sie wurde auch zu seiner Rettung. Die Erinnerung war so stark verdrängt worden, dass sie sich nicht in seinem Bewusstsein befand. War sie jetzt auf ganz dünnem Eis und überanalysierte? Nein, das hier war von Bedeutung. Irgendwie hing es mit etwas Größerem zusammen.

Und die wichtigste Frage blieb, was hatte dazu geführt, dass Villy seinen Bruder ausgerechnet jetzt getötet hatte? Die Erinnerungen an die Kindheit haben ihn immer verfolgt, aber wieso gerade jetzt? Sie musste ihm auch den Stammbaum zeigen. Sie lief zurück in ihr Büro und wählte die Nummer von Villys Station.

Kapitel 98

MIRO

Bei der Morgenvisite war es für Miro offensichtlich, dass Villy etwas belastete. Er war blass und sah ungepflegt und müde aus. Seine Frage nach etwas Beruhigendem war im Vergleich zu anderen Patienten natürlich nicht ungewöhnlich, aber bisher hatte er nicht darum gebeten. Der Patient war nicht wie alle anderen. Miro rieb über seine Bartstoppeln. Was war jetzt mit Villy los?

Er hatte ihm ein paar Tabletten Atarax gegeben.

Miro saß in seinem Zimmer und schaukelte grübelnd im Bürostuhl. Hatte die Therapie etwas bei Villy aufgewühlt? Er spielte mit dem Stift, ließ ihn zwischen den Fingern kreisen.

Er musste mit Anna reden. Eigentlich hatte er vorgehabt, mit einer netten Gruppe zu Mittag zu essen, aber jetzt musste er sich um das hier kümmern. Er rief sie an.

„Hier ist Miro. Wir essen im Golfrestaurant zu Mittag. Wir sehen uns dort um zwölf, okay?“

Kapitel 99

ANNA

Der Pfleger hatte zunächst gesagt, dass Villy keine Telefonate annehmen wollte. Anna hatte argumentiert, dass es wichtig war, was jedoch auch nicht zu helfen schien. Schließlich log sie und behauptete, es sei eine Anweisung von Miro. Daraufhin war der Pfleger still geworden und meinte, dass sie auf Station kommen solle. Sie würden Villy informieren.

Es war falsch, zu lügen und Miros Namen zu nennen, aber jetzt musste sie tun, was nötig war. Miro würde es verstehen, hoffte sie. Oder sie würde einfach nichts davon erzählen, sollte er es nicht von anderen erfahren.

Sie eilte durch den Korridor, Block und Umschlag unterm Arm. An der Station klopfte und klingelte sie gleichzeitig. Die Tür wurde vom selben Pfleger, mit dem sie gerade telefoniert hatte, geöffnet.

„Er will wirklich nicht, aber ich habe gesagt, es sei eine Anweisung der Ärzte …“ Der Pfleger ging voraus und zeigte ihr den Weg zum Sprechzimmer, in dem Villy auf einem Stuhl saß. Anna nickte dem Pfleger zu, damit er sie allein ließ. Die Tür ging zu.

Villy sah müde und mitgenommen aus.

„Hallo, ich muss noch einmal mit Ihnen reden."

„Aha und worum geht's?" Er wirkte träge.

„Erinnern Sie sich daran, dass exakt, als Sie hierherkamen, ein Mann starb?"

Villy nickte matt und meinte, er habe einiges mitgekriegt, aber keine Ahnung von Details. Je weniger man wusste, um so besser, das hatte er während seines Aufenthalts in der Rechtspsychiatrie gelernt.

„In seinem Zimmer befanden sich ein paar Dokumente, die ich mitgebracht habe."

Anna wartete auf seine Reaktion, aber es kam keine. „Hier, ich möchte sie Ihnen zeigen, weil Ihr Name auf einem steht."

„Mein Name?" Villy richtete sich plötzlich auf dem Stuhl auf, und sie reichte ihm das Blatt.

Er sah auf die Skizze einer Familie, bei der sein und Ronnys Name nebeneinanderstanden. Es gab eine Mutter und ein leeres Feld für den Vater. Hinter der Mutter stand ein Name und je einer neben ihm und Ronny.

Das Schweigen war vielsagend. Anna bemerkte seinen Gesichtsausdruck.

„Was ist das?"

„Genau das, wonach es aussieht, ein Stammbaum. Sie sehen, dass Ihr Name und sogar Ihre Personennummer stimmen. Und Sie sehen, dass Ronnys Geburtsdatum mit Ihrem übereinstimmt."

„Sind wir etwa … Zwillingsbrüder?"

Anna nickte. Villys Gesicht verlor jegliche Farbe, und er sah sie ängstlich an.

Es war totenstill im Zimmer, bis auf das Summen einer Fliege. Villy lehnte sich vorsichtig zurück, atmete tief ein und blickte zuerst ein paar Sekunden an die Decke und dann zu Anna. Sie konnte sich vorstellen, was ihm jetzt gerade durch den Kopf ging.

Villy stand auf.

„Noch eines." Anna gab ihm ein zusammengefaltetes Papier. „Das hier sollten Sie auch lesen. Tun Sie das ganz in Ruhe, dann sprechen wir beim nächsten Mal darüber."

Kapitel 100
VILLY

Obwohl es kalt im Zimmer war, stand Villy der Schweiß auf der Stirn. Er atmete schwer und lag ganz ruhig auf seinem gemachten Bett. Er hatte das, was er von Anna bekommen hatte, sofort als er in sein Zimmer kam, gelesen. Es war die Kopie eines Originalbriefs. Jetzt lag er, aber alles drehte sich. Er schloss die Augen, doch es drehte sich weiter.

Vansbro 1955

Ich habe keine Wahl und muss meine geliebten Jungen weggeben. Mit mir haben sie keine Zukunft. Ich möchte, dass man sie Villy und Ronny nennt, damit sie wissen, dass sie einmal eine Mama voller Liebe hatten. Ich werde dazu gezwungen, und wäre es anders gegangen, hätte ich mich um sie gekümmert.

Kümmern Sie sich gut um meine wunderbaren Jungen. Ich behalte sie für immer in meinem Herzen.

Cecilia

Sein Herz pochte heftig, und er zitterte am ganzen Körper. Er hatte einen Bruder getötet und dann einen neuen bekommen, der jetzt auch tot war. Wie unwahrscheinlich war das denn. Und er hatte einen Brief bekommen, den seine Mama geschrieben hatte, und ihren Namen erfahren.

Cecilia.

Es gab keinerlei Ähnlichkeit. Villy war groß und blond, und Ronny hatte er nur gesehen, als man ihn auf der Bahre herausgebracht hatte. Tot, blass, tätowiert, unrasiert und mausgraue Haare. Villy war stolz auf seinen Körper, den er trainierte und pflegte, während Ronny sein Leben anscheinend vor allem damit verbracht hatte, ihn zu ruinieren. Er verstand es nicht.

Er dachte darüber nach, wie sein Leben verlaufen wäre, hätte seine Mutter ihn nicht weggegeben, wenn er tatsächlich gerecht behandelt worden und mit seinen Geschwistern aufgewachsen wäre. Und über die große Frage, die ihn immer beschäftigt hatte, wer war sein Vater, und warum konnte seine Mutter ihn oder sie nicht behalten?

Kapitel 101

NILS

Hoher Blutdruck, was bedeutete das? Die Ärzte konnten ihm nicht sagen, wieso er den hatte. Er würde nach Hause geschickt, aber müsste noch mal ins Ärztehaus, um die Werte zu überprüfen.

Näherte er sich dem Ende? Zuletzt hatte er sich so gesund und kräftig gefühlt. Nils lag im Krankenhaus im Bett und schaute auf die Leuchtröhren an der Decke. Wie einsam er war. Niemand, den er anrufen sollte, um zu sagen, dass er hier war.

Er spürte die Trauer kommen. Das Leben war einfach nicht gerecht. Er hatte doch nichts getan, um einen einsamen Tod zu verdienen. Die Tür ging auf.

„Wir haben für Sie einen Krankentransport organisiert. Er kommt in dreißig Minuten, wir machen Sie also dafür bereit." Die stark geschminkte Krankenschwester mit künstlichen Wimpern lächelte ihn an, und Nils lächelte automatisch zurück. Die Zeiten hatten sich wirklich verändert. Vielleicht war es für ihn an der Zeit, loszulassen und in die nächste Dimension des Lebens überzugehen. Sie nahm seine Hand und half ihm aus dem Bett.

Kapitel 102

ANNA

Die Zeit war verflogen. Sie war erleichtert, dass sie Miro im Restaurant traf und allein hinging. Dadurch minimierte sich das Risiko von Klatsch und Tratsch beim Personal und anderen, außerdem musste sie sich dann auch nicht wie einen Teenager plappern hören. Er hatte nämlich diese Wirkung auf sie, und da war Stimuluskontrolle und die Vermeidung von Situationen, die das Verhalten triggerten, am besten. Sie beendete, was sie gerade tat, und räumte ihren Schreibtisch auf.

Hinter dem Gebäude blickte sie über den Kiesweg hinunter zum Restaurant. Der Kies knirschte nicht mehr unter den Schuhen, der Boden war hart und gefroren. Atemwölkchen traten aus ihrem Mund, und sie zog die Mütze über die Ohren und den Reißverschluss so hoch wie möglich.

Sie näherte sich dem alten Pavillon rechts von ihr, und je näher sie kam, umso gruseliger fand sie ihn. Es war das erste Mal, dass sie ihm so nah kam. Das Gebäude war ein Zeuge der dunkelsten Zeit in Säters Geschichte, als die Verurteilten blutige Verbrechen begangen hatten und ihre Behandlung fast noch grausamer war. Die große Tür wirkte wie ein offener

Mund, und das Haus lag höher am Hang als die anderen Gebäude, wie ein Monument des vergangenen Kraftakts gegen Geisteskrankheiten.

Die Dunkelheit hinter den Gittern schien wie ein Loch in eine andere Zeit. Plötzlich hatte sie den starken Eindruck von ohrenbetäubenden Schreien, Zwangsjacken, Stromstößen und verzerrten Gesichtern, so dass sie stehen blieb. Drangen Geräusche heraus?

Was gab es heute da drinnen? Erinnerungen, Namen, die in Wände geritzt worden waren, Teile der alten Möbel, Zellen.

Anna trat ein paar Schritte zurück und dachte, dass sie nicht mal für eine halbe Million einen Schritt in diese Gebäude wagen würde. Es wurden Geschichten erzählt, was mit denen passierte, die hineingegangen waren. Hinterher war man nicht mehr derselbe Mensch.

Mit schnellen Schritten ging sie weg von hier. Als sie sich dem Golfrestaurant näherte, sah sie Miro, der am Eingang lehnte.

Wieder tauchte diese kribbelnde Wärme in ihrem Körper auf, und sie richtete ihre Kleider und überlegte, wie sie ihn begrüßen sollte. Wie lächerlich sie sich fühlte. Darüber, wie man einen Kollegen begrüßt, hat sie doch noch nie nachgedacht?

Miro machte es ihr einfach, klopfte ihr auf die Schulter und hielt ihr wie ein Gentleman die Tür auf.

Jetzt, da die Jagdsaison begonnen hatte, waren nur noch wenige Golfer hier. Es war vor allem Klinikpersonal da. Freitags hatte der Koch oft etwas besonders Gutes im Angebot, heute war es warmer Apfelkuchen mit Vanillesauce. Das übliche Buffet mit Fleisch und Fisch stand bereit.

Miro ging voraus, zeigte auf einen Tisch weit hinten in der Ecke unter den Golfpokalen.

Anna folgte ihm brav wie ein Kind, stellte ihr Getränk ab und suchte sich etwas am Buffet. Das Salatbuffet war reichlich, und sie nahm Linsen, Sprossen und eine Bohnenmischung.

„Also, ich habe heute früh Villy getroffen. Er schien aus dem Gleichgewicht."

Anna balancierte ihren Teller und bemühte sich, ruhig zu wirken.

„Ach ja?" Sie schaute hinter sich, ob jemand zuhörte.

Hatte Villy vielleicht etwas gesagt? Ihr Magen zog sich zusammen.

„Können Sie ein bisschen erzählen, was Sie in der Therapie so machen?", fragte Miro leise.

„Das kann ich nicht, jedenfalls nicht im Detail, das wissen Sie doch."

„Aber in groben Zügen?"

„Wir arbeiten mit seinen kognitiven Strukturen."

Anna war auf der Hut, sie wusste, dass das, was sie jetzt sagen würde, gegen sie verwendet werden konnte.

„Wir schauen uns zum Beispiel an, wie er mit Stress umgeht und welche Copingstrategien er hat."

„Hat das mit Dingen aus der Vergangenheit zu tun?"

„Es hängt nun mal alles zusammen, Miro. Das, was war, und das, was jetzt ist."

Zwischen ihnen wurde es kurz still, dabei betrachtete er sie.

„Aha." Er brach die Stimmung, lachte und schob sich ein paar Bissen in den Mund.

„Was anderes, Miro. Wenn ich Ihnen etwas im Vertrauen erzähle, kann ich mich dann auf Sie verlassen?"

Sein seriöser, neutraler Gesichtsausdruck und sein Nicken ließen sie eine Entscheidung treffen. Sie könnte ihm vertrauen, aber sie würde noch warten, bis sie etwas erzählte. „Danke, das werde ich vielleicht einmal nutzen."

„Offenheit und Ehrlichkeit sind für uns Ärzte wichtig. Nach dem, was mit der ehemaligen Psychologin passiert ist, sogar noch wichtiger", sagte er und sah ihr intensiv in die Augen.

„Aber das ist doch klar."

Dieser Mann war lebensgefährlich, und viele Alarmglocken schrillten in ihr.

Nach dem Essen bot Miro an, sie zurückzufahren. Der Gedanke, im Auto dicht neben ihm zu sitzen, war verlockend, aber zum Glück hielt sie sich zurück.

„Nein, danke, ich gehe lieber, ist besser für die Verdauung." Sie drehte sich schnell um, sagte Danke und Tschüss. Dann ging sie rasch zurück zum Krankenhaus.

Kapitel 103

LINA

Lina war eine Weile herumgelaufen und hatte Anna gesucht.

Sie empfand Wut und Ärger, Müdigkeit und Übelkeit. Alles auf einmal. Sie hatte ihre Visite abbrechen müssen. Ihre Gefühle schwankten stärker als jemals zuvor. Normalerweise konnte sie sie mit Tabletten und eisernem Willen in Schach halten, aber in den letzten vierundzwanzig Stunden verlor sie langsam die Kontrolle. Das machte ihr Angst. Sie brauchte Anna. Sie brauchte sie jetzt. Es war zu schwer, um es allein zu tragen. Jetzt war alles auf den Kopf gestellt und nichts so, wie sie es sich vorgestellt hatte. Die Angst hatte sie im Griff, und sie konnte ihre Gedanken nicht ordnen.

Sie hatte Todesangst.

„Anna!“, rief sie mit schriller Stimme, als sie sie hinter der Klinik gehen sah.

Lina kam auf sie zu.

„Anna, ich ertrage es nicht länger. Ich war's.“

„Was warst du?“

„Ich habe Ronny umgebracht.“

Kapitel 104

ANNA

Es rauschte in ihren Ohren, und sie war vor Schock stocksteif. Sie sah Lina vor sich. Wie ihre Lippen sich bewegten, aber sie hörte nicht, was sie sagte. Anna legte eine Hand an die Stirn und rieb sich die Augen, war das ein Traum, oder war sie wach? Passierte das gerade jetzt?

Sie bekam kein Wort heraus.

„Das ist noch nicht alles. Ich bin wahrscheinlich auch schwanger. Und zwar von Miro. Das war's für mich."

Miro? Das Blut rauschte aus ihrem Kopf, und ihr wurde ganz kalt. Es war, wie sie vermutet hatte. Sie hatten eine Beziehung. Obwohl sie es nicht wollte, spürte sie kurz Neid. Sie selbst könnte nie eine heimliche Affäre mit einem Kollegen führen. Oder?

Lina begann heftig zu zittern, Tränen flossen über ihre Wangen. Anna gewann die Fassung zurück und erkannte, dass ihre Freundin sie jetzt mehr brauchte als jemals. Lina war immer noch ihre Freundin, und sie nahm ihren Arm und zog sie an sich.

„Alles wird gut", flüsterte sie ihr ins Ohr. „Alles wird gut, Lina."

Sie streichelte ihre Haare. „Wir gehen rein, hier draußen ist es jetzt zu kalt. Komm." Sie legte ihren Arm um Lina und führte sie sanft in Richtung Eingang.

Ihre Freundin war eine Mörderin. Annas Welt war innerhalb einer Sekunde auf den Kopf gestellt worden.

Sie saßen in Annas Zimmer, und sie hielt Linas Hände. Sie wussten beide, dass es für lange Zeit das letzte Mal war, dass sie so beieinandersitzen würden. Es könnte jederzeit herauskommen, dass sie als Letzte in Ronnys Zimmer gegangen war. Es gab Kameras in anderen Teilen der Station, die es zeigen würden, und es gab Fingerabdrücke. Hier könnte sie nicht mehr arbeiten. Sie konnte die Fassade nicht mehr aufrechthalten.

„Warum hast du es getan?", wollte Anna wissen. Wie sollte sie das sonst jemals verarbeiten, ohne den Rest ihres Lebens darüber zu grübeln? Was konnte Lina ihr verraten? Würde sie sich mitschuldig machen, wenn sie es erfuhr? Es war ihr egal.

„Jetzt erzähl, Lina."

Sie holte tief Luft und öffnete den Mund.

„Ronny wusste zu viel über mich, Anna. Er hatte mich in der Hand. Das hat er ausgenutzt. Er hätte eine Menge über mich und meine Herkunft verraten können, wodurch ich meinen Job verloren hätte. Außerdem war er es, der meinen Bruder in die Scheiße geritten hat."

„Du kannst ihm dafür nicht die Schuld geben. Aber was kannst du denn nicht über dich verraten …? Ich weiß doch fast alles von dir?"

Lina zögerte. „Ich habe auch ab und zu Drogen genommen, starke Pillen geschluckt. Das wusste niemand, außer Ronny. Ich hätte sonst gar nicht überlebt. Selbst wenn ich ihn hasste, so war er es, der mir durch die Trauer und die Hölle nach dem Tod meines Bruders geholfen hatte. Die Drogen dämpften die Gefühle und halfen mir, dorthin zu kommen, wo ich heute bin, aber es klappt nicht mehr."

Anna stand unter Schock.

„Und jetzt, als Ärztin, kann ich mir ja selbst Rezepte ausstellen … Er hätte all das aufdecken können, und dann hätte ich meine Zulassung verloren."

Anna war sprachlos. So viel, das sie nicht über ihre Freundin gewusst hatte. Stand sie jetzt unter Drogen? Und welche Tabletten nahm sie? Lina hatte Drogen gesagt, also vermutlich Morphium und starke Schmerztabletten. Deswegen war sie in letzter Zeit manchmal so anders gewesen.

Sie sah nicht die erwachsene Lina vor sich, sondern ein kleines Mädchen, das darum kämpfte, zwischen psychischer Krankheit und Drogensucht zu überleben. Anna war sehr traurig, und ihr flossen sogar Tränen die Wange hinab.

„Es tut mir so leid, Lina, ehrlich, es tut mir so leid, was du erlebt hast und jetzt erlebst. Aber es wird alles gut." Sie strich über ihre Wange und umarmte sie. „Alles wird gut ..."

Sie hatte in dieser Sekunde ihre Freundin verloren. Von nun an war Lina eine andere Person. Und würde es nun lange bleiben.

„Ich werde dir helfen. Wir rufen jetzt an und bitten um Hilfe. Du brauchst Hilfe. Du hast noch dein ganzes Leben vor dir."

Lina sah sie müde an, sie hatte den Kampf aufgegeben. Jetzt schaffte sie es nicht mehr, die Fassade aufrechtzuerhalten. Sie war zerbrochen und hatte keine Kraft mehr.

Wen sollte Anna anrufen? Bjurberg? Nein, zuerst Miro. Sie ließ Lina los, hob den Telefonhörer und wählte seine Durchwahl. Miro antwortete munter, doch als er ihre ernste Stimme hörte, änderte er seine Stimmung.

„Kommen Sie sofort in mein Büro."

Sie nahm ein Papiertaschentuch und trocknete Linas Wangen.

„Hab keine Angst, alles wird gut." Aber natürlich wusste sie, dass überhaupt nichts gut würde, es war die Hölle.

Kapitel 105

VILLY

Am Nachmittag hatte Villy Küchentraining mit einer Arbeitstherapeutin, um Fähigkeiten des Alltagslebens zu üben, aber er konnte sich nicht konzentrieren. Seine Gedanken schossen wie Pingpongbälle durch den Kopf.

„Aua!" Er schrie laut auf und sah, dass er sich mit dem Messer geschnitten hatte. Das Blut floss auf die Tomaten.

Die junge Arbeitstherapeutin sprang erschrocken zurück, riss die Augen auf, alarmierte das Personal, griff nach dem Messer und trat zur Seite.

„Stehen bleiben. Nicht bewegen." Sie sah aus, als hätte sie Todesangst, und Villy seufzte tief.

Villy musste gegenüber den anderen schwören, dass es ein Unfall war, bekam ein Pflaster, und die Arbeitstherapeutin schloss die Messer ein. Stattdessen nahm sie eine Schüssel und eine Schöpfkelle. „Vielleicht backen wir lieber einen Kuchen", schlug sie mit einem schiefen Lächeln vor und zeigte ihm die ungefährlichen Geräte.

Kapitel 106

ANNA

Durch das getönte, hintere Fenster sah man das blonde Haar im Polizeiwagen. Der letzte der Polizisten, der gekommen war, um Lina zu vernehmen, schloss die Tür und zündete den Motor.

Tränen liefen Anna über die Wangen, als sie zusah, wie das Auto von der Klinik wegfuhr. Miro stand neben ihr. Keiner der beiden sagte etwas. Das Schweigen war komplex. Zwischen ihnen stand vieles, das nicht ausgesprochen werden musste. Sie wussten beide mehr als genug. Miro seufzte tief.

Anna hatte Miro von Ronny erzählt, aber nichts von der Schwangerschaft. Dieses Geheimnis teilten sich jetzt nur Anna und Lina. Vielleicht bliebe es dabei.

Langsam drehte sie sich um und ging wieder hinein. Es fühlte sich schwer und furchtbar an. Ab jetzt war alles möglich, dachte Anna. Sie sah auf die Uhr, bald würde sie Bengt treffen.

Auf dem Weg vom Krankenhaus versiegten ihre Tränen vor Kälte, und das war wahrscheinlich gut so. Sie wischte mit den

Händen übers Gesicht, bevor sie bei der Redaktion klingelte und eintrat. Bengt konnte zwar kaum übersehen, dass ihre Augen rot waren, aber er war feinfühlig genug, nicht danach zu fragen. Er hatte einige Dokumente auf seinem Schreibtisch bereitgelegt. Anna nahm einen Stuhl und setzte sich dazu.

„Was haben Sie gefunden?"

„Na ja, ich habe nichts gefunden, bei dem wir vollkommen sicher sein können, aber ich habe einiges gefunden, mit dem wir weiterarbeiten können. Aber wir brauchen mehr Hilfe, wenn wir dem auf den Grund gehen wollen."

Bengt griff nach den Papieren und begann zu erzählen.

„Wie ich schon sagte, gibt es viele Fälle von verschwundenen Frauen und von Totschlag oder Mord an Frauen. Aufgeklärte und nicht aufgeklärte, aber die Frage ist, was mit der Frau geschehen ist, die in dem Brief an Sie erwähnt wird. Wir können einige auf Grund der Zeitfrage ausschließen, es bleiben eigentlich nur noch wenige übrig. Ich habe mit Sven darüber gesprochen."

Anna nickte. Inzwischen vertraute sie den beiden Männern.

„In den Fünfziger- und Sechzigerjahren wurden eine Handvoll Frauen hier in der Region als vermisst gemeldet. Das liegt nun schon so lange zurück, dass sie für die Polizei nicht mehr aktuell sind, auch, weil es einfach nicht mehr genug Interesse daran gibt."

„An verschwundenen Frauen?"

„Tja … am Verschwinden bestimmter Frauen, könnte man sagen. Sie galten als verwirrt oder lästig."

„Was meinen Sie?"

„Ja, Frauen, die ihr Leben nicht an der Norm ausrichteten oder einen niedrigeren Status, sozialen Rang oder wie wir es nennen sollen, hatten, genossen auch nicht höchste Priorität. Sven verfügt über mehr Details bei diesen Angelegenheiten, ich habe Informationen über drei Frauen, die in Frage kommen."

Bengt schob ihr ein Blatt Papier zu, auf dem drei Frauennamen mit Bleistift notiert waren.

Anna las die Namen und sah zu Bengt hoch. Wonach suchte sie?

„Ich habe einen Vorschlag. Wir fahren nach Hause zu Sven und besprechen alles. Wenn Sie wollen, können wir sofort hinfahren", sagte Bengt.

„Wohin, nach Falun?"

„Nein, nach Borlänge. Er arbeitet von zu Hause."

Anna runzelte die Stirn.

„Wir sollen zum Kriminalkommissar nach Hause?"

„Ja, es ist ja nun nicht gerade ein offizielles Anliegen, oder wie haben Sie es genannt? Er wartet auf Sie, falls Sie möchten."

Sie bekam kurz ein wenig Angst, aber sie konnte nicht nein sagen, die Neugier war zu groß. Zehn Minuten später saß sie in Bengts kleinem, kornblumenblauen Skoda auf dem Weg nach Borlänge, in ein Wohnviertel am Stadtrand, nahe beim Fluss.

Bengt betrat das Haus sofort und rief Sven, der schnell auftauchte. Er trug ein Poloshirt, Jeans und Pantoffeln.

„Ich habe gerade Feuer gemacht. Kommt rein", sagte er und reichte Anna die Hand. „Es ist immer besser, sich im wahren Leben zu treffen."

„Ja, allerdings darf es nicht mit meiner Arbeit in Verbindung gebracht werden. Ich habe inzwischen verstanden, dass man in Säter schnell guillotiniert wird. Also, nicht wortwörtlich."

„Da haben Sie wohl recht. Schauen wir mal, was am Ende dabei herauskommt. Jedenfalls toll, dass Sie für uns nach diesem Zimmer gesucht haben."

„Das war ziemlich unangenehm. Ich hatte Angst, dass jemand entdeckte, dass ich da unten rumlief. Außerdem habe ich dort einen komischen Knall gehört."

Bengt sah schnell zu Sven. „Was glauben Sie, was das für ein Geräusch war?"

„Keine Ahnung, das könnte eine Ratte gewesen sein oder irgendwas Elektrisches oder sonst was. Ich möchte jedenfalls ungern noch einmal dort hinunter gehen, so viel ist sicher."

Sie bemühte sich um einen entschlossenen Tonfall.

„Nein, keine Sorge. Hoffentlich kann die Polizei bald dorthin." Sven redete laut mit sich selbst.

Er deutete auf eine Sofagruppe vor dem Kamin. Auf dem Couchtisch lag ein weißer Umschlag.

„Möchte jemand Kaffee?"

„Ein Whisky wäre schön", sagte Bengt, als wäre es das Natürlichste auf der Welt. Wollte er denn nicht mehr nach Hause fahren, oder war es ihm egal?

„Ich würde eine Tasse Tee nehmen, wenn das nicht zu viel Arbeit ist."

„Das machen wir", antwortete Sven und brüllte dann so laut „Birgit", dass Anna sich fast die Ohren zuhielt.

Als sie auf den Sofas saßen, kam Birgit herein, mit einem Tablett mit kleinen Scones, Teekanne, Teetassen und einem Whisky, wie in einem alten Film.

Anna stand auf, um sie zu begrüßen, aber das schien sie nicht zu interessieren, sie reagierte nicht. Sie vermutete, dass sie Järrings Frau oder eine Art Haushälterin war.

„Also, ich habe mich ein bisschen im Archiv umgesehen, und das hier bleibt natürlich unter uns."

„Was hast du gefunden?", fragte Bengt, seine Augen glänzten.

Wieso waren sie so daran interessiert, ihr mit der verschwundenen Frau und den Briefen zu helfen? Was brachte es ihnen?

„Wie lange waren Sie hier Kriminalkommissar?"

Sven schien die Frage zu wundern, aber nicht zu nerven.

„Ich hatte den Posten zwanzig Jahre lang inne, davor habe ich in den internen Ermittlungen gearbeitet."

Anna nickte und verstand, dass Sven einen guten Überblick über die Kriminalfälle der Region hatte.

„Wir wollen ehrlich zu Ihnen sein." Sven streckte sich und saß jetzt kerzengerade im Sessel. „Sie sind nicht die Erste, die solche Briefe erhalten hat."

„Ja, das weiß ich."

„Die Psychologin vor Ihnen." Er musste ihren Namen gar nicht sagen.

„Sie hat auch Briefe bekommen, stimmt's?"

Sven richtete seine Brille.

„Ja, das kann man sagen. Sie ist plötzlich von ihrer Arbeit verschwunden, und die Briefe haben wir erst dann gesehen. Zuerst wurde sie als vermisst gemeldet, aber die Polizeiführung hat das dann ad acta gelegt."

„Ja, das ist eigentlich völlig verrückt, und hätte ich das gewusst, hätte ich mich wohl nie um die Stelle beworben, aber es war meine Freundin Lina …"

Sie verstummte, der Name reichte, um sie sprachlos zu machen. Sie spürte, dass Tränen kamen, und konzentrierte sich schnell wieder.

„Können wir lieber über die Briefe und die Frau, die vor langer Zeit verschwunden ist, reden?"

„Wir können damit anfangen, dass es mehrere Frauen gibt, die in den Fünfzigerjahren in Dalarna verschwunden sind. Aber wie in den Briefen beschrieben, geht es hier um einen speziellen Fall, bei dem eine Liebesbeziehung verboten wurde, weil sie unterschiedlichen Klassen angehörten. Das unterscheidet den Fall von den anderen."

„Von falscher Geburt", erinnerte Anna sich an die Briefzeile.

„Wer er war, wissen wir noch nicht sicher."

„Diese Frau war jedenfalls die Tochter einer Magd auf dem Gutshof. Ihre Mutter wohnte und arbeitete dort", erklärte Bengt.

„Wo lag der Gutshof?"

„Im Norden", erwiderte Sven und zeigte aus dem Fenster, Anna nahm an, dass es nach Norden zeigte. Er fuhr fort: „Das Mädchen spielte mit den Kindern vom Hof und wurde fast zu einem Familienmitglied. Aber natürlich war sie das nicht. Man wird nie zu einem Teil einer vornehmen Familie, wenn man nicht hineingeboren wurde. Sie ist dort aufgewachsen, und soweit wir wissen, ist sie eines Tages verschwunden."

„Was meinen Sie?" Es klang völlig unwahrscheinlich, dass eine Frau auf diese Weise spurlos verschwand. Irgendeine Theorie oder Spur musste es doch gegeben haben. Doch Sven gab nur wieder, was er wusste. Dass die Mutter verzweifelt bei der Polizei angerufen und erzählt hatte, dass ihre Tochter verschwunden war. Sie muss da ungefähr zwanzig gewesen sein.

„Was kann ihr passiert sein? Wurde sie ermordet?"

„Niemand weiß es, und unsere Nachforschungen kamen auch zu keinem klaren Ergebnis."

„Und jetzt?"

„Jetzt glauben wir, dass neue Informationen herauskommen könnten, der Briefschreiber scheint Sie ja als seinen neuen Kontakt auserkoren zu haben."

„Wieso ausgerechnet mich?"

„Wieso ausgerechnet Sie, Anna? Denken Sie mal nach."

Eine kompakte Stille entstand.

„Keine Ahnung. Ich bin doch nichts Besonderes, bloß die neue Psychologin in Säter. Ich kenne niemanden hier."

„Aber Ihre Patienten?", fragte Bengt.

„Sie wissen, dass ich nichts dazu sagen darf."

Sie überlegte, aber fragte stattdessen, wie es weitergehen sollte.

„Ja, weiter sind wir noch nicht gekommen, und irgendetwas sagt mir, dass es eine Verbindung zum Zimmer 55 und *den Anderen* gibt."

„Was meinen Sie?" Anna wandte sich an Sven, ihr wurde plötzlich eiskalt, obwohl sie dem Feuer am nächsten saß.

Sven Järring lehnte sich vor und bedeutete ihr, näher zu kommen. Leise erzählte er, dass sein Vorgänger sich aus irgendeinem Grund nicht um diese alte Angelegenheit kümmern wollte. Die Gerüchte um das, was man Zimmer 55 nannte, hatte er als bloße Fantasie einiger Insassen abgetan, aber Sven glaubte, dass etwas Wahres darin steckte.

„Sicher, die Frau ist bereits weg, und dagegen kann man nun nicht mehr viel tun, aber ich glaube, dass *die Anderen* noch da sind, und auch, dass Zimmer 55 noch genutzt wird."

Dann ergänzte er: „Diese Frau verdient es außerdem, dass man ihre Geschichte aufklärt, oder nicht? Der Briefschreiber scheint auf jeden Fall zu wollen, dass die Wahrheit endlich herauskommt. Ja, jetzt wissen Sie alles, was wir wissen", sagte Sven und lehnte sich im Sessel zurück.

Das Tablett war leer, und Anna hatte kaum gemerkt, dass sie ihre Scones aufgegessen hatte und die erneut aufgefüllte Teetasse auch schon wieder leer war. Alles, was mit Lina geschehen war, hatte sie aufgewühlt, sie hatte großen Kummer und schwankte fast, als sie aufstand.

„Dann ist es für uns wohl Zeit, nach Säter zurückzufahren", fasste Bengt zusammen.

„Ja, vielen Dank für alles." Anna reichte Sven die Hand.

Seine Hand war ganz warm an ihren eiskalten Fingern. Einfach ein vertrauenswürdiger, netter Polizist. So einen sieht man nie in Filmen, dachte sie.

„Möchten Sie vielleicht fahren? Ich habe ja etwas getrunken?" Bengt klimperte vor ihr mit dem Autoschlüssel.

„Das geht nicht", sagte sie schnell. Sie hatte die Fahrprüfung nicht bestanden und dann aufgegeben. Ein Versagen, das sie nicht gern ansprach.

„Nicht?"

„Nein." Das musste als Antwort reichen, er sah sie fragend an, und sie ging seinem Blick aus dem Weg und setzte sich auf den Beifahrersitz.

Während der ganzen Fahrt war sie angespannt, aber Bengt fuhr vernünftig und aufmerksam. Er hielt vor ihrem Haus an.

„Was kommt als Nächstes?"

„Ja, das sehen wir dann, Sven kümmert sich darum", sagte er.

„Aha, okay, dann machen wir es so", antwortete sie und stieg aus.

Als sie seinen blauen Skoda um die Ecke wegfahren sah, schloss sie die Augen und spürte, wie sie die Kraft verließ. Wo war sie da hineingezogen worden? Und warum gerade jetzt und hier? Und Lina, die arme Lina.

Sie seufzte tief und rieb sich übers Gesicht. Was sollte sie jetzt tun? Lina war ihre einzige Vertraute gewesen. Das alles war zu schwer, um es allein zu tragen. Eine Sekunde lang wünschte sie sich, sie hätte niemals die Stelle in Säter angenommen.

Müde betrat sie den Hof und öffnete die Tür zum Haus, hob den Blick, und als sie sah, wer da auf dem Treppenabsatz saß, stolperte sie einen Schritt zurück.

Kapitel 107

ANNA

„Was machst du denn hier?“ Sie wusste nicht, ob sie froh, überrascht oder besorgt war. Was wollte Miro von ihr, jetzt, nach Feierabend?

„Ich hatte eigentlich angerufen und wollte dich nicht so überraschen“, sagte er und stand auf.

„Ehrlich, nach allem, was passiert ist, bin ich vollkommen fertig und kann nicht mehr.“

„Darf ich reinkommen? Es gibt noch mehr Dinge, über die wir reden müssen.“

Vielleicht war es an der Zeit, mit Miro zu sprechen. Sie hatte schließlich das Gefühl, dass sie ihm vertrauen konnte, jedenfalls mehr als den meisten anderen. Villys dissoziative Assoziationen mit der Kette, das Foto, die Briefe, der Stammbaum, die verschwundene Frau, *die Anderen* und Zimmer 55. Als ihr das alles durch den Kopf ging, merkte sie, wie seltsam es klang. Legte sie Teile aneinander, die gar nicht zusammengehörten? Bildete sie sich Verbindungen ein, die gar nicht existierten?

„Habt Ihr noch mehr von Lina gehört?“, fragte sie auf dem Weg die Treppe hinauf. Es fühlte sich immer noch völlig unwirklich an, dass Lina wegen des Mordes an Ronny verhaftet worden war.

„Darüber wollte ich mit dir sprechen.“

Anna schloss hinter ihm die Tür und wurde nervös. Könnte sie irgendwie hineingezogen werden? Jetzt verstand sie mehr – die Papiere, die sie von Lina bekommen hatte und die diese aus Ronnys Zimmer geholt hatte. Verdammt. Anna fuhr mit den Händen durch die Haare und seufzte tief, sie führte Miro in die Küche.

„Etwas zu trinken? Wein, Wasser, Tee?“

„Tee wäre gut.“ Miro setzte sich auf einen Küchenstuhl.

„Hübsche kleine Wohnung.“

„Danke“, sagte sie, füllte den Wasserkocher und schaltete ihn an. Sie überlegte, ob sie von dem Mann erzählen sollte, der hier gestorben war, aber ließ es sein.

„Ja, Lina.“ Er schwieg eine Weile und fummelte an der leeren Tasse vor sich. Das Wasser rauschte im Kocher.

„Wie schrecklich, Miro … ich muss zuerst etwas erzählen. Sie ist eine meiner besten Freundinnen und hat mir den Tipp für diese Stelle gegeben. Es gefiel ihr hier so gut. Ich verstehe wirklich nicht, was passiert ist. Ich hatte keine Ahnung, dass sie sich schlecht fühlte … So weit zu gehen …“

Miro beobachtete sie, während sie die Teebeutel in die Tassen hing und Wasser darübergoss.

„Hat sie dir, als Freundin, etwas Besonderes erzählt?“

Anna war unsicher. Was sollte sie in dieser Lage erzählen? Miro gegen sich aufzubringen war das Letzte, was sie wollte. Er durfte sich nicht von ihr bedroht fühlen.

„Sie hat mir das erzählt, was wir dir erzählt haben. Dass sie an diesem Abend in Ronnys Zimmer gegangen ist und ihn umgebracht hat. Aber wie sie es getan hat, weiß ich nicht …" Anna setzte sich Miro gegenüber und wärmte ihre Hände an der Tasse.

„Sonst nichts?"

Sie schüttelte den Kopf. „Nein, sonst nichts."

„Okay, gut. Ich hatte mich bloß gefragt, wo ihr doch Freundinnen seid."

„Miro, es gibt ein paar Dinge, über die ich gern mit dir reden möchte, in Ordnung?"

Er drehte sich zu ihr um, und als sie in seine blauen Augen sah, wusste sie, dass die Antwort ja war.

Anna stand auf und holte die Briefe und das Foto.

„Komm hierher", rief sie aus dem großen Zimmer, das gleichzeitig Wohn- und Schlafzimmer war.

„Wer ist das?" Er hob das Foto hoch.

„Das, was ich jetzt sage, bleibt zwischen uns, okay?"

Konnte sie sich darauf verlassen, dass er nicht zu Bjurberg ging und ihm alles erzählte?

„Zwischen uns Zentraleuropäern", scherzte sie, und er lächelte sie an.

„In den Wochen, seit ich in Säter arbeite, sind einige merkwürdige Dinge passiert, von denen ich nicht weiß, ob sie bloß Zufall sind oder zusammenhängen und ob sie überhaupt eine Bedeutung haben. Oder ob es sich tatsächlich um etwas viel Größeres handelt, in das ich hineingezogen wurde."

Miro setzte sich in den Sessel und hörte aufmerksam zu, während sie von den Briefen erzählte, dem Foto und dem, was auf dem Spiegel in ihrem Büro gestanden hatte. Und schließlich erzählte sie vom Polizisten und vom Reporter und dass sie unten in der Unterführung gewesen war und eine Tür mit der Nummer 55 gefunden hatte.

Es war, als wäre ihr ein Stein vom Herzen gefallen, sie atmete auf und setzte sich. „Danke, Miro, dass du mir zuhörst, es fühlt sich an, als hätte sich all das in meinem Kopf eingenistet, und ich kann nicht mehr erkennen, was was ist."

Er rieb sich den Bart. „Ja, Anna, ich will dir helfen. Und das tue ich, indem ich dir sage, halt dich von alldem fern. Misch dich nicht mehr ein, du weiß schon zu viel für dein eigenes Bestes."

Sie bekam Angst. „Was heißt das?"

„In Säter zu arbeiten bedeutet, dass man Dingen nicht zu sehr auf den Grund gehen sollte. Wenn du noch mehr Briefe bekommst, wirf sie weg. Durchsuche nicht Teile des Gebäudes, in denen du dich gar nicht aufhalten solltest."

Die Worte schnitten wie Messer. „Aber was soll ich jetzt tun, Miro?"

„Überhaupt nichts."

„Kannst du mir helfen, wenn es noch mehr wird?"

Er legte den Kopf schief. „Vielleicht, Anna. Ich weiß, wie verwirrend das alles sein kann, wenn man neu ist, aber bald wirst du dazugehören und erkennen, dass Säter eine ganz eigene Welt ist. Die Regeln, die dort gelten, gelten draußen nicht. Es sind andere Gesetze und eine andere Art, den Gesetzen zu folgen. Ansonsten würde es nicht funktionieren. Und die Regeln reichen auch über Säter hinaus, bis zu Menschen mit viel Macht, deswegen können wir nichts dagegen tun, auch wenn wir es manchmal wollen."

Anna atmete ein paar Mal durch und fühlte gleichzeitig Erleichterung wie auch ein starkes Unbehagen. „Danke, Miro, ich musste das alles mal loswerden. Ich werde an das, was du sagst, denken.“ Innerlich zitterte sie, aber das war nicht zu sehen.

Anna schlief unruhig, obwohl sie rasch eingeschlafen war, nachdem Miro nach Hause gefahren war. Die Nervosität vibrierte in ihr, so dass sie nicht zur Ruhe kam.

Früh am Morgen hörte sie die Klappe des Briefschlitz, es war sechs Uhr. Sie lief ans Küchenfenster, um nachzusehen, wer den Brief gebracht hatte, aber alles war leer und still. Sie hob den Umschlag auf und wog ihn in der Hand. Sollte sie ihn einfach direkt wegwerfen, wie Miro gemeint hatte? Sie riss ihn mit den Fingern auf.

Ich lese mit Freude
Mein Herz lebt wieder auf
Ich weiß jetzt, dass die Wahrheit nah ist
Dann kann ich in Frieden ruhen
Danke Ihnen aus tiefstem Herzen
N KARLSMÄTER

Was denn lesen? Anna drehte sich in der Küche um, als würde sie dort etwas Neues finden. Nein, das durfte nicht wahr sein. Hatte Bengt etwas darüber in der Zeitung geschrieben? Sie lief ins Zimmer, zog eine Jogginghose und einen Kapuzenpulli an, steckte den Geldbeutel ein und lief die Treppe hinunter zum Supermarkt.

Als sie sich dem Eingang näherte, sah sie die Schlagzeile, die sie fast umwarf.

Verschwundene Frau aus Säter
Der Fall kann wieder aufgenommen werden – neue Erkenntnisse von einer Psychologin

Anna spürte Angst aufsteigen. Jetzt war sie geliefert. Als Psychologin am Ende. Tschüss Säter. Alle werden wissen, dass es um sie geht. Natürlich. Wer sollte es sonst sein? Und Bengt, wie konnte er nur? Sie würde die nächste Psychologin, die aufhören musste.

Sie rief Bengt an und zögerte nicht, obwohl es früh am Samstagmorgen war.

„Sie hätten mich nicht vorher fragen können?“, fragte sie und merkte, dass ihre Stimme vor Wut brach.

„Ja, aber Sie bleiben doch anonym.“

„Anonym? Sie hätten genauso gut meinen Namen schreiben können. Das kann ja nur ich sein. Das verstehen Sie doch?“

„Ja, aber so etwas kann unsere Redaktion retten, verstehen Sie? Das ist meine Arbeit. Unsere Redaktion soll abgewickelt werden, und ich will meinen Job behalten.“

Jetzt fiel der Groschen. Die leere Redaktion, fehlende Neuigkeiten. Und als Bengt erzählt hatte, dass das Management fand, sie brächten für Säter keinen Nutzen, war das hier natürlich ein guter Gegenbeweis für ihn. Die Redaktion im kleinen Säter wollte einen fast fünfzig Jahre zurückliegenden, ungelösten Fall einer verschwundenen Frau ausgraben. Anna war erschöpft.

„Und was soll ich jetzt tun? Das alles geht auf meine Kosten.“

„Gar nichts, finde ich. Trinken Sie einen Kaffee, und frühstücken Sie in Ruhe. Wir können später noch etwas reden. Sven meldet sich sicher auch noch.“

Anna erzählte Bengt nichts von dem letzten Brief.

Als sie wieder in ihrer Wohnung war, hatte sie spontan die Idee, Lina anzurufen, und ihr kamen die Tränen, weil sie es nicht konnte. Sie fühlte sich verlassen und einsam. Jetzt vermisste sie Mathias. Würde sie ihre Mutter anrufen, würde es nur noch schlimmer. Sie würde sich Sorgen machen, wodurch Anna sich noch schlechter fühlen würde.

Die Briefe lagen vor ihr, und der Text verschwamm durch ihre Tränen. Plötzlich erkannte sie etwas, das sie beim Blick auf den letzten Brief ganz übersehen hatte. „N Karlsmäter".

Das war doch ein Name. Der Absender hatte sich zu erkennen gegeben.

Sie sank auf den Sessel und begann zu zweifeln. Was war jetzt richtig? Auf Miro zu hören oder Kontakt zum Briefschreiber aufzunehmen?

„Hilf mir!" Sie schaute zur Decke. Sie hatte nicht oft den Wunsch zu beten, wie sie es als Kind getan hatte, als sie in die katholische Kirche gingen. Aber genau jetzt wollte sie ein Signal, ein Zeichen. Etwas, das ihr dabei helfen würde, ihren Weg zu wählen.

Sie saß schweigend da, die Uhr tickte. Bitte, ein Zeichen, betete sie.

Kapitel 108

BJURBERG

Bjurberg stellte die Kaffeetasse mit einem Knall ab, als er den Artikel in der Lokalzeitung sah. Sie kippte um, und der Kaffee floss über den Tisch und auf seine Knie. Ein großer, dunkler Fleck breitete sich auf seinem grünen Morgenmantel aus. Er schob blitzschnell den Stuhl zurück und fluchte laut.

„Was ist los?" Seine Frau kam angelaufen, drehte sich um und kam mit einem Lappen zurück. Sie begann hektisch, Tisch, Stuhl und Boden abzutrocknen. Dann warf sie einen Blick auf die Zeitung, die aufgeschlagen auf dem Tisch lag. Sie las ein paar Sätze, und nach all den Jahren mit ihrem Mann verstand sie, dass das nicht gut war.

„Neue Hinweise sind im Fall der verschwundenen Frau aus den 1950er-Jahren herausgekommen. Eine Psychologin hat in den letzten zwei Wochen anonyme Briefe mit Informationen über die verschwundene Frau erhalten. Der Fall, der schon lange bekannt ist und ein Rätsel für die Polizei Dalarna war, kann jetzt also aufgeklärt werden. Denn was ist eigentlich mit der Frau passiert, die plötzlich spurlos verschwunden ist?"

Bjurberg riss die Zeitung an sich und ging mit festen Schritten die Treppe hinauf und knallte die Tür seines Arbeitszimmers hinter sich zu. Er nahm das Telefon und wählte die Nummer *der Anderen*. Irgendjemand antwortete immer, zu jeder Uhrzeit.

Bjurberg erläuterte die Situation.

„Ja, ich habe es gelesen, und nein, ich habe nichts davon gewusst. Ja, ich hatte auch gedacht, es sei abgeschlossen. Nein, ich habe noch keinerlei Vorkehrungen getroffen. Ja, das kommt noch. Wer? Ja, ich glaube, ich weiß Bescheid. Nein, jetzt ist Schluss. Absolut. Ich werde mein Bestes tun."

Er legte auf, schnappte nach Luft und fasste sich an die Brust. Er musste hinuntergehen und Zimmer 55 überprüfen. Wenn Anna Varga bereits so viel Informationen zusammengetragen hatte, bestand das Risiko, dass sie bald viel zu viel wüsste. Er blickte zum See und auf den prächtigen Herbst und beruhigte sich etwas. Noch war kein Schnee gefallen.

Kapitel 109

ANNA

Karlsmäter. Wieso hatte sie nicht sofort begriffen, dass das ein Nachnahme war? Aber erst jetzt sah es für sie so aus. Es konnte nicht viele mit diesem Namen geben. Sie nahm ihr Handy und suchte im Telefonbuch.

Karlsmäter war ein deutlich häufigerer Name, als sie geahnt hatte. Mindestens zwanzig Personen trugen ihn. Anna dachte nach. Konnte sie nach Adressen sortieren? Der Absender musste in ihrer Nähe wohnen. Der Vorname begann mit N. Dadurch war die Auswahl schon kleiner. Sie fand ein paar Telefonnummern. Sollte sie anrufen?

Draußen war es richtig kalt geworden, und Anna zog sich warm an, als sie zum zweiten Mal an diesem Morgen ins Geschäft ging, um Frühstück zu kaufen. So früh könnte sie an einem Wochenende ohnehin nicht anrufen.

Sie wollte gerade die Tür zu ihrem Hof öffnen, als die vor ihr aufging und sie fast nach hinten umkippte.

„Was machst du denn schon wieder hier?"

„Es gibt noch mehr zu besprechen." Miro hielt ihr die Tür auf, unter seinem Arm steckte eine Zeitung.

„Ja, komm rein."

„Lädst du mich auf einen Tee ein?"

Sie entspannte sich etwas, er war nicht hier, um ihr den Kopf abzureißen.

Miro ging in die Küche und setzte sich auf einen Stuhl, die Hände faltete er auf dem Tisch und lehnte sich vor, während sie Tassen aus dem Schrank nahm und den Wasserkocher befüllte.

„Besuch von dir an zwei Tagen hintereinander gehört nicht zu den Routinen meines Lebens."

Anna fühlte in dieser Situation eine große Nervosität.

„Anna."

Ihr gefiel es, wenn er ihren Namen sagte. Eigentlich mochte sie es immer, wenn jemand ihren Namen sagte.

„Ja", antwortete sie leise und nickte.

„Anna, ich nehme an, dass du mit den Medien gesprochen hast."

„Ist das eine Frage?"

„Eigentlich nicht. Mehr eine Behauptung."

„Ich habe doch kein Dienstvergehen begangen?"

„Nein, auf gewisse Weise nicht. Aber auf gewisse Weise eben doch."

Miro lehnte sich zurück und fuhr mit der Hand durch seine schwarzen, graumelierten Haare. Sie reichte ihm eine Teetasse.

„Welche Informationen hast du bekommen? Mehr als das, was du mir schon erzählt hast?"

„Aber ich kann nichts erzählen ... Quellenschutz oder wie heißt das?"

„Du bist doch jetzt nicht plötzlich auch noch Journalistin?"

Sie überlegte, sollte sie erzählen, was sie noch nicht erwähnt hatte? Von Villy, den Papieren, die Lina aus Ronnys Zimmer genommen hatte, und dass sie den Stammbaum und den Brief Villy gezeigt hatte.

Sie betrachtete Miro. Wäre Lina dann schlechter dran, oder würde es zwischen ihr und Miro bleiben? Außerdem hatte sie ihn in der Hand, sie wusste von seiner und Linas Beziehung und dass Lina schwanger war.

War Miro das Zeichen, nach dem sie suchte? War er gekommen, um ihr zu helfen?

„Ja, es gibt noch ein bisschen mehr. Aber ich habe den Reporter bereits gebeten, nichts mehr zu schreiben."

Sie klapperte mit ihrer Tasse und fühlte sich unbeholfen. Miro stellte sich neben sie.

„Ich werde dir etwas erzählen."

„Über die vorige Psychologin, stimmt's?"

Miro schien nicht überrascht, dass sie sofort die Verbindung zog. „Vielleicht bist du auch ein bisschen hellseherisch."

„Was ist überhaupt mit ihr passiert?"

„Es sind eigentlich mehrere Dinge passiert. Sie war sehr tüchtig, aber auch sehr riskant für das Krankenhaus. Sie wollte bestimmte Dinge nicht ruhen lassen, die in Frieden gelassen werden sollten."

Anna saß stumm da und versuchte zu begreifen. Aber sie hatte eigentlich nur eine Frage.

„Ist sie tot?"

Kapitel 110

LINA

Als Lina die Augen aufschlug, war sie einen Moment lang vollkommen verwirrt. Wände um sie herum. Wo war sie? Es war totenstill, und durch das Fenster drang nur wenig Licht. Sie hatte auf einer Pritsche geschlafen. Die Decke hatte sie hinuntergeworfen, und sie hob sie vom Boden auf. Langsam kam die Erinnerung zurück. Wie sie mit Anna und Miro geredet hatte, wie die Polizei gekommen war und sie im Polizeiwagen mitgenommen hatte.

Sie spürte ihre Haare im Nacken, ein verfilzter Knoten, und löste das Gummiband. Merkwürdigerweise empfand sie Erleichterung. Hier drinnen war sie in Sicherheit. Hier konnte ihr niemand etwas antun. Und sie legte vorsichtig eine Hand auf den Bauch. Dadrinnen befand sich der Beginn ihres neuen Lebens. Es würde eine lange, neue Reise im Leben. Aber es würde gut werden. Sie war in der Hölle gewesen und hatte sich verändert.

Es klopfte an die Luke in der Tür, und die Klappe wurde kurz darauf geöffnet. „Frühstück?“

„Danke, gern.“ Sie hörte ihre eigene Stimme. Sie war irgendwie anders, weich und ruhig. Etwas, das in ihr gewesen war, war fort. Etwas, das seine Krallen in sie geschlagen hatte, hatte sie verlassen.

Sie fühlte sich leicht.

Kapitel 111

ANNA

Miro schüttelte den Kopf.

„Nein, sie ist sicher nicht tot. Aber sie war in genau derselben Situation wie du. Sie hat auch angefangen, in der Vergangenheit zu wühlen."

„Was hat sie denn herausgefunden?"

„Nicht viel, genau das, was in der Zeitung steht, über diese verschwundene Frau, die weder die Polizei noch ihre Angehörigen finden konnte. Es ist eine tragische Geschichte, da stimme ich zu."

„Aber warum ist es so sensibel?"

„Für mich nicht, aber für andere, weiter oben."

Es war Bjurberg, Anna hatte das im Gefühl.

„Bjurberg ..." Sie flüsterte seinen Namen.

Miros Antwort war Schweigen.

„Warum bist du eigentlich hergekommen, Miro?" Anna sah ihm in die Augen, sie traute sich zum ersten Mal überhaupt, dem Blick länger standzuhalten.

„Ich bin hergekommen, weil man mir aufgetragen hat, mich hierum zu kümmern, ja, *die Anderen*, die gibt es tatsächlich, genau wie du vermutet hast. Und um ..."

Er wandte den Blick ab. „Hübscher Baum da draußen im Hof."

„Miro, *die Anderen*, wer ist das? Ist das Bjurberg? Oder noch mehr?"

Sie packte ihn fest am Arm.

„Anna, ich kann unmöglich mehr erzählen. Ich kann nicht."

Sie wusste, dass er nicht mehr sagen würde, egal, wie oft sie nachfragte und bohrte. „Aber wieso bist du dann hergekommen, wenn du nicht mehr erzählen kannst?"

„Weil ich dich für ein gutes Mädchen halte. Ich will dir helfen, bevor es zu weit geht."

„Wie kannst du mir helfen?" Sie sah ihn resigniert an.

„Indem ich dir noch einmal dasselbe sage – hör auf, wenn du weder dich noch deine Karriere riskieren willst, dann lass es sein. Sprich nicht mehr mit dem Reporter, und zerstöre alle Informationen, die du bekommen hast, wie auch immer die aussehen."

Sie verarbeitete, was er sagte. „Und wenn ich noch mehr bekomme?"

„Ja, dann kannst du es mir geben oder wegwerfen."

Sie dachte an den Namen, N Karlsmäter, sie hatte ihn in einer Stunde anrufen wollen.

Es fühlte sich nicht richtig an. In dieser Gesellschaft lief etwas wirklich völlig schief.

„Aber warum, Miro, was ist daran denn so gefährlich?"

„Wenn ich es dir doch sage, Anna." Miro hielt die Teetasse an den Mund, trank einen Schluck. „Das hier ist nicht Stockholm, das hier ist nicht mal richtig Schweden. Das hier ist Dalarna. Hier ist alles …"

Sie ergänzte: „Etwas speziell."

„Hier machen sie die Dinge auf ihre eigene Art und Weise, und sie sind daran gewöhnt."

„Sie nehmen das Gesetz selbst in die Hand?"

„Ja, so kann man es ausdrücken."

Miro stand schnell auf und umarmte sie kurz. Anna hatte keine Zeit, darauf zu reagieren, aber roch seinen Duft. Irgendetwas Mildes, Süßes, wie Mandeln. Dann verließ er ihre Wohnung, und als sie einatmete, merkte sie, dass der Geruch noch im Zimmer hing. Sie schloss die Augen.

Bengt rief sie kurz vor dem Mittagessen an. Sie war verärgert, verwirrt und wollte zunächst gar nicht antworten, als sie die Nummer erkannte.

„Möchten Sie mitkommen und heute oder morgen Sven noch mal treffen?"

Wie konnte er es wagen, sie noch weiter hineinzuziehen? Das machte sie nur noch wütender.

„Ich glaube nicht, dass ich noch etwas beizutragen habe", sagte sie resigniert, aber bestimmt.

Sie tat ihr Bestes, um Miros Rat zu folgen, nicht um Bjurbergs willen, sondern um ihrer selbst willen.

„Ja, aber Sie sind in all dem wichtiger, als Sie glauben, verstehen Sie", erwiderte Bengt. „Sven hat darum gebeten, Sie noch einmal zu treffen."

„Ich kann nicht …"

„Anna, ich bitte Sie, denken Sie kurz darüber nach, dann hören wir später noch mal voneinander."

Sie setzte sich aufs Sofa und sah wieder auf ihr Handy. Ihre Mutter hatte angerufen, und sie drückte auf zurückrufen. Im

Moment wünschte sie, sie könnte die Zeit zurückdrehen. Die Ereignisse der letzten vierundzwanzig Stunden hatten ihr Leben durcheinandergebracht.

Kapitel 112

LINA

„Ich würde auch gern mit einem Ermittler sprechen", sagte Lina, als sie das Frühstückstablett durch die Luke in der Tür reichte.

„Okay, aber es ist Wochenende, da muss ich sehen, wen ich erreiche."

Lina nickte, die Ruhe, die sie empfand, war ein ganz neues Gefühl. Keine Geheimnisse mehr. Jetzt war sie genau die, die sie immer gewesen war, die sie aber hatte verdrängen und verbergen wollen. Die Gesunde. Sie hatte zwei Personen in sich, eine, die besessen war und töten konnte, und eine, die Frieden und Ruhe haben wollte. Gerade jetzt waren beide ein und dieselbe, und dieses Gefühl gab ihr die Ruhe, die sie in den letzten Jahren so sehr gesucht hatte.

Sie würde der Polizei erzählen, wie sie den Mord an Ronny vorbereitet hatte, indem sie seine Medikamente mit Schlafmitteln präpariert hatte. Wie sie sie ihm im Zimmer gegeben hatte und dass sie innerhalb von wenigen Sekunden wirkten, er stolperte ins Badezimmer und sackte zusammen, während sie danebenstand. Als er da lag, betäubt und hilflos, hatte sie den kräftigen Stab aus Eis geholt, den sie am Tag zuvor in der Gefriertruhe im Personalraum eingefroren hatte.

Eigentlich hatte sie ihn damit erstechen wollen. Hatte so all ihre Wut und ihren Hass loswerden wollen, aber das wäre zu blutig geworden. Als er mit offenem Mund so vor ihr lag, wurde ihr klar, wie sie es tun würde. Vorsichtig öffnete sie seinen Mund, drückte die Zunge nach hinten und schob ihm dann den Eisstab in den Hals, bis er kaum noch zu sehen war. Sie blieb noch ein paar Sekunden neben ihm stehen, sah zu, wie der Körper begann, nach Luft zu japsen, aber nicht mehr den benötigten Sauerstoff bekam. Wie der Körper zitterte und wie Ronny schließlich aufhörte zu atmen und der Körper schlaff wurde. Sie rechnete damit, dass der Stab durch die Körpertemperatur im Hals relativ bald geschmolzen wäre, auf jeden Fall bis zum nächsten Morgen, wenn das Personal nach ihm sehen würde. Sie schaltete die Dusche an, so dass Wasser auf ihn floss.

Kapitel 113

ANNA

Die Briefe lagen vor Anna auf dem Tisch. Sie wusste weder ein noch aus, aber sammelte sie und legte sie beiseite. Sie musste jetzt nichts mehr mit den Briefen machen, gar nichts mehr. Das Telefonat mit ihrer Mutter, bei dem sie einiges, aber nicht alles, erzählt hatte, hatte sie etwas runtergeholt, so dass sie wieder Bodenkontakt hatte. Noch war ihr nichts passiert, und das würde es auch nicht.

Sie wollte die Briefe nicht wegwerfen oder zerreißen, aber sie würde sie weglegen, damit alles wieder normal wäre. Jedenfalls für ein paar Tage.

Der Flurschrank war gut. Sie hatte ihn bisher nicht mal geöffnet. Sie holte den Hocker aus der Küche und erreichte so die Tür, öffnete sie und legte die Briefe in den leeren Schrank. Dabei wirbelte etwas Staub auf.

Als sie die Briefe weggepackt hatte, fühlte sie sich erleichtert. Sie wusste, dass sie sich selbst etwas vormachte, aber manchmal musste man das eben.

Aus den Augen, aus dem Sinn.

Kapitel 114
BJURBERG

Bjurberg hatte getan, was er in dieser Situation tun konnte. Er wollte nicht selbst mit der Psychologin sprechen, das wäre zu riskant für ihn und würde bedeuten, dass er seine Verwicklung indirekt zugab.

Miro hatte ihm von seinem Gespräch mit ihr erzählt. Deswegen musste er nach unten gehen und in Zimmer 55 nachsehen. Nur er und Stark hatten Zugang zu dem Raum, und es war etwas, das in letzter Zeit viel Kraft und Zeit kostete, aber *die Anderen* waren sehr entschlossen und gaben ihm laufend Anweisungen.

Der Schlüssel, den er immer bei sich trug, klapperte in seiner Tasche. Er zog ein letztes Mal an der Zigarette und trat sie hinter dem Auto aus, dann ging er zum Eingang, um in die Unterführung zu gehen.

Kapitel 115

ANNA

Anna wusste nicht, ob sie es sich einbildete, aber es wurde still im Personalraum, als sie den Kopf hineinstreckte und guten Morgen sagte. Mehr Blicke als üblich wandten sich ihr zu. Es fühlte sich wie eine Musterung an, verlangte nach einer Erklärung, als müsste sie etwas erzählen. Oder hatten sie bereits darüber geredet?

Magnus hatte die Kaffeemaschine gefüllt, wandte sich an sie und fragte, ob sie in sein Büro kommen könnte, um kurz zu reden.

Sie hatte noch nicht mal Zeit gehabt, ihre Jacke auszuziehen, und öffnete sie jetzt.

„Schönes Wochenende gehabt?", fragte sie Magnus.

„Ja, angenehm ruhig."

Er sah verlegen aus, schaute hinter sich und versicherte sich, dass sie allein waren.

„Warst du das in der Zeitung? Ich war es nicht, ich wurde es schon gefragt, als ich heute Morgen ankam."

Anna sah zu Boden. Ihr tat Magnus, der immer sein Bestes gab, leid. Er fuhr fort: „Karin meinte, dass derjenige, der es war, vorsichtig sein sollte. Sie schien etwas zu wissen."

Anna sagte mit fester Stimme, dass sie sich keine Sorgen machen sollten.

„Es war nur eine kleine Sache, und mehr wird nicht daraus. Außerdem hat es nichts mit der Arbeit zu tun." Was sie sagte, stimmte, denn nun wollte sie sich ganz auf die Arbeit konzentrieren, aber das sagte sie nicht laut. Denn natürlich hatte es etwas mit der Arbeit zu tun. Oder etwa nicht?

„Es ist schwer zu glauben, dass das gar nichts mit der Arbeit zu tun hat."

„Das verstehe ich, Magnus. Es ist leicht zu spekulieren." Sie hatte plötzlich das Gefühl, mit einem Kind zu reden, das sie von einer halbgaren Wahrheit überzeugen wollte, bei der sie sich selbst nicht richtig sicher war.

„Was wirst du tun?", fragte er. Er wollte das Thema nicht loslassen, und das nervte sie.

„Nichts. Es ist vergessen, und ich bin ja nicht die Polizei oder so. Es liegt an denen, ob sie sich darum kümmern wollen oder nicht. Ehrlich gesagt, weiß ich gar nichts."

Karin Vinterberg tauchte erst auf, als es Zeit für die Besprechung war. Als übergeordnete Mentorin richtete sie sich an ihre Lehrlinge.

„Der Zeitungsartikel, das war einer von euch, denn ich war es nicht." Anna rutschte auf dem Stuhl hin und her. „Ich fände es nicht verkehrt, wenn noch weitere Artikel folgen. In diesem Krankenhaus gibt es Dinge, die ans Licht kommen müssen."

Sie richtete die Stifte und Papiere vor sich.

Magnus und Anna wechselten einen Blick. Aber Karin Vinterberg wandte sich direkt an Anna und ergänzte: „Aber für dich, Anna, ist es wohl gut, wenn es hierbei bleibt. Lass den Dingen jetzt ihren Lauf. Und wenn du darüber reden willst, ich bin hier. Und Magnus. Wir unterliegen der Schweigepflicht, was ich ja nicht noch mal erwähnen muss."

„Danke", antwortete Anna kurz, aber sie wusste auch, dass sie das Gesprächsangebot ihrer Kollegin nicht ausnutzen würde. Die Situation war zu kompliziert. Sie müsste das allein tun und beenden. Jetzt musste sie sich erstmal auf das heutige Gespräch mit Villy konzentrieren.

Anna und Villy trafen sich vor dem Sprechzimmer, und Anna fiel auf, dass Villy zum ersten Mal einfacher gekleidet war als bisher. T-Shirt und Jogginghose. Er hatte einen hellen Dreitagebart, und die Haare waren strubbelig. Er wirkte gelöst, was eigentlich nicht seine Art war.

„Hallo, wie erging es Ihnen seit unserem letzten Gespräch?" Anna lächelte ihn vorsichtig an und hielt die Tür auf, die sie gerade aufgeschlossen hatte.

Den Pfleger ließen sie vor der Tür zurück, und sie und Villy setzten sich in die Sessel.

„Ich würde gerne mit dem weitermachen, worüber wir zuletzt gesprochen hatten. Was haben Sie seitdem gedacht?"

Villy schwieg ein paar Sekunden lang. Anna saß da, den Stift und Block bereit.

„Das war ja eine lebensverändernde Information", sagte er, und sie glaubte, ein Lächeln zu sehen.

Kapitel 116

LINA

Nachdem Lina alles in einem Rutsch erzählt hatte, hatte sie nur noch eine Frage an den Ermittler.

„Kann ich einen Schwangerschaftstest machen?"

Der Ermittler war erstaunt, aber sagte, dass er mal sehen würde, was er tun könnte. Etwas später war jemand mit ihr zur Toilette gegangen. Die Frau beobachtete Lina, als sie die Hose hinunterzog und sich hinsetzte, um auf den Test zu pinkeln.

So hatte sie es sich nicht vorgestellt, wenn sie denn mal schwanger würde, aber wer hat gesagt, dass das Leben immer auf eine bestimmte Art ablaufen würde? Die Frau beobachtete sie neutral, und Lina lächelte, als sie einen Deckel auf das Teststäbchen steckte, es ins Waschbecken legte und sich die Hände wusch.

Die Minuten vergingen. Sie lehnte sich vor, schloss die Augen und atmete ein paar Mal tief ein. Dann sah sie hin. Die Antwort war so eindeutig, wie sie es geahnt hatte.

Der Test sagte ihr, dass sie schwanger war. Sie hob ihn hoch und sah ihn sehr genau an.

„Darf ich telefonieren?" Sie wandte sich an die Frau in der Tür, die jetzt auf ihr Handy sah. Die Frau nickte.

Kapitel 117

ANNA

Genau in dem Moment, in dem Anna sich an ihren Computer gesetzt hatte, klingelte ihr Handy. Sie hörte Linas Stimme und war ganz erstaunt. Durfte sie telefonieren?

Sie klang weder verwirrt noch traurig oder verzweifelt.

„Hallo! Wie geht es dir?"

„Ich bin im Gefängnis, aber ich darf einmal telefonieren. Ich wollte dir nur sagen, dass ich gerade einen Test gemacht haben und wirklich schwanger bin."

Sie sah zur Wache neben sich. „Sag Miro nichts davon und auch sonst niemandem."

„Das verspreche ich, Lina, ehrlich, ich behalte es für mich. Aber wie geht es dir?"

„Merkwürdigerweise ganz gut, ich habe den Ermittlern alles erzählt, jetzt bin ich es sozusagen los. Ich fühle mich befreit, erleichtert."

Anna hörte ihre Freundin am anderen Ende atmen.

„Hör mal, alles wird gut, wie ich gesagt habe. Aber du fehlst mir."

Lina lachte, und plötzlich erkannte Anna wieder ihre alte Freundin. Es war, als wären die Dämonen verschwunden, und sie klang wieder wie sie selbst.

„Ich stecke übrigens auch in einem echten Schlamassel, und es wird immer schlimmer."

„Ich hatte ja die Vermutung, dass es so würde. Sag nicht, ich hätte dich nicht gewarnt. Aber vermische nicht Fantasie und Wirklichkeit."

Anna lächelte und hatte mit einem Mal das Gefühl, dass sie ihre Freundin nicht verloren hatte, sie würden sich bloß sehr lange nur selten sehen.

Mit ein paar kurzen Sätzen erzählte sie von den letzten Ereignissen, aber vermied es, Miro zu erwähnen, sie wollte Lina nicht unruhig machen.

„Wenn du meinen Rat willst, dann besprich alles mit Karin Vinterberg."

Anna stimmte ihr zu, dass sie wohl die Vertrauenswürdigste war.

„Ja, mal sehen. Aber hör mal, jetzt denk nicht an meine Sorgen."

Die Wache signalisierte, dass ihre Zeit um war.

„Ich muss auflegen, Anna, danke, dass du meine Freude teilst."

Heftiges Türklopfen riss Anna aus ihren Gedanken, nachdem sie das Telefonat beendet hatte. Karin Vinterberg streckte den Kopf hinein und fragte, ob sie und Magnus sie zum Museum der Nervenheilanstalt begleiten wollten.

„Sehr gerne", antwortete sie, ohne darüber nachdenken zu müssen. Vielleicht war das eine Gelegenheit, ihr mehr zu erzählen.

Das Museum lag in einem der alten Pavillons und war ein beliebtes Besuchsziel. Sie hatte eine spontane Eingebung. Sie würde das Foto der Frau mitnehmen. Es war immer noch in ihrer Tasche, also steckte sie es in ihre Hosentasche.

Heute war vielleicht der absolut beste Tag für ein bisschen Zeit und Fortbildung mit Kollegen, aber auch, um nach weiteren Antworten zu suchen.

Sie sollten als Psychologen zusammenhalten.

„Ich habe mir die Schlüssel ausgeliehen. Es ist jetzt fürs Publikum geschlossen, wir können uns allein umsehen. Ich war schon oft dort und kann dich und Magnus führen."

„Danke, Karin. Das fände ich toll."

Eine halbe Stunde später gingen sie mit ihren Jacken über den Schultern über den kleinen Kiesweg, der eine Abkürzung zu den nördlichen Gebäuden war.

Der Wind riss an den Haaren, und sogar Karin beschwerte sich über das Wetter. Sie wirkte ansonsten wie jemand, der weder von Temperaturen noch dem Wetter beeinflusst wurde.

„Wie außergewöhnlich windig es ist. Aber das kann bedeuten, dass ein Tiefdruckgebiet auf dem Weg hierher ist."

„Schon Schnee", spekulierte Magnus und sah zu seinen Kolleginnen.

„Noch nicht, hoffentlich noch nicht", sagten Anna und Karin unisono.

Das hellgelbe, sonnengebleichte Gebäude vor ihnen war quadratisch und lag im Dunkeln, die große Fichte, die es schwankend überragte, war majestätisch und respekteinflößend.

„Das Gebäude stammt von 1912, im selben Jahr wurde das Krankenhaus oder Hospital, wie es damals genannt wurde, eröffnet, und hier“, Karin deutete mit der Hand, „hier durften die Frauen aus dem Gebäude dort hinten ein paar Stunden täglich frische Luft schnappen und draußen sitzen. Man nannte es ‚Ruhepavillon‘.“

Anna stellte sich vor, wie es vor fünfzig Jahren hier ausgesehen hatte, als die Frauen in ihren blassen, einfachen Kleidern aus grobem Stoff auf den Bänken saßen und die frische Luft atmeten, zusammen mit Pflegern und Pflegerinnen in feinen Uniformen und Hauben, die auf sie aufpassten.

„Wie viele lebten eigentlich hier?“

„Rund 830 Personen laut den Quellen. Ganz Säter lebte ja von und für das Krankenhaus. Es war ein riesiger Apparat. Ich glaube, hier gab es fast vierzig Gebäude, und die Hälfte waren Pflegegebäude oder Pflegepavillons, wie sie auch hießen.“

Anna war erstaunt, wie groß das Krankenhaus früher mal gewesen war. Die Schicksale so vieler Menschen waren damit verbunden.

„Die meisten waren ungefährlich und wurden geisteskrank, verwirrt oder geistesgestört genannt. Dann gab es noch ein paar Gebäude für diejenigen, die schwere Verbrechen begangen hatten. Sie waren im geschlossenen Pavillon eingesperrt.“

Das war das Gebäude, das Anna so gruselig fand.

„Das Krankenhaus war auch ein Ort, an dem man sich lästiger Frauen entledigte. Es gibt Gerüchte über geheime Räume und Stationen dafür“, fuhr Karin fort.

Die Worte ließen Anna erstarren, aber sie zeigte es nicht.

„Ihr solltet eure Psychiatriegeschichte kennen.“ Karin Vinterberg schien die Rolle der Touristenführerin Spaß zu machen. „Über mehrere Jahrzehnte wurde das Krankenhaus umgebaut, renoviert und erweitert, und ab den 1980er-Jahren begannen plötzlich Abbau und Kürzungen."

„Die Patienten sollten zu Hause wohnen", warf Magnus ein.

„Ja, genau, vereinfacht könnte man sagen, dass das Eingesperrtwerden allem widersprach, was man für das Individuum für richtig und für politisch korrekt hielt."

Anna erinnerte sich, dass man ihr von dieser Zeit erzählt hatte. Eine dunkle Ära für Säter. Für manche war es sicher sehr gut, in eine bekannte Umgebung umzuziehen, aber für andere bedeutete es das Ende. Aber egal, was sie jetzt noch hörte, sie konnte nicht vergessen, was Karin über die Frauen gesagt hatte, die in Säter verschwanden.

„Ja, einige hatten als Erwachsene noch nie außerhalb des Krankenhauses gelebt und begingen dann Selbstmord oder taten alles, um wieder in Pflege zu kommen", fuhr Karin fort.

Sie nahm ein großes Schlüsselbund aus der Tasche und schloss die Außentür an der Veranda auf. Drinnen war es pechschwarz, und Anna bekam Gänsehaut.

„Ich suche mal nach dem Lichtschalter", sagte Karin und verschwand in der Dunkelheit.

Magnus und Anna standen wie zwei zögerliche Kinder im Eingang. Die Decke war hoch, der Fußboden bestand aus ausgetretenen, breiten Dielen, und die Wände waren hell.

„Überleg mal, wie viele Leute vor uns hier herumgelaufen sind", sagte Anna und hatte das Gefühl, dass die historische Atmosphäre wie eine Wolke auf sie zukam.

Es knallte drei Mal laut im Haus, und plötzlich leuchteten vor ihnen die Leuchtröhren eine nach der anderen auf, und das gesamte Gebäude wurde von einem scharfen Kunstlicht geflutet. Es tat fast in den Augen weh, und Anna kniff sie zusammen. Die Luft war still.

Karin führte sie durch die ersten Räume mit Speise- und Schlafsälen. An den Wänden hingen Pläne für die Routinen und tägliche Notizen zu den Patienten.

„Im Grunde gar nicht so viel anders", stellte Magnus fest. „Hier gab es viel Personal, die Stationen waren nach Geschlecht aufgeteilt und danach, ob jemand als *unruhig* oder *völlig unruhig* galt."

Das war eigentlich gar nicht so lange her. Doch diese Diagnosen klangen fremd und fast dämlich. Wie würde man ihre heutigen Diagnosen wohl in der Zukunft bewerten?

„Unglaublich", sagte Magnus laut. Er stand vor einem Schaukasten, in dem lange Stäbe gezeigt wurde, mit denen Patienten lobotomiert wurden.

„Das habe ich im Internet gesehen", meinte Anna und schaute in die Vitrine. „Man hat sie direkt hinter dem Augapfel eingestochen und Hirngewebe zerstört."

„Ich kann gar nicht fassen, dass man das gemacht hat", seufzte Magnus. „Den Leuten die Hirne punktiert. Und für sowas hat man dann noch den Nobelpreis bekommen oder so. Die meisten Patienten sind wahrscheinlich verstorben." Sie sahen einander an und lasen ihre Gedanken. So ein Wahnsinn geschah auch heute noch, ein italienischer Arzt hatte künstliche Kehlen implantiert, was zu einem schmerzhaften Tod seiner Patienten führte.

Anna blieb vor einem Stuhl mit Kabeln und Halterungen stehen. Er erinnerte sie an einen Hinrichtungsstuhl in Texas.

„Das mit dem Strom machen wir aber eigentlich immer noch, wir setzen doch oft auf Strom", sagte Karin, die jetzt schräg hinter ihnen am Schaukasten stand. „Unsere EKT-Behandlung hat sich aus den ‚Elektroschocks', mit denen man vor langer Zeit begonnen hat, entwickelt."

„Ja, aber die Stärke ist heute doch ganz anders, oder?"

„Und die Sicherheit hat sich auch verbessert."

Anna hatte ängstliche Patienten gesehen und gehört, die auf einer Liege lagen und zum EKT gebracht werden sollten. Die ganze Situation, in einen anderen Gebäudeteil geschoben zu werden, um dort Strom durch den Körper gejagt zu bekommen, war sehr angstbeladen. Aber die Patienten steckten so tief in der Depression, dass die Behandlung eine der wenigen Alternativen war. Sie erhielten die Behandlung, und ihr Kurzzeitgedächtnis verschwand, sie wussten nicht mehr, wie sie hießen oder, wie Anna vermutete, vergaßen sogar, dass sie depressiv waren. Das war vielleicht der Erfolg und die Kehrseite der Behandlung.

Sie spazierten weiter durch den Raum, und Anna war tief bewegt vom Flügelschlag der Geschichte, der sich sehr real anfühlte, als sie auf die schweren Holzbetten blickten, die am Boden befestigt waren, und auf die Spanngurte und Zwangsjacken.

Dann der Badesaal. Dieser große, kahle, geflieste Raum, in dem die Patienten ständig gebadet wurden. Laut den gerahmten Notizen lagen sie manchmal den Großteil des Tages im Bad. Anna fragte sich, wie der Körper, nicht zuletzt der Unterleib auf so viel Baden reagierte. Aber das konnte Karin Vinterberg nicht beantworten.

„Sie haben ja nicht gebadet, um sauber zu werden", murmelte Magnus.

„Nein, Magnus. Sie waren sicher sehr sauber. Das ist ein Beispiel dafür, wie es aussah."

Karin zeigte einen Ausschnitt aus einem Bericht über eine Frau, die mehrere Stunden am Tag abwechselnd warm und kalt gebadet wurde, jeden Tag, Jahr um Jahr, über Jahrzehnte.

„Aber …" Anna spürte richtig, wie die Menschen hier gelitten haben mussten. „Wenn die Frau weiterhin eingesperrt war und die Methode keinerlei Fortschritt brachte, wieso machte man dann damit weiter? Ihr schien es dadurch ja nicht besser zu gehen."

„Wie wahr, gute Frage", erwiderte Karin Vinterberg. „Aber ich habe darauf keine Antwort. Und wie machen wir es heute, geht es unseren Patienten durch unsere Methoden eigentlich besser?"

Magnus unterbrach sie.

„Wie viele lebten in einer Abteilung? Zum Beispiel in diesem Pavillon?"

„Zwischen zwanzig und fünfundvierzig war der Plan, glaube ich, aber das Krankenhaus war zeitweise sehr überbelegt. Es gab Frauen und Männer aus dem ganzen Land, aber vor allem solche aus der Region."

Anna überlegte, dass dieser „verrückt nach Säter"-Spruch – ein Werbeslogan für die Region – vielleicht doch nicht ganz falsch war. Gab es in anderen Regionen genauso viele psychisch Kranke?

Handelte es sich vielleicht um Inzucht? Man sagte ja auch, der Wald mache wahnsinnig.

Sie ging weiter durch die Räume, die doch auch Sorge um die Patienten bezeugten. Die Wände waren dekoriert und kreative Leistungen dort aufgehängt worden. Zeichnungen und Handarbeiten.

Sie las in einem aufgeschlagenen Buch über das Leben und das Schicksal von Menschen im Krankenhaus. Über einen Mann, der an starken Kopfschmerzen litt und eines Tages, als er noch keine dreißig war, Hilfe im Krankenhaus suchte. Er begann eine Behandlung, die nie zu Ende ging, und starb im Krankenhaus, als er fast fünfundsechzig war. Er hatte nie eine Diagnose erhalten und auch nie wieder seine Freiheit erlangt. Oder über eine junge, elternlose Frau ohne Angehörige, die sich auf der Station wohlfühlte und lebenslange Beziehungen zu den anderen Patienten einging. Sie wurde zu einer der aktiveren Künstlerinnen hier.

Beim Gang durch die Räume wurde sie ganz wehmütig, und auch Magnus schien in Gedanken versunken über die damalige Behandlung im Vergleich zur heutigen.

Ging es psychisch Kranken heute eigentlich so viel besser? Oder war es früher besser? Für manche wurde das hier zu einem Leben mit bereicherndem Inhalt, dachte Anna, als sie über den Gemüseanbau zwischen den Gebäuden las und über die kleinen Werkstätten, darüber, dass Patienten in Chören sangen und bunte Topflappen strickten, und wie Weihnachten gefeiert wurde.

Wie sah heute das Leben der Patienten aus? Sie trainierten und spielten Karten und sahen fern. Und diejenigen, die nicht eingesperrt wurden, warf man aus dem Krankenhaus, so dass sie meistens allein zu Hause herumsaßen. Anna war der Meinung, dass das Museum ihre eigene Arbeit zwangsläufig in ein anderes Licht rückte und sogar einiges von dem, was heute geschah, in Frage stellte. Welche unserer Methoden würden in Zukunft als schreckliche Lobotomie-Werkzeuge gelten?

Würde es Schaukasten geben, die KVT als eine entsetzliche Methode zu Gehirnwäsche darstellten? Oder würde die Psychologin, die Teil des Skandals war, hier bald ihre eigene Vitrine bekommen?

Annas Blick fiel auf eine Reihe Skizzen und Kohlezeichnungen von Gesichtern. Sie war wie erstarrt. Die Skizzen waren mit einfachen, aber intensiven Strichen gezeichnet.

Es gab ein Bild von einer Frau mit traurigen Augen, eine Träne floss, eine Strähne hing über die Wange, darunter zwei kleine Kindergesichter. Sie sah genauer hin, es waren zwei Babys. Das Gesicht der Frau wirkte bekannt. Auf dem nächsten Bild hielten zwei kleine Kinderhände eine größere Hand. Die Babyhände umfassten die Finger. Drum herum schattige Felder, die dunkel und bedrohlich waren. Sie ging zurück zur ersten Zeichnung der Frau und nahm das Foto, das sie täglich bei sich trug, aus der Tasche. Sie hielt es daneben und spürte, wie ein elektrischer Stoß sie durchfuhr. Es war dieselbe Person. Sie hielt ein paar Sekunden lang den Atem an und rief nach Karin Vinterberg.

„Wer hat diese Zeichnungen gemacht?“

Karin kam zu ihr und schaute hin.

„Siehst du eine Signatur? Ich weiß nicht.“

Sie näherten sich der Vitrinenecke, so weit es ging, und das Einzige, was man erkennen konnte, war ein kleine Halbkreis.

„Ist das eine Signatur?“

„Keine Ahnung.“

„Es gibt noch mehr Bilder, willst du sie sehen?“

„Nein, schau mal.“ Anna konnte den Blick nicht von den Bildern der Frau und der zwei Babys wenden. Sie zeigte Karin das Foto.

„Was ist das für ein Foto?“, fragte sie verwundert.

„Ich weiß nicht, aber das muss dieselbe Person sein. Siehst du die Ähnlichkeiten?“ Anna wusste, dass sie eine wichtige Verbindung entdeckt hatte, über die sie mehr erfahren musste. Karin Vinterberg war nicht so begeistert, aber nickte und stimmte ihr zu. Das könnte dieselbe Person sein.

„Kann ich erfahren, wer das gezeichnet hat?“

„Ja, ruf das Museum an. Sie haben morgen Vormittag geöffnet, glaube ich.“

Anna blieb noch ein paar Sekunden vor den Skizzen stehen, sie merkte, wie sie davon praktisch verschlungen wurde. Die Zeichnungen waren die letzten Puzzleteile.

„Ich muss jetzt zurück“, rief Anna ihren Kollegen zu. Sie zog die Jacke über die Schultern und verließ das Museum.

Kapitel 118

SVEN JÄRRING

Das angenehme Knistern des Feuers, das die Holzstücke erfasste, war wie Hintergrundmusik, und der Duft des Feuers verbreitete sich im Wohnzimmer des Polizeichefs in Borlänge. Bengt und Sven waren allein im Haus, mit altem Whisky und drei geöffneten Ordnern voller Papiere, die sie vor sich auf dem Sofatisch ausgebreitet hatten.

„Ich habe mit einem der Ermittler gesprochen, die am Mord in Säter arbeiten, und habe ihm den Tipp mit der Unterführung gegeben." Sven lächelte zufrieden.

Bengt schob ein Kissen beiseite, so dass er auf dem Sofa nach hinten rutschte.

„Hast du eigentlich gehört, wer wegen des Mordes verhaftet wurde?", fragte Sven und rieb sich die Stirn.

„Ja, völlig verrückt, eine Ärztin, was soll man dazu sagen? Stell dir mal vor, du bist ein Patient und wirst von deiner eigenen Ärztin ermordet."

„Wie wir vermutet haben, ist niemand in Säter sicher. Es wird sehr interessant werden, was sie in Zimmer 55 finden."

Würde er jetzt aufgeben, wäre er gescheitert. Und wenn es das Letzte war, was er tat, bevor er ins Grab sprang, er würde Bjurberg festnageln.

Er war schon ein paar Mal kurz davor gewesen, Bjurberg zu entlarven, aber jedes Mal waren die Ermittlungen aus irgendeinem Grund eingestellt oder aufgegeben worden. Bjurberg verfügte über Kontakte, die ihn schützten und die Sven noch nicht entdeckt hatte.

„Es scheint, als könnte ich mich bald zurückziehen."

Er erhob sein Whiskyglas vor Bengt.

„*Skål.*" Sven nickte und leerte das Glas.

„Und *Skål* auf dich, junge Frau aus Säter", sagte Bengt und nickte in Richtung der Papiere, die zwischen ihnen auf dem Tisch lagen.

Bengt war mit seinem Text zufrieden. Der würde morgen wie eine kleine Bombe in Dalarna einschlagen, und die Redaktion in Falun-Borlänge war mit dem Ergebnis, das die Auflage erhöhen würde, sehr zufrieden.

Sie hatten ihm versprochen, es in der Zeitung groß rauszubringen. Es gab nur wenige Tage im Jahr, an denen sie die erste Seite bekamen.

Kapitel 119

ANNA

Als sie morgens den Personalraum betrat, konnte Anna unmöglich die aufgeschlagene Zeitung mitten auf dem Tisch übersehen. Sie warf schnell einen Blick in die Runde, ob noch jemand anderes die Schlagzeilen auf der ersten Seite gelesen hatte.

Neue Hinweise an die Polizei

Die Frau aus Säter musste ihr Leben dem Familienerbe opfern

Laut anonymen Tipps an die Zeitung kam nun die Wahrheit über die Frau aus Säter heraus, deren spurloses Verschwinden in den 50er-Jahren den ganzen Ort schockiert hatte. Neue Informationen deuten darauf, dass sie wegen einer unmöglichen Liebesgeschichte mit einem reichen Mann verschwunden ist. Ihre Beziehung galt als unpassend, weswegen sie verschwunden und wahrscheinlich auch gestorben ist.

Bengt Ekblad

Anna lief es eiskalt den Rücken runter. Sie würden den Fall jetzt lösen. Durch ihren Einsatz hatten sie genug Material gesammelt. Doch es gab eine Person, die sehr aufgebracht wäre.

Sie hörte Schritte hinter sich und drehte sich hektisch um. Miro stand hinter ihr und sah sie herausfordernd an.

„Anna, ich habe es dir doch gesagt. Ich habe Angst um dich."

„Damit habe ich nichts zu tun, Miro", sagte sie selbstbewusst, und hob die Hände zur Verteidigung. Sie hatte jetzt tatsächlich nichts mehr damit zu tun und konnte unmöglich schuld an etwas sein, das vor über fünfzig Jahren passiert war. Sollte man sie doch als schuldig ansehen, wäre etwas in Säter sehr krank.

Sie ging schnell aus dem Zimmer, dabei murmelte sie: „Nimm dich vor *den Anderen* und Zimmer 55 in Acht." Aber sie hatte nicht vor, sich in Acht zu nehmen.

Anna rief das Museum an.

„Viktoria Valtersson, Museum der Nervenheilanstalt."

Die Frau hatte eine scharfe, klare Stimme, und Anna stellte sich deutlich, aber vielleicht etwas zu schnell vor, denn Viktoria bat sie, ihr Anliegen zu wiederholen.

„Sie rufen also aus der Klinik an?"

„Das tue ich, aber mein Interesse an den Zeichnungen ist eigentlich privat."

„Sind Sie kunstinteressiert?"

„Nein oder ja, schon, sie sind sehr schön."

„Die Führung gibt es erst um zehn, aber wenn Sie sofort kommen, kann ich Ihnen mehr erzählen."

„Ja, ich komme direkt." Anna war schon aufgestanden, nahm nur noch ihre Zugangskarte und lief bloß im Pullover zum Eingang des Museums. Die Kälte brannte an ihren Wangen.

„Kalt. Bald wird es schneien", sagte Viktoria, als sie ihr die Tür aufhielt. „Ihr Stockholmer friert immer."

„Klinge ich wie jemand aus Stockholm?" Anna war erstaunt, als sie noch in Stockholm gewohnt hatte, war ihr südschwedischer Akzent niemandem entgangen.

„Na ja, das gilt genauso für Leute aus Schonen", antwortete sie knapp.

Viktorias Sätze waren kurz, und Anna begriff sofort, dass sie keine Lust auf Small Talk hatte, sie kam direkt auf den Punkt.

„Diese Zeichnungen sind irgendwann in den Fünfzigerjahren entstanden, also zur Hochzeit des Hospitals."

Anna beugte sich vor und betrachtete die Kohllinien auf dem Papier genau. Ein fast magisches Gefühl stieg vom Blatt auf.

„Was stellen sie eigentlich dar?"

„Eine Mutter und ihre zwei kleinen Kinder, vermute ich."

„Und wer hat sie gezeichnet?"

„Sie hieß Cecilia. Aus irgendeinem Grund gibt es zwei Krankenakten über sie, aber die Zeichnungen hat sie zu der Zeit angefertigt, als sie hierherkam. Sie hat danach nicht mehr gemalt. Soweit ich weiß, sind das ihre einzigen Zeichnungen oder jedenfalls die einzigen, die wir unter ihrem Namen haben."

„Und sie sind so schön, mit so viel Gefühl."

„Ja, das fanden wir auch, deswegen haben wir sie für die Ausstellung ausgewählt." Viktoria sah sich stolz um und reckte sich.

„Warum war Cecilia in Säter?"

„Die Unterlagen waren ja zunächst geheim, aber ich habe ihre Krankenakten geöffnet. Sie sind etwas anders."

„Inwiefern?"

„Sie kam in die Klinik und war ein paar Monate in einer der Frauenstationen eingesperrt. Dann gibt es über viele Jahre keinerlei Unterlagen. Da steht gar nichts, und zehn Jahre später wird ihr Tod vermerkt."

Anna schloss die Augen und dachte nach.

„Woran ist sie gestorben?"

„Ja, ich schäme mich fast, das zu sagen, aber da steht, *gebrochenes Herz, Herzschmerz.*"

Anna spürte Tränen aufsteigen. Die arme Cecilia. Was für ein Schicksal. Und die Liebe ihres Lebens lebte noch und wollte die Wahrheit erfahren.

Sie wandte sich an Viktoria.

„Gibt es noch etwas Ungewöhnliches?"

„Ja, sie hatte nicht mal eine Diagnose, nichts, es gibt nicht mal eine Begründung, *wieso* sie nach Säter gebracht wurde."

Anna lief durch den Wald zurück, und als sie aus dem Wald trat, spürte sie ein paar leichte Schneeflocken auf ihrer Stirn. Sie schüttelte sich und beeilte sich hineinzugehen. Im ersten Flur blieb sie stehen und drehte sich um, aber sie sah keinen Schnee fallen.

Vielleicht hatte sie es sich eingebildet.

Cecilia, Cecilia, Cecilia. Den Namen hatte sie sowohl in der Redaktion gesehen als auch auf Villys Stammbaum und in dem Brief, den er von Ronny bekommen hatte.

Eine zersplitterte Familie, die trotz allem so nah beieinander lebte und nichts voneinander wusste.

Cecilia, Cecilia, was für ein trauriges Schicksal du hattest.

Sie brauchte nicht mit der Polizei sprechen, aber sie musste Kontakt zu dem Briefschreiber aufnehmen.

Anna setzte sich aufs Sofa, wischte über ihr Handy und klickte auf Bengts Nummer. Jetzt antworte doch. Es klingelte. Gerade als sie auflegen wollte, hörte sie seine Stimme.

„Wie geht's? Haben Sie die Zeitung gelesen?"

„Ja, das habe ich. Es ist gut, also, dass Sie Tipps bekommen, meine ich. Es wäre gut, wenn Sie mich nicht mehr miteinbeziehen, bitte. Aber ich habe etwas Wichtiges zu erzählen."

„Na dann, nur los, Tipps können ja ganz unterschiedlich aussehen." Sie hörte, dass Bengt grinste. „Bevor Sie erzählen, würde ich gern wissen, ob Sie im Krankenhaus Reaktionen auf den Artikel bemerkt haben? Hat jemand auf das, was in der Zeitung stand, reagiert? Das kann uns weiterhelfen", fuhr er fort.

Anna hatte den Personalraum gemieden.

„Mit mir hat niemand gesprochen, aber ich kann mir denken, dass Bjurberg deswegen nicht gerade jubelt."

„Okay, das muss reichen. Was wollten Sie mir denn erzählen? Haben Sie noch mehr Briefe bekommen?"

„Nein, das nicht, aber ich werde versuchen, Kontakt zum Briefschreiber aufzunehmen."

Sie erzählte kurz von den Bildern und Skizzen im Museum. Aber von Villy konnte sie nicht erzählen, das hätte gegen ihre ärztliche Schweigepflicht verstoßen.

Bengt schwieg am anderen Ende der Leitung.

„Ich weiß jetzt seinen Namen. Karlsmäter."

„Etwa Nils Karlsmäter?", fragte Bengt erstaunt.

Anna blieb noch eine Weile auf dem Sofa sitzen und starrte die Wand gegenüber an. Sie spürte, wie ihr warm wurde. Man stelle sich mal vor, dass sie nun die Chance hatte, eine zerrissene Familie zusammenzubringen, auch wenn das viele Jahrzehnte zu spät geschah.

Sie googelte Nils Karlsmäter und fand sowohl eine Telefonnummer als auch eine Adresse in Säter. Sie sah, dass er in ein paar Monaten sechsundachtzig würde. Sie würde ihm erzählen, was sie über Cecilia erfahren hatte. Am liebsten würde sie ihm auch von Villy erzählen, aber damit würde sie ihre Approbation riskieren. Das ärgerte sie, aber sie konnte Dinge, die in einer Therapie herausgekommen waren, nicht weitererzählen.

Eine Sache störte sie: Wieso war Cecilias Krankenakte so kurz? Was war während all der Jahre, in denen es keine Notizen gab, passiert?

Ihre Gedanken kreisten wie ein Karussell in ihrem Kopf, und um runterzukommen und schlafen zu können, machte sie eine Atemübung.

Doch eine Person war in ihr eingezogen. Eine sehr lebendige Frau, die jung und hübsch war und zwei Kinder hatte.

Eine Frau, die vielleicht überhaupt nicht krank gewesen war, sondern ihr ganzes Leben lang nur als krank behandelt worden war. Wer hatte sie krank gemacht?

Kapitel 120

ANNA

Als Anna durch den Flur zu einem weiteren geplanten Gespräch mit Villy ging, hatte sie das Gefühl, dass alles geschehen konnte.

Sie war jetzt eine Art Verbindung zwischen ihm und der Außenwelt, zwischen dem, was früher einmal war und was vielleicht immer noch in Säter geschah. Das war eine verwirrende Position, und in dieser Lage war es nicht einfach für sie, zu unterscheiden, was sie sagen durfte und was gegen die Geheimhaltungsregeln verstoßen würde.

Villy hielt etwas in der Hand. Ein Blatt Papier.

Als sie sich begrüßt und gesetzt hatten, reichte er es ihr.

„Ich habe nach dem, was Sie mir gegeben haben, meinen Stammbaum etwas ergänzt."

Anna nickte und sah ihn sich an.

Was sollte sie jetzt tun? Sie konnte in der Stille, die sich zwischen ihnen ausbreitete, fast ihren Herzschlag hören. Villy sah sie fragend an.

„Alles in Ordnung?"

„Ja, natürlich, könnte ich davon vielleicht eine Kopie machen?"

„Ja, klar."

„Das wird ein Teil des Therapiematerials", entschuldigte sie sich.

Sie wusste nicht, was sie antworten sollte. „Es kann für die Dokumentation unserer Therapie gut sein."

In wenigen Sekunden lief sie mit dem Brief zum nächsten Kopierer und machte zur Sicherheit zwei Kopien.

Eine Stunde später beging sie sehr bewusst ein Dienstvergehen, indem sie eine Kopie in ihre Tasche steckte. Eigentlich handelte es sich ja um eine Krankenakte.

Als sie nach Hause kam, legte sie sich aufs Sofa und starrte die Decke an.

Villy verdiente es, die ganze Wahrheit über diejenige, die seine Mutter sein konnte, zu erfahren.

Nils Karlsmäter sollte auch erfahren, was mit seiner Cecilia geschehen war. Und dass er zwei Söhne hatte, von denen einer lebte.

Könnte das ihre eigene Karriere in Säter zerstören? Könnte sie ihren Job verlieren, wenn die ganze Geschichte ans Licht kam?

Das Telefon klingelte.

„Hier ist noch mal das Museum. Viktoria Valtersson. Wegen Cecilia. Ich habe noch mehr Krankenakten von ihr gefunden. Sie können sie lesen, wenn Sie herkommen."

Anna sprang vom Sofa auf.

„Ich komme sofort. Ich bin in zwanzig Minuten da."

Draußen war es nicht nur kalt, sondern eiskalt. Um warm zu werden, ging Anna so schnell sie konnte, und sie spürte die Kälte an ihren Wangen.

Kapitel 121

BJURBERG

Die Stimme am anderen Ende der Leitung klang ruhiger, als er erwartet hatte, und vermittelte so auch Bjurberg an diesem Abend Ruhe. Am liebsten wäre ihm natürlich gewesen, dass gar keine Artikel mehr erschienen wären, aber er war erleichtert, in welche Richtung sich die Artikelserie über die verschwundene Frau entwickelte.

Sie dürften sehr gern in dieser Spur weitermachen, dass sie einem Liebesdrama – oder hieß es Eifersuchtsdrama – erlegen war. Das war nichts, was man mit dem Krankenhaus in Verbindung bringen könnte.

Es war eine Erklärung, die sowohl plausibel wie auch realistisch klang. Denn es war eins der häufigsten Motive, aus denen Frauen Opfer eines Verbrechens wurden, was die Stimme am anderen Ende der Leitung ebenfalls feststellte.

Dann ging er aus seinem Arbeitszimmer und hinunter zu seiner Frau, die mit einer Tasse Tee in den Händen die Nachrichten sah. Er setzte sich zu ihr und legte den Arm um ihre Schulter.

Jetzt kam die Dunkelheit und bedeckte Säter für fast ein halbes Jahr.

Kapitel 122
MIRO

Miro war dankbar für das Bauchgefühl und die Intuition, die er hatte, seit er denken konnte. Es bedeutete, dass er Menschen lesen konnte und mit seinen Vorhersagen meistens recht hatte. Jedenfalls fand er das. Er gab Rasierschaum auf sein Kinn und seine Wangen und betrachtete sich im Spiegel.

Das Gefühl, das er jetzt hatte, beruhte nicht auf ein paar zusammenhanglosen Ideen, sondern es war eine Tatsache, dass Bjurberg jetzt praktisch jeden Tag fallen könnte. Miro musste nur eins und eins zusammenzählen. Sein Chef, dem er viel zu verdanken hatte, würde diese Wendung nicht überstehen, das sagte ihm seine Intuition. Nun würde Miro Säter übernehmen.

Das Wasser lief ins Waschbecken, und er tauchte den Rasierer ein. Dann spannte er die Haut und zog ihn vom Ohr zum Kinn. Das Einzige, was an ihm nagte, war, was mit Lina schiefgelaufen war? Hätte er es verhindern können? Schuldgefühle oder Reue waren bei Miro nicht vorhanden, aber die Gedanken waren da. Er hätte besser zuhören können, wenn sie von Ronny gesprochen hatte, er hatte dann immer an etwas anderes gedacht.

Dann spülte er den Rasierer ab und zog ihn noch einmal übers Gesicht.

Hinterher betrachtete er sich im Spiegel und fuhr mit der Hand über die Wangen. Wenn er Säter übernahm, musste er vorbereitet sein.

Kapitel 123
NILS

„Ich weiß nicht, ob ich nicht kurz davor bin, zu sterben." Als er die Worte gegenüber seinem Finanzberater aussprach, klang es merkwürdig.

„Wie traurig, das zu hören, Nils."

Nils schaute hinaus in die pechschwarze Dunkelheit und fragte sich, ob er noch einen Winter in Säter erleben würde. Er hatte Angst, ins Bett zu gehen. Das Leben fühlte sich enttäuschend und nicht abgeschlossen an. Aber vielleicht fühlte es sich für jeden kurz vor dem Tod so an. Woher sollte er das wissen?

„Ja, aber wir müssen uns vielleicht Ihr Testament und Ihre Finanzen ansehen, wenn Sie das möchten."

„Ja, deswegen rufe ich ja an. Was ist jetzt zu tun?"

Er bat Nils einen Augenblick zu warten. Man hörte einen Stuhl, der bewegt wurde, und etwas, das auf einen Tisch gelegt wurde. „So, jetzt habe ich den Computer angeschaltet. So wie es im Moment aussieht, wurde kein Erbe eingesetzt. In diesem Fall erbt der Staatsfonds."

Nils überlegte.

„Ich muss darüber nachdenken und melde mich morgen wieder."

Jetzt hatte er eine Aufgabe bis morgen, das machte es leichter, sich fürs Bett fertig zu machen und das Licht auszuschalten. Noch war er nicht bereit zu gehen.

Kapitel 124

ANNA

Obwohl Anna auf den beleuchteten Wegen blieb, war es unheimlich dunkel in der Gegend um Skönvik. Im Inneren der Klinik waren die Fenster beleuchtet, und sie konnte die Umrisse der Patienten sehen. Manche erkannte sie inzwischen schon allein an der Silhouette.

Viktoria stand in der Tür und hielt sie ihr auf, als Anna die Treppe hinauflief.

Nur der Eingang und ein Zimmer waren beleuchtet, der Rest lag im Dunkeln.

„Wir können hier sitzen", sagte Viktoria und zeigte ihr einen Stuhl. „Ich habe alle Akten, die es von Cecilia gibt, für Sie gesucht. Ich will Sie nicht enttäuschen, aber im Grunde steht da nicht viel, doch genau das wollte ich Ihnen zeigen. Ich habe hier die Krankenakte eines anderen Patienten danebengelegt, dann können Sie selbst vergleichen."

Ein dicker Aktenordner lag neben einer dünnen Mappe mit ein paar wenigen Blättern.

„Diese beiden Patienten war gleich lang hier."

„Wie lange?"

„Ungefähr zwanzig Jahre."

„Dann verstehe ich, was Sie meinen."

Anna hob die Mappe an, auf der bloß Cecilia stand.

„Kein Nachname?"

„Nein, kein Nachname und auch sonst nirgendwo in ihren Unterlagen, aber ein Geburtsdatum gibt es."

Anna las Blatt für Blatt sehr sorgfältig durch. Auf dem ersten wurde der Tag geschildert, an dem Cecilia 1955 nach Säter kam.

„Da steht nicht viel dazu, warum sie zwangseingewiesen wurde."

„Nein, ganz genau, nur ‚Frau mit starken Unruhezuständen, die lebenslange Betreuung benötigt'. Das liest man auch nicht in anderen Krankenakten, bloß diese Unruhe."

„Ist es üblich, dass nur Unruhe genannt wurde?"

„Nein, das hier ist sehr lückenhaft."

„Gibt es Informationen zu ihren Angehörigen?"

„Nein, auch darüber nichts, hier steht ‚keine Familie'."

Sie blätterten weiter, und knappe Eintragungen von lediglich zwei Pflegern zeigten, dass sie „übliche Behandlungen" mitgemacht hatte und dass „Betreuung weiter nötig" war.

„Wer waren die Pfleger?"

„Zwei Personen, die lange im Hospital gearbeitet haben, keiner lebt heute noch."

Anna seufzte, damit verflüchtigte sich die Chance, mehr zu erfahren.

„Einen Moment!", rief Anna. Sie hatte etwas ganz unten in der Ecke entdeckt, auf jedem Blatt, wie eine Signatur.

„Was bedeutet das denn?" Sie legte ihren Finger auf die Zahl 55.

„Nun, das weiß ich nicht. Vielleicht war das der Code zum Signieren von jemanden oder vielleicht die Jahreszahl, oder, ja vielleicht war es auch das Zimmer oder die Station, auf der sie war."

Zimmer 55. Anna riss die Augen auf und begriff plötzlich, dass sie jetzt etwas auf der Spur war, das sehr viel größer war als nur Cecilias Leben.

„Viktoria." Anna hatte das Gefühl, dass sie gezwungen war, Viktoria zu erklären, dass das hier wichtige Fakten sein konnten. „Haben Sie über die verschwundene Frau aus Säter gelesen?"

„Da gibt es viele."

„Ja, aber es stand gerade erst wieder etwas in der Zeitung darüber, man glaubt, es handelt sich um ein Eifersuchtsdrama."

„Ach ja, das."

„Das war Cecilia."

Viktoria richtete sich kerzengerade auf.

„Meinen Sie das ernst?"

„Ja, ich glaube wirklich, dass sie es ist. Und dass sie Zwillingssöhne hatte, die man ihr weggenommen hat."

„Die Zeichnungen."

„Genau, aber dazu steht nichts in ihren Unterlagen."

„Wo ist Cecilia begraben worden?"

„Wie alle, die zu dieser Zeit im Hospital verstorben sind, müsste Cecilia auf dem Friedhof hinterm Golfplatz beerdigt worden sein. Aber die meisten haben weder Grabstein noch Kreuz. Erst die Letzten haben Namen und Jahreszahlen bekommen."

Anna empfand große Trauer über diese Schicksale.

„Ich möchte all das gern kopieren. Ich hoffe, das ist möglich."

Als Anna mit der Mappe unterm Arm nach Hause ging, grübelte sie über ihr Dilemma. Um sie herum war es pechschwarz, und selbst wenn sie direkt unter den Straßenlaternen blieb, hatte sie Angst.

Wie würde Nils es aufnehmen, dass Cecilias Verschwinden kein Verbrechen in eigentlichen Sinn war, sondern eine Zwangseinweisung aus unbekanntem Grund, darüber hinaus auf Lebenszeit und vermutlich in einem geheimen Zimmer? Wer hatte das beschlossen, und wie konnte es geschehen? Und was war Zimmer 55 eigentlich? Verband sie Dinge, die gar nicht zusammengehörten, befand sie sich mit ihren Fantasien auf ganz dünnem Eis? Und was sollte sie Villy erzählen?

Sie musste mit jemandem sprechen. Der Einzige, der ihr einfiel, war Miro. Sie suchte im Handy nach seiner Nummer.

Es klingelte, und zwar scheinbar endlos lang. Ihre Finger wurden kalt, während sie sich das Handy ans Ohr hielt.

Bitte, Miro, antwortete, betete sie stumm.

„Hallo Anna, ist was passiert?"

„Miro, ich weiß nicht, mit wem ich sonst reden kann, aber ich habe mich wie eine Spinne in einem Netz von Ereignissen verfangen. Ich weiß Dinge, die ich vielleicht nicht wissen sollte, aber ich muss jemandem davon erzählen. Kannst du zuhören?"

„Ja, das kann ich. Erzähl."

Als Anna alles über Villy und Ronny erzählt hatte und dann über die Zeichnungen und Cecilias Krankenakte und sogar der Verbindung zu Zimmer 55, fühlte sie sich erstmal erleichtert, und ein Teil der Angst hatte sie verlassen. Sie wartete ein paar Augenblicke auf Miros Reaktion. Am anderen Ende der Leitung hörte sie ihn atmen.

„Ich denke mal laut nach", sagte er. „Wir wollen nicht, dass einer von uns ins Visier genommen wird, aber wir müssen klären, was passiert ist, damit wir weitermachen können. Säter muss eine neue Ära beginnen und das Alte hinter sich lassen."

„Ja, aber wie? Ich weiß nicht mehr, wo es anfängt oder endet. Und was geschieht, wenn alles herauskommt?"

Er murmelte etwas, das sie nicht richtig verstand, und fragte dann: „Was war der Grund dafür, dass Cecilia eingewiesen wurde?"

„Eine diffuse Diagnose, Verwirrtheit und ähnliches, aber wie konnte sie so viele Jahre dort bleiben, ohne Krankenakte oder irgendeine Form von Behandlung? Irgendwer musste es in die Wege geleitet haben, ohne dass jemand davon wusste."

„*Die Anderen*, sogar damals schon …", sagte er leise.

„Was?" Anna war sich nicht sicher, ob sie richtig gehört hatte.

„Ich werde darüber schlafen, Anna, morgen sehen wir uns bei der Arbeit, und dann weiß ich, was wir tun werden. Sprich heute mit niemandem darüber."

Sie legten auf, und Anna, die inzwischen vor ihrer Tür angekommen war, öffnete sie mit steifen Fingern. Drinnen musste sie mehrere Minuten warmes Wasser über ihre Hände laufen lassen, um sie aufzuwecken.

Kapitel 125

ANNA

Die Nacht hatte ihr geholfen, eine Entscheidung zu treffen, sie hatte nicht vor, auf Miro zu hören. Sie musste das Material an Bengt weitergeben. Sofort nach dem Aufstehen rief sie ihn an.

„Bengt, ich habe etwas für Sie, aber Sie dürfen es auf gar keinen Fall mit mir in Verbindung bringen."

„Quellenschutz."

„Ja, aber das reicht nicht, ich brauche wirklich Ihr Ehrenwort, ansonsten könnte ich meinen Job verlieren."

„Sie können mir vertrauen, Sie dürfen es sogar lesen, wenn Sie möchten, also wenn ein Artikel daraus wird. Wir haben bei dieser Geschichte nichts mehr gefunden, da ist es gut, wenn Sie mit mehr kommen."

„Gut, darauf können Sie zählen. Ich komme vorbei, bevor ich zur Arbeit gehe, können Sie schon gegen acht in der Redaktion sein?"

„Ja, für diese Sache schon."

Anna steckte alle Briefe, Kopien der Zeichnungen und ein Blatt mit Notizen in einen Umschlag, den sie zuklebte, und schrieb dann Bengts Namen darauf.

Sie ging schnell zur Redaktion und gab ihm den Umschlag an der Tür. „Hier, schauen Sie sich das an, und rufen Sie mich dann an."

Sie kaufte sich in der Bäckerei ein Croissant, durch das beim Essen lauter Krümel auf ihrer Jacke landeten. Weder geschickt noch gesund, aber wer konnte schon die ganze Zeit an sowas denken? Anna hatte keine Zeit, jetzt an sich zu denken. Sie fühlte sich freudig erregt, fast wie ein kleines Mädchen vor Heiligabend. Endlich hatte sie etwas getan, das wichtig war, das eine Bedeutung hatte.

Auf dem Anrufbeantworter in ihrem Büro war eine Nachricht von Miro, ob sie sich zum Mittagessen treffen könnten.

Sie war neugierig, welche Schlüsse er gezogen hatte. Sie würden hier essen. Das Golfrestaurant hatte für diese Saison geschlossen, und die Eigentümer waren in den Süden gereist.

Bevor sie zum Mittagessen ging, blieb sie noch ein paar Extraminuten auf der Toilette, bürstete die Haare, legte Lipgloss und Puder auf. Sie zog den Pulli zurecht und wischte mit einem Papier Schmutz von ihren Schuhen, so dass sie wieder sauber aussahen. Sie musterte sich im Spiegel. In letzter Zeit hatte sie sich praktisch vergessen. Aber das Feuer in den Augen war neu, und sie betrachtete sich genauer. Es geschah etwas, wenn man nach Säter kam. Ganz eindeutig. Sie sah lebendig aus.

Miro rückte dicht an sie heran, und dieses Mal bemerkte sie die Blicke der anderen Ärzte nicht, weil sie so sehr in das Gespräch mit Miro vertieft war. Sie setzten sich etwas vom

Arzttisch entfernt hin und aßen größtenteils schweigend. Dann lehnte Miro sich näher. Sie roch erneut seinen intensiven Duft, auf den ihr Körper reagierte, so dass sie sich entspannte.

„Ich habe darüber nachgedacht, was wir tun werden."

„Und?"

Er ließ sie auf die Antwort warten.

„Ich möchte, dass du vorsichtig bist, ich will dich hier als Psychologin behalten. Ich denke, dass wir beide in Zukunft gut zusammenarbeiten können. Vielleicht sogar die Klinik leiten." Er machte eine Handbewegung, die das gesamte Gebäude umfasste.

Anna spürte, wie es in ihr kribbelte. Stell dir nur mal vor.

„Aber so weit sind wir noch nicht. Und wir werden eine chaotische Phase durchleben, in der Sachen herauskommen." Er schnitt sein Fleisch. „Bist du stark und ausdauernd genug, um das hier zu regeln, dann sehe ich eine Zukunft für dich in Säter."

„Ja, das bin ich, Miro, ich habe das Gefühl, dass ich hier sein soll."

Er nickte und lehnte sich noch näher.

„Am späten Nachmittag, wenn die meisten gegangen sind, will ich mit dir in die Unterführung gehen."

Sie sah ihn unsicher an. Was hatte er vor?

„Wir sehen nach, was sich hinter der Tür von Zimmer 55 befindet. Ich war nämlich noch nie da."

Sie atmete tief ein und spürte, wie ihre Anspannung stieg. Dann aßen sie schweigend auf.

Anna und Miro gingen hinaus und durch das System der Unterführungen wieder auf die Stationen. Als sie sich an der Treppe und dem Flur zu Annas Büro trennen wollten, beugte sich Miro zu ihr.

„Ich respektiere dich, ich passe auf, dass dir nichts passiert. Aber wir müssen uns um Bjurberg kümmern."

Er lehnte sich zu ihr, so nah, dass seine Lippen fast ihre Wange berührten. Sie schloss eine halbe Sekunde lang die Augen.

Sie stieg locker die Treppe hoch und musste dabei unwillkürlich breit lächeln.

In genau diesem Moment liebte sie Säter. Alles war so intensiv, so vollkommen gegenwärtig. Wäre doch nur Lina hier, dann wäre alles perfekt.

Die Freude währte nicht lange. Als Anna ihr Büro erreichte, stand die Tür auf, sie sah den Schatten eines großen Mannes, und Bjurbergs ernster Blick begrüßte sie.

„Hallo", sagte sie und fühlte sich plötzlich wie ein Teenager, der zu spät nach Hause kam.

„Würden Sie bitte sofort mit mir mitkommen?", sagte er. Es war keine Frage.

Sie zuckte zurück, folgte ihm aber, als er sie zum Konferenzraum führte. Dort saß auch Stark mit einer besorgten Miene.

„Hallo", sagte sie knapp und reichte ihr die Hand.

„Anna, wir kommen direkt zur Sache. Säter ist sehr klein, manchmal viel zu klein. Ich habe nichts gegen Sie persönlich, das sollen Sie wissen, aber das muss jetzt aufhören."

„Was meinen Sie?"

„Sie wissen genau, was wir meinen. Sie haben an Sachen gerührt, an denen man nicht rühren sollte. Sie wissen, was mit der früheren Psychologin passiert ist. Wir können uns einen weiteren Skandal nicht leisten. Es steht viel auf dem Spiel."

Anna wandte sich an Bjurberg. Wie sollte sie in dieser Situation gegenüber den beiden für sich selbst einstehen?

„Der Grund dafür, dass meine Vorgängerin verschwand, lag wohl in ihrer therapeutischen Arbeit, sie hat doch gekündigt?" Sie wollte wissen, was sie darauf antworteten.

„Ja, man kann sagen, das war einer der Gründe", antwortete Stark kurz. „Mehr können wir nicht sagen."

„Ja, darüber kann man denken, was man will", sagte Bjurberg. „Aber jetzt sind wir wieder hier, und Sie haben das alles anscheinend noch einen Schritt weitergetrieben."

Anna hatte nicht vor, etwas zu verraten. Was wussten sie überhaupt? Sie schwieg, damit er weitersprach.

„Ich werde Sie bitten, eine Auszeit zu nehmen."

Eine Auszeit? Warum, wozu? Sie hatte ja keinen Fehler gemacht. Ein Zeitungsartikel war wohl kaum ein Grund für eine Auszeit?

„Ich habe mir keinerlei Dienstvergehen zuschulden kommen lassen."

Anna spürte Wut aufsteigen. Worum ging es hier eigentlich?

„Sie werden bezahlt, suchen Sie sich eine Fortbildung, lernen Sie was, aber bleiben Sie eine Weile weg. Ich will nicht riskieren, dass das hier größer wird, als es bereits ist. In Säter sind höhere Kräfte im Spiel. Sie sollten nicht tiefer in das mit hineingezogen werden, was sich hinter der Klinikfassade abspielt."

Bjurberg war entschlossen. Auszeit? Sie hatte noch nie gehört, dass eine Psychologin eine Auszeit nehmen musste. Ausgebrannt, ja, das hatte sie oft gehört, aber das hier noch nie.

„Schließen Sie heute nur das Nötigste ab, dann nehmen Sie sich frei.“

„Was werden Sie den anderen erzählen?“ Sie begriff nicht, wie sie das Vinterberg und Magnus erklären wollten und den anderen, die in der Klinik arbeiteten.

„Wir werden sagen, dass Sie bei einer Fortbildung sind.“

Anna sank auf dem Stuhl zusammen. Der Entschluss stand schon fest. Es war egal, was sie sagte. Sie würde eine Weile von Säter weg sein. Wo sollte sie hin? Sie hatte kein anderes Zuhause mehr. Ihre Gedanken rasten. Sie hatte angefangen, Säter zu lieben. Wie konnte die Geschichte der verschwundenen Frau so belastet sein, dass man sie entfernen musste? Es musste noch etwas geben, weswegen Bjurberg so heftig reagierte.

„Nun, ich habe anscheinend keine Wahl“, sagte sie und sah abwechselnd Stark und Bjurberg an.

„Nein, eigentlich nicht, aber wir freuen uns, wenn Sie in ein paar Monaten, wenn sich alles beruhigt hat, wiederkommen.“

Stark reichte Anna die Hand. Widerwillig nahm sie sie und auch Bjurbergs. Die Entscheidung war gefällt.

Aufgebracht ging Anna zurück in ihr Büro und fing an, ihre Unterlagen irgendwie zusammenzusuchen. Was war überhaupt passiert? Sie hatte gerade erst in Säter begonnen, da musste sie schon pausieren. Was war hier eigentlich los? Wo lag die Antwort auf all ihre Fragen? Sollte sie einfach auf alles pfeifen und tun, was Bjurberg und Stark angeordnet hatten? Säter verlassen und die Sache, in die sie hineingezogen worden war? Aber das würde sie auf keinen Fall tun, bevor sie das, was sie angefangen hatte, auch abgeschlossen hatte.

Villy, sie musste Villy sehen, bevor sie wegfuhr. Sie rief auf seiner Station an und bat, ihn zu fragen, ob sie eine zusätzliche Sitzung haben könnten. Das war völlig ungewöhnlich, aber wie würde er ihr plötzliches Verschwinden aus der Klinik sonst aufnehmen?

Nach zehn Minuten riefen sie zurück und sagten, dass es okay wäre, ihn schon jetzt zu treffen. Sie musste ihm so viel wie möglich erzählen, bevor die Wahrheit über Cecilia in der Zeitung stand. Egal, welches Verbrechen er begangen hatte, er hatte ein Recht auf seine Geschichte. Gleichzeitig nagte ein Gefühl an ihr – war er wirklich so harmlos, wie er wirkte?

Sie holte ihn auf der Station ab, und kein Pfleger begleitete sie. Daraufhin überlegte sie unwillkürlich, wie sie langsam, aber sicher alle Sicherheitsroutinen bei ihm hatte schleifen lassen. Und niemand reagierte darauf. Das war kein gutes Zeichen. Aber jetzt ging sie das Risiko ein.

„Sie wollten mich treffen." Ihr fiel auf, dass seine Kleider locker saßen und er etwas von seinem kompetenten und starken Auftreten verloren zu haben schien.

„Ja, es ist so, dass ich ein paar Monate auf eine Fortbildung gehe, und da wir mitten in Ihrem therapeutischen Prozess stecken, wollte ich, dass es ein geplantes Ende ist, das für uns beide funktioniert."

Er sah erstaunt aus und zog skeptisch die Augenbrauen hoch.

„Ach, das kommt aber plötzlich. Irgendein besonderer Grund?"

Anna antwortete nicht und setzte sich. Dann fing sie an, chronologisch all das zu erzählen, was sie über Cecilias Leben erfahren hatte. Villy saß steif und mit geradem Rücken da und hörte aufmerksam jedem Wort zu. Er kommentierte und sagte nichts, sondern nickte nur. „Das wird alles bald in der Zeitung stehen, ich wollte Sie nur vorwarnen." Anna war erleichtert. Sie hatte die Botschaft überbracht. Jetzt gab es nur noch eine Sache, die sie fragen musste.

„Wieso haben Sie Ihren Bruder ausgerechnet jetzt umgebracht?"

Sie musste die Wahrheit erfahren. Ganz falsch, überhaupt nicht taktisch, und ihre Dozenten von der Uni wären wahnsinnig geworden. Aber das war ihr jetzt egal, sie musste es einfach erfahren.

„Wollen Sie die Wahrheit wissen?"

Villy wirkte bereit. Sie hatte sein Vertrauen, hatte es geschafft, eine so starke Beziehung aufzubauen, dass er etwas erzählen würde, das er noch niemandem sonst gesagt hatte. Erleichterung breitete sich in ihr aus, und sie atmete tief ein.

Würde sie jetzt erfahren, dass er unschuldig verurteilt worden war oder dass er der Psychopath war, für den ihn manche zu halten schienen?

„Er zerstörte weiterhin mein Leben."

„Wie konnte er das?"

„Er hat mich immer wieder auf unterschiedliche Art gestört, ich will nicht ins Detail gehen, aber ich bin ihn eigentlich nie losgeworden. Und seit dem Tag, an dem er versucht hatte, mich im Brunnen zu töten, wusste ich, dass ich ihn eines Tages umbringen würde."

So einfach war es also. Rache, Vendetta. Anna seufzte erleichtert auf.

„Ja, es war wohl Rache, außerdem wollte ich endlich den Terror beenden."

Sie wusste nicht, was sie antworten sollte. Ihre beste Freundin saß ja unter Mordanklage im Gefängnis. Sie hatte ihre Gründe gehabt. Wer war Anna eigentlich, um zu ver- oder beurteilen, was richtig und was falsch war.

„Ja, dann viel Glück, ich hoffe, Sie bekommen die Chance, Ihre Familie häufiger zu sehen, jetzt, da Sie sich in der Nähe befinden." Sie reichte ihm die Hand, und er nahm sie. Ihr Abschluss fühlte sich gleichzeitig wie ein Anfang von etwas Neuem für Villy an.

„Sie werden sehen, es wird gut werden." Sie lächelte, als sie das Zimmer verließ.

Wieder in ihrem Büro trug sie kurz Notizen über ihr letztes Gespräch in die Krankenakte ein und packte dann ihre Sachen in den Rucksack. Moment, sie sollte sich ja noch mit Miro treffen, bevor sie hier wegging. Sie sah zur Uhr. Es war später Nachmittag.

Sie loggte sich aus dem Computer und schaltete ihn aus. Im Moment war sie erleichtert, dass sie aus der Klinik kam und wegfuhr. Die Auszeit war plötzlich ein Segen und eine Befreiung. Wusste Bjurberg mehr, als sie dachte? Auf wessen Seite stand er?

Sie würde zurückkommen, die Frage war bloß, wann. Sie musste Zuversicht haben und darauf bauen, dass Bjurberg sie darüber informieren würde.

„Miro, sollen wir uns jetzt in der Unterführung treffen?", schickte sie ihm eine Nachricht.

Sie erkannte seine Silhouette in der Dunkelheit unten in der Unterführung.

„Wo liegt das Zimmer, das du meinst?" Er sprach leise.

„In diese Richtung." Anna zeigte, und sie gingen dorthin, wo es pechschwarz war.

Sie schalteten beide die Taschenlampe an ihren Handys an und leuchteten vor sich.

Ihr fiel auf, dass Miro an den Wänden auf und ab sah, auf die dort gestapelten Möbel, Erinnerungen an eine andere Ära des Krankenhauses.

„Da, hörst du!"

Sie blieben stehen. „Dieses Geräusch, der Knall, was ist das?"

Miro schüttelte den Kopf. „Das kann was mit der Lüftung zu tun haben."

„Da, noch mal!"

Jetzt, da sie sich der Tür näherten, hörten sie die Schläge mehrmals hintereinander.

Sie stellte sich vor die Tür und beleuchtete das Schild. „Hier ist das Zimmer." Miro sah die Zahl 55 ebenfalls und nahm einen großen Schlüsselbund heraus.

„Was sind das für Schlüssel?"

Er lächelte gewitzt. „Das sind Schlüssel, die das öffnen, was niemand geöffnet haben will."

Anna lachte kurz. Natürlich verfügte Miro an mehr Orten als bloß dem Krankenhaus über Kontakte.

„Wir probieren einen nach dem anderen."

Er begann mit einem Schlüssel, der nicht einmal hineinpasste. Dann noch einer. Der dritte glitt ebenfalls nicht ins Schloss. Anna war plötzlich gestresst. Sie hatte vergessen, Miro von ihrem Gespräch mit Bjurberg zu erzählen.

„Miro, ich habe von Bjurberg eine Auszeit bekommen, ich fahre noch heute weg."

„Oh nein, Anna, davor hatte ich Angst. Ich habe ja versucht, dir zu helfen, damit du clever bist und nicht da hineingezogen wirst." Er seufzte tief.

„Ich weiß, aber ich komme ja zurück. Das tue ich auf jeden Fall."

Ein Klicken. Der vierte Schlüssel war hineingeglitten, und Miro konnte aufschließen. Anna spürte die Nervosität steigen. Was würden sie hinter der Tür finden? Die Antworten auf die Fragen zu Cecilia? Die schwere, schallisolierte Tür ging auf, und Anna und Miro taumelten geschockt zurück, als sie sahen, was sich im Zimmer befand.

Kapitel 126

ANNA

„Helft mir ...“

Die Frau, die auf einer dünnen Matratze auf dem Boden lag und Patientenkleidung trug, die anscheinend seit Monaten nicht mehr gewaschen worden war, hob erschöpft den Kopf zu ihnen hoch. Sie schien stark sediert zu sein.

Miro lief zu ihr.

„Mona!“

„Miro!“ Die Frau zitterte heftig und begann zu weinen. Sie streckte die Hände zu Miro aus.

Anna war noch wie versteinert vor Schock und wusste nicht, was sie tun sollte.

„Anna, schnell, ruf 112, sie braucht sofort Hilfe.“

Anna rannte hinaus in den Korridor, wählte 112 und meldete einen akuten Notfall in Säter. Und sie ergänzte: „Die Polizei muss ebenfalls herkommen.“

Als sie wieder im Zimmer war, saß die Frau an die Wand gelehnt. Ihre Augen waren matt, und sie lächelte trotz ihrer großen Erschöpfung.

„Bjurberg, der Teufel. Jetzt wird er ein für alle Mal erledigt“, sagte Miro. Er drehte sich zu ihr um. „Das ist Mona, die Psychologin, die vor dir hier gearbeitet hat.“

Kapitel 127

ANNA

In der Zeitung stand am Morgen genau das, was Anna erwartet hatte. Vor dem Supermarkt las sie eine der ersten Ausgaben. Jetzt würde alles aufgedeckt, und die Geschichte der verschwundenen Frau aus Säter fand ein Ende. Und das war bloß der Anfang von allem, was bald über Säter in der Zeitung stehen würde.

Die Schlagzeile lautete, dass die verschwundene Frau Cecilia sein könnte, die zwangseingewiesen wurde und über fast zehn Jahre in der geschlossenen Abteilung des Hospitals saß, die meiste Zeit in einem speziellen Zimmer eingesperrt, zu dem nur der Klinikleiter und der Sicherheitschef Zugang hatten. Zimmer 55, dort wurden die eingesperrt, die ganz von der Erde verschwinden sollten.

Im Artikel wurde beschrieben, dass Cecilia zwei kleine Zwillingsjungen zurückgelassen hatte und wie die Liebe zu Nils Karlsmäter wohl der Grund für ihr Verschwinden war. Der Artikel war richtig gut und ausführlich und endete mit der Frage: „Warum?“ Was war der Grund dafür, dass Cecilia das Recht genommen worden war, über ihr eigenes Leben zu bestimmen, und wer hatte veranlasst, dass sie eingesperrt wurde? Darunter standen erneut Bengts Kontaktdaten, für weitere Hinweise.

Anna schlug die Zeitung zu und fragte sich, ob jetzt Hinweise von anderen Personen kämen, die Verbindungen zum Hospital gehabt und geahnt hatten, dass Zimmer 55 keine Erfindung war. Es mussten viele mehr wissen, als sie sagten. Die Heimlichtuerei rund um die verschwundene Frau hatte über Jahrzehnte überlebt, und die Frage war, ob es jemanden gab, der mehr wusste.

Jetzt fiel Villys letztes Puzzlestück auf jeden Fall an seinen Platz.

Anna fühlte sich plötzlich unfassbar müde. Cecilia, Villy, Ronny, der Mord, die Briefe, es war ein bizarrer Wirbelsturm, in dem sie gelandet war. Sie müsste Säter trotzdem für eine Weile verlassen und sich ausruhen.

Sie würde einfach ein paar Wochen zu ihren Eltern nach Simrishamn fahren. Dann würde sie schon sehen, was der nächste Schritt wäre. Sie musste in den sauren Apfel beißen und sich anhören, dass ihre Mutter mit ihren Befürchtungen recht gehabt hatte. Doch wenn jetzt wahrscheinlich Miro übernahm, wäre alles möglich, sie lächelte bei diesem Gedanken.

Als sie die Tür öffnete, trat sie auf den Brief, der auf der Fußmatte lag. Der letzte Brief, vermutete sie. Sie öffnete ihn sofort.

Die Zeit ist gekommen, und ich verfolge jede geschriebene Zeile

Du hast einem Menschen vor dem Ende seines Lebens Seelenruhe geschenkt

Cecilias Schicksal tut mir weh, aber jetzt kenne ich es wenigstens

Triff mich heute an der Brücke in Säterdalen um 15 Uhr

Ich möchte mich persönlich richtig bedanken

NILS KARLSMÄTER

Kapitel 128

ANNA

Die Zeit raste, während Anna packen, Bahnverbindungen heraussuchen, die Wohnung aufräumen und den inzwischen besser gefüllten Kühlschrank leeren musste. Sie brachte den Müll raus und schloss hinter sich ab. Ihr Plan war, ihre Koffer nach Säterdalen mitzunehmen, um dort in den Zug zu steigen.

Im Säterdalen, dem hübschen Tal, das für viele Wanderer in Dalarna ein Ausflugsziel war, stand ein Mischwald, wodurch der Herbst nicht ganz so deutlich sichtbar war.

Im Sommer fanden hier Konzerte, Rockabillypartys und Themafeste im Park statt, und die Mittsommerfeier im Tal war weithin bekannt oder berüchtigt.

Anna war einmal dort gejoggt, daher wusste sie, an welcher Brücke Nils Karlsmäter sie treffen wollte.

Dort unten im Tal waren die Energie und die Luft voller Kraft, durch die dramatische Landschaft, die hohen Bäume und die hohe Luftfeuchtigkeit vom Fluss, der jetzt teilweise mit Eis bedeckt war. Sie atmete die frische Luft tief ein und fühlte sich leicht und frei.

Aus der Ferne sah sie einen Mann, der am Brückengeländer lehnte. Er war groß, athletisch, hatte silbergraues Haar und die Arme vor der Brust verschränkt. Das musste Nils sein.

Kapitel 129

NILS

Die Entwicklungen der letzten Wochen hatten Nils' wildeste Träume und Erwartungen übertroffen. Er hatte so viele Jahre vergeblich versucht, herauszufinden, was mit seiner geliebten Cecilia geschehen war. Er hatte nie daran geglaubt, dass sie gestorben war oder einfach Dalarna verlassen hatte. Das hätte sie nie getan. Irgendetwas war ihr zugestoßen. Und warum? Sein Bauchgefühl hatte ihm immer gesagt, dass sie nicht weit weg war. Und dass man in der Klink die Wahrheit kannte. Cecilia war überhaupt nicht psychisch krank. Sie war der gesündeste Mensch, den er je getroffen hatte.

Doch alle Versuche, herauszubekommen, was passiert war, wurden vereitelt.

Er wusste, dass es im Krankenhaus Personen gab, die wussten, was tatsächlich geschah, aber all seine früheren Versuche, die Wahrheit zu enthüllen, waren vergeblich gewesen.

Die Erzählungen hatten aufgehört, und dann war der Mantel des Schweigens darüber ausgebreitet worden. Niemand hatte neue Informationen, die Klarheit über Cecilias Schicksal brachten. Und die Zeit war einfach vergangen.

Dass er es dieses Mal geschafft hatte, fühlte sich an, als wäre ein Traum in Erfüllung gegangen. Dank Gunnar und dessen redseliger Tochter hatte er von der neuen Psychologin erfahren. Und da sie nicht von hier war, konnte sie klarer sehen und war nicht durch die Angst, was dieser kleine Ort für Geheimnisse verbarg, eingeschränkt. Sie hatte nichts zu verlieren, und als Nils sie beobachtet hatte, wie sie morgens zur Arbeit radelte, hatte er eine junge Frau mit einer echten, guten Seele gesehen.

Genau wie seine Cecilia.

Es hatte ihn immer sehr geschmerzt, dass sie kein Paar geworden waren. Aber die Tatsache, dass sie am Leben gewesen war und zehn Jahre lang nur ein paar Kilometer von ihm entfernt im Hospital gelebt hatte, hatte ihn sowohl froh als auch sehr traurig gemacht. Hätte er es doch nur gewusst und sie herausgeholt.

Warum hat man sie dort eingesperrt, und was hat sie im Krankenhaus erleiden müssen? Sie haben ihr das Leben genommen. Und auch seins. Wie konnten sie das tun? Wer hatte das Recht, so über das Leben anderer Menschen zu bestimmen?

Er war schon früh ins Tal gekommen und herumspaziert, damit seine Gedanken frei fliegen konnten, und jetzt stand er auf der Brücke und sah die Psychologin, die einen Koffer hinter sich herzog, auf sich zukommen, etwas gehetzt, die braunen Haare flatterten hinter ihr. Sie kam zu ihm und reichte ihm die Hand.

Kapitel 130

ANNA

„Hallo Nils.“

„Hallo Anna.“ Er lächelte.

„Können wir …“, Anna sah sich um, „uns irgendwohin setzen? Dann muss ich meine Koffer nicht schleppen.“

„Verreisen Sie?“

„Ich werde eine Weile wegfahren, aber ich komme bald zurück.“

Sie setzten sich auf eine Bank am Fluss. Nils schien ihr irgendwie bekannt, obwohl sie sich noch nie zuvor getroffen hatten. Vor ihnen glitzerte der Fluss voller Eisplatten und floss von ihnen weg, hinter ihnen zeigten mehrere hundert Jahre alte Bäume mit ihren nackten Kronen gen Himmel. Anna glaubte plötzlich, ein Rascheln in den Büschen hinter der Bank, auf der sie saßen, zu hören. Sie drehte sich vorsichtig um, aber sah nichts, dann wurde es wieder still. Nils bemerkte es.

„Das hier passiert mir sehr oft …“

„Was denn?“

„Hier in Säter gehen Geister um, die nicht zur Ruhe kommen.“

Sie saßen ein paar Sekunden schweigend da.

„Aha." In Säter schien alles Mögliche passieren zu können, dachte Anna.

„Sie suchen nach Ruhe und Versöhnung." Er lächelte, als er das sagte, und sah gewitzt aus.

„Ja, oder es war ein Vogel."

„Ja, oder es war ein Vogel. Oder vielleicht Cecilia ..."

Nils hatte ein schönes Lächeln und sah stark und gesund aus. Sie drehte sich zu ihm um.

„Wieso ausgerechnet ich?"

„Ich wusste, dass Sie von außen kommen und übernehmen würden, nachdem die andere Psychologin verschwunden war."

Die Nachrichten über Mona standen noch nicht in den Medien, daher war Anna vorsichtig mit dem, was sie sagte. Das war ein großer Schock und ein Trauma für das Krankenhaus, und später würden sie noch eine Pressekonferenz dazu geben. Sie wäre dann nicht da, aber Miro hatte sie darüber informiert.

Die Polizei hatte Bjurberg und Stark verhaftet, Mona hatte erzählt, dass die beiden sie in den letzten Monaten in dem Zimmer eingesperrt hatten.

Es war schrecklich, daran zu denken. Sie selbst hätte dort landen können.

Nils lehnte den Kopf zurück und schaute in den blassblauen Himmel, der den Duft des Winters mitbrachte.

„Es tut mir leid, dass ich Sie da hineingezogen habe, aber ich musste die Wahrheit erfahren."

„Das muss es wirklich nicht. Sie haben dadurch ein Leben gerettet."

Nils sah erstaunt aus. „Ja, das werden Sie morgen in der Zeitung lesen oder vielleicht heute Abend in den Nachrichten hören, mehr sage ich jetzt nicht dazu."

Anna hatte eigentlich nur eine Minirolle dabei gehabt, die Beziehungen einer Familie zusammenzusetzen, die von der Klinik auseinandergerissen worden war. Das Einzige, was sie selbst getan hatte, war, die Fäden einer zerrissenen Familie zusammenzuführen.

Und Nils war durch seine Briefe ihr Wegweiser gewesen. Ein Stammbaum, der aus Gründen, die sie noch nicht richtig verstand, auseinandergehauen worden war. Aber als Psychologin wusste sie, dass eines der wichtigsten Dinge für die Heilung eines Menschen war, die eigene Lebensgeschichte zu verstehen. Das reichte, um ihr das Gefühl zu geben, dass alles doch einen Wert hatte. Jetzt hatten sowohl Nils als auch Villy ihre Geschichte vervollständigt, und das wäre für sie wahrscheinlich die beste Behandlung überhaupt. Und die kleine Zeitung der Stadt hatte wieder Aufwind, und vielleicht könnte Järring einen ordentlichen Karriereabschluss finden.

„Aber Nils, warum die anonymen Briefe? Wieso haben Sie nicht einfach mit mir gesprochen oder alles auf einmal aufgeschrieben?"

„Es klingt wohl merkwürdig, aber ich wollte nicht alles sofort enthüllen, vielleicht hätten Sie dann Angst bekommen, und der Prozess wäre gar nicht in Gang gekommen. Dann wäre es sofort explodiert, und Sie hätten Ihren Job verloren, wie die letzte Psychologin. Dieses Mal wollte ich es anders machen, ich wollte eine Spur legen, die Sie in die richtige Richtung führte, ohne zu viel Einfluss auszuüben. So etwas braucht seine Zeit, finde ich."

Anna konnte dieser Logik nicht ganz folgen, aber dachte, dass alles hier in Säter etwas anders zu sein schien, etwas diffuser und schöner und flüchtiger. Vielleicht hatte er recht. Es hat jedenfalls funktioniert.

„Aber jetzt müssen Sie erzählen, es stand doch sicher nicht alles in der Zeitung?", fragte er und wandte sich an sie.

„Ich kann Ihnen nicht *alles* erzählen, Nils, weil ich an die Schweigepflicht gebunden bin, die hat auch das, was ich den Journalisten erzählt habe, eingeschränkt. Aber ich glaube, dass Sie schon sehr bald viel mehr Informationen erhalten werden, was mit Cecilia geschehen ist, und Sie werden Kontakt zu einer Person bekommen, die wichtig für Ihr Leben ist."

Er richtete sich auf und lächelte leicht, nickte zufrieden.

„Und ich habe auch noch ein paar Fragen, um das Ganze verstehen zu können. Zum Beispiel, wie Sie Cecilia kennengelernt haben?"

Nils sammelte sich und fing an zu erzählen, wie er auf einen Gutshof aufgewachsen war, mit Mutter, Vater und einem Bruder. Auf dem Hof wohnten auch Bedienstete. Cecilia war die Tochter einer der Frauen, die in der Küche arbeiteten, und hatte keinen Vater. Ihre Mutter kümmerte sich auch um Nils und seinen Bruder.

„Cecilia und ich spielten jeden Tag miteinander. Doch je älter wir wurden, umso weniger wollte man, dass wir miteinander spielten. Meine Eltern fanden, dass wir Jungs uns nicht mit den Bediensteten abgeben sollten. Wir waren also zuerst Spielkameraden, dann beste Freunde, und als Jugendliche verliebten wir uns ineinander. Das war die beste Zeit meines Lebens. Cecilia war so hübsch, so natürlich, so fröhlich, so leicht und einfach."

„Hatte sie psychische Probleme?"

„Cecilia? Nein, mein Gott, überhaupt nicht. Gar nicht." Nils sprach weiter. Als Cecilia fünfzehn wurde, musste sie Vansbro und den Hof verlassen. „Es hieß, es gäbe dort keine Stelle für sie, aber vermutlich ahnten sie, was zwischen uns war. Cecilia ging nach Süden, nach Säter, um sich Arbeit zu suchen."

„Haben Sie sich danach nicht mehr getroffen?"

„Doch, Cecilia kam zurück, jeden Sommer fuhr sie zu mir nach Vansbro. Wir trafen uns heimlich. Sie wohnte in einem kleinen, unbewohnten Vorratshaus im Wald, auf dem Grundstück meiner Eltern. Uns gehörte dort ein sehr großes Gebiet. Dorthin ging ich, sooft es mir möglich war."

„Haben Sie nie daran gedacht, zusammen wegzulaufen?"

„Ich trug die Verantwortung für den Hof und für unsere Zukunft. Die ganze Geschichte und die Zukunft der Familie lasteten auf meinen Schultern. Ich konnte nicht alles verlassen. Das hatten mir meine Eltern sehr früh klargemacht. Sie hatten außerdem eine Frau ausgewählt, die ich heiraten sollten, damit das Eigentum in der Familie blieb."

„Wie schrecklich."

„Heute vielleicht, aber damals war das nichts Ungewöhnliches. Ich habe aber nie geheiratet."

„Und Sie und Cecilia?"

„Wir lebten für die sommerlichen Treffen." Nils bekam einen verträumten Blick.

„Ja, und im letzten Sommer konnten wir uns nicht mehr beherrschen. Und wir liebten uns jede Nacht in diesem einfachen Vorratshaus. Es war wunderschön, sie war so weich und hübsch, meine geliebte Cecilia."

„Was ist dann passiert?"

„Nach diesem Sommer habe ich sie nie mehr gesehen. Sie verschwand spurlos."

Anna wurde durch die Geschichte ganz wehmütig und merkte, dass ihr eine Träne über die Wange lief. Wie entsetzlich traurig.

„Ich blieb auf dem Hof und leitete ihn viele Jahre zusammen mit meinem Bruder, dann bin ich nach Säter gezogen, um vielleicht eines Tages herauszufinden, was mit ihr passiert ist."

„Was glaubten Sie selbst denn, was geschehen war?"

„Ich wusste nicht, was ich glauben sollte, ich lebte lange Jahre in der Hoffnung, dass sie sich melden würde. Hier in Säter gab es das Gerücht, dass es Personen im Hospital gab, die wussten, was mit Cecilia passiert ist. Aber ich habe nie etwas herausbekommen."

Anna dachte an Cecilias Krankenakte, die sie gelesen hatte, und an die Zeichnungen.

„Ich vermute, dass sie in dem Jahr, nachdem Sie sich das letzte Mal getroffen hatten, ins Hospital gekommen ist."

„Das stimmt wohl. Aber wieso? Sie war doch nicht geisteskrank?"

„Ja, die Frage bleibt. Aber wussten Sie, dass sie schwanger war, Nils? Von Ihnen vielleicht?"

Nils wurde rot und schaute zu Boden.

„Ich bin mir ganz sicher, von mir, sie war niemand, der mehrere Männer traf. Was ist aus dem Kind geworden?"

„Ja, Nils …" Anna wollte diesem Mann, der neben ihr saß, so viel erzählen. Er sah aus wie eine ältere Kopie von Villy. Genauso vital, kraftvoll, gesund, aber der Verlust von Cecilia hatte ihn sein ganzes Leben lang gezeichnet.

„Ich würde gern mehr erzählen, aber fürs Erste kann ich nur so viel sagen, als dass einer Ihrer Söhne lebt. Sie werden sich bestimmt auf die ein oder andere Weise finden, das verspreche ich Ihnen."

Nils schnappte nach Luft und lehnte sich zurück. Anna zog eine Mappe aus ihrem Rucksack. Sie stand dabei auf und erläuterte, dass sie gehen müsse, um ihren Zug zu erwischen. In der Mappe hatte sie eine Kopie von Cecilias Zeichnungen. Sie reichte sie Nils.

„Was ist das?"

„Cecilia hat das gezeichnet."

Nils schaute mit Tränen in den Augen auf das Bild, auf dem Cecilia einen Mann umarmte. Um sie herum wirbelten Wolken in einem liebevollen Tanz mit einzelnen Herzen.

Plötzlich stieg ein deutlicher, merkwürdig warmer Wind vom Fluss auf, Dampf vom Wasser oder eine Bö aus dem Wald. Und er strich wie die Berührung einer warmen Hand über ihre Wangen. Sie spürten es beide und lächelten einander an, lasen die Gedanken des anderen. Nils mit Tränen in den Augen.

„So war sie, meine Cecilia", sagte er mit viel Liebe in der Stimme. „Danke, Anna."

Anna umfasste seine Hand, spürte die Wärme um sie. Es fühlte sich richtig an, ihn mit der Wahrheit und dem Gefühl in der Luft um sie herum zurückzulassen.

„Tschüss, Nils. Passen Sie auf sich auf", rief sie und spürte beim Aufstehen, wie kühl ihr Hinterteil von der Bank war. Sie ging vorsichtig über die Holzplanken der Brücke, auf denen eine Eisschicht lag, und dann die Treppe hinauf aus dem Tal.

Kapitel 131
VILLY

Auf der Station begriff man nicht, dass die Zeitung Villy einen solchen Schock versetzte, dass er um etwas Beruhigendes bitten musste.

Dem Personal blieb der Grund für die erhöhte Medikation unbekannt. Aber Villy entschied sich in derselben Sekunde, in der er die Zeilen über seine verschwundene Mutter gelesen hatte und dass sein Vater nur einen Kilometer entfernt, im Stadtzentrum von Säter, wohnte, dass sie sich treffen mussten, bevor es zu spät war. Sein Vater musste sehr alt sein, und er durfte keine Zeit mehr verschwenden.

Sobald er den Pfleger Tony allein die Krankenakten sortieren sah, schlich er sich zu ihm.

Sie hatten schon mehrere, vertrauliche Gespräche geführt, so dass Villy und Tony eine besondere Beziehung aufgebaut hatten, von der niemand sonst auf der Station etwas wusste. Tony war ein Mann, der gern eine Abkürzung zu großen Muskeln nahm und in seiner Freizeit Pillen einschmiss.

Villy hatte ihm zu Kontakten verholfen, so dass er bekam, was er brauchte.

Daher konnte er noch einen Gefallen einlösen.

Kapitel 132

Am Spätnachmittag ging der große Alarm in Säters rechtspsychiatrischer Klinik los. Da stand Anna auf dem Bahnsteig und wartete auf ihren Zug, und Miro hatte gerade begonnen, bei der einberufenen Pressekonferenz zu sprechen.

Der Alarm wurde in Villys Station ausgelöst, aber aus irgendeinem Grund war nur ein Pfleger anwesend. Nämlich Tony. Beim nächsten Schichtwechsel fand man Tony gefesselt und mit Klebeband überm Mund auf der Personaltoilette eingesperrt. Die Patienten wurden durchgezählt, Villy fehlte, daraufhin wurde der große Alarm ausgelöst.

Der große Alarm landete direkt bei der Polizei, und bald würden Hubschrauber über Säter knattern, und sollte es bis zum Abend dauern, würden Wärmekameras eingesetzt und die Wälder durchsucht.

Annas Zug würde angehalten und durchsucht und Polizeistreifen nach Säter ausgesandt, um schnell in der Öffentlichkeit Hinweise zu finden.

Kapitel 133

VILS

Als der kleine, rote Wagen angerast kam und dann vor Nils' Küchenfenster abrupt bremste, war er gerade erst nach Hause gekommen und hatte sich mit einer Tasse Kaffee und Cecilias Zeichnungen vor sich hingesetzt. Er blickte hinaus und sah einen Mann aus dem Wagen steigen.

Nils erschreckte sich so sehr, als die Türklingel durch seine kleine Wohnung schrillte, dass er fast vom Stuhl hüpfte. Durch das dreieckige Fenster sah er, wie der Mann draußen hereinschaute.

Er ging zur Tür und öffnete sie vorsichtig.

„Zu wem wollen Sie?"

„Ich suche Nils, bist du das?"

„Ja, ich bin Nils, und wer bist du?" Nils wollte entschlossen klingen, aber seine Stimme war schwach, weil er das starke Gefühl hatte, dass er diesen Augenblick für den Rest seines Lebens nicht mehr vergessen würde.

Der Mann vor ihm wirkte genauso aufgewühlt wie er selbst.

„Ich bin …"

„Bist du …?"

Villy nickte und drehte sich zu ihm um.

„Ja, ich bin dein Sohn. Darf ich kurz reinkommen … Ich habe nämlich nicht so viel Zeit …“

Nils öffnete die Tür.

„Natürlich! Keinen Tag zu früh.“

Kapitel 134
ANNA

Das Treffen mit Nils hatte sie tief berührt.

Der Gedanke, dass Nils, dieser gutaussehende, alte Mann, der bis heute ein einsames Leben geführt hatte, jetzt seinen erwachsenen Sohn treffen würde, machte sie glücklich.

Sie dachte daran, dass man Cecilia ihr Leben genommen hatte, weil sie sich in den falschen Mann verliebt hatte. Dass Nils' Eltern ihr Verschwinden wahrscheinlich angeordnet hatten, um die Zukunft des Hofs zu sichern, aber um den Preis des Unglücks ihres Sohns. Dass Zimmer 55 anscheinend über die Jahre mehr oder weniger als Todeszelle für Personen genutzt worden war, die man entfernen wollte.

Sie konnte das, was sie in den letzten Tagen erlebt hatte, noch nicht richtig verarbeiten und hoffte, dass sie in der Zukunft mal mit ihrer Vorgängerin über alles, was passiert war, sprechen könnte. Jetzt musste Mona sich in Ruhe erholen und wieder ins Leben zurückfinden, das man ihr fast genommen hatte.

Es war lange her, dass das Hospital mehrere hundert psychisch kranke Menschen willkürlich einsperrte, und doch gar nicht so weit weg. Man stelle sich nur mal vor, dass jemand aus vagen Gründen aufgenommen und sein Leben lang weggesperrt werden konnte, um dann an gebrochenem Herzen zu sterben.

Das Hospital hat manche Menschen geheilt, aber sicher andere viel kranker gemacht. Unfassbar, dass das Geheimnis in den dunklen Wäldern über so viele Jahre Bestand hatte. Und dass *die Anderen* das hinter den Kulissen mit eiserner Hand gelenkt hatten.

Ihr Handy klingelte, sie sah, dass es Sven war. Seine warme Stimme klang beruhigend im Chaos.

„Ich bin auf dem Weg nach Stockholm. Bjurberg hat mir eine Auszeit gegeben."

„Aha, aber Sie müssen nicht fahren. Bjurberg ist verhaftet, Sie können also aussteigen."

„Ja, daran habe ich auch schon gedacht, aber ich brauche tatsächlich ein bisschen Ruhe. In den letzten Tagen habe ich mehr erlebt als in meinem ganzen bisherigen Leben, so fühlt es sich jedenfalls an."

„Ich rufe an, um mich zu bedanken."

Anna sagte, es sei keine Ursache gewesen. Sie hatte nicht mehr getan, als der Spur zu folgen, die man vor ihr ausgelegt hatte.

„Da ist noch eine Sache, die ich erzählen möchte, bevor wir das zwischen uns ad acta legen. Wir haben einen Anruf von einer Frau bekommen, die immer gewusst hat, was mit Cecilia geschehen ist. Aber sie ist jetzt neunzig und liegt im Sterben."

Anna sah sich um, es war viel zu leise im Abteil. Konnte man hören, was Järring sagte? Sie drückte das Handy fester ans Ohr und lehnte sich zum Fenster.

„Nils Karlsmäters Vater war hier früher eine starke, wirtschaftliche Kraft. Zur selben Zeit, als Cecilia zwangseingewiesen wurde, erhielt der damalige Krankenhauschef plötzlich ein radikal größeres Budget. Es wurden weitere Pavillons gebaut und sogar eine exklusive Direktorenvilla, die jeder Klinikchef erbte, im Austausch dafür, dass das Geheimnis um Cecilia bewahrt wurde. Und es wurde ein Fonds gegründet, Säters großer Forschungsfonds."

Anna schnappte nach Luft.

„Was sagen Sie da? Sie meinen ..."

„Ja, Bjurberg und alle Klinikchefs wussten es. Ihm und den früheren Exzellenzen im Krankenhaus wurden die Forschungen finanziert, dafür, dass sie diese Geheimnisse bewahrten."

„Aber das klingt ja wahnsinnig. Alles wegen einer Liebesbeziehung!"

„Wir hatten schon lange den Verdacht, dass es so war. Deswegen wollten wir in dieser Geschichte ganz langsam vorgehen und zum Beispiel Cecilias Namen nicht nennen, sondern für uns behalten."

Anna verstand nicht ganz, wie alles zusammenhing, aber sie vertraute voll auf Sven, so dass sie nicht weiter grübelte. Doch sie war unwillkürlich davon fasziniert, dass Cecilias und Nils' Schicksal Teil eines so großen Prozesses in der Geschichte des Krankenhauses war und dass Zimmer 55 über die Jahre immer weiter genutzt worden war.

„Naja, das ist wohl auch nur ein Teil einer größeren Wahrheit. Es sind ja *die Anderen*, weiter oben, die wir seit längerer Zeit erwischen wollen. Sie haben diese Welt über viele Jahre beeinflusst und gelenkt."

Anna sah die Bäume außen am Fenster vorbeisausen, und das Gemurmel der anderen Reisenden verschwand.

„*Die Anderen* sind ein geheimes Netzwerk, das es schon gibt, seit die großen, rechtspsychiatrischen Kliniken zu Anfang des 20. Jahrhunderts überall in Schweden aufkamen. In diesem informellen Netzwerk wurden Entscheidungen getroffen, die niemand treffen wollte, man kümmerte sich um Menschen, die niemand haben wollte, und hier gab es die Macht über das, was niemand wissen sollte. Dank *der Anderen* hat Bjurberg den ganzen Skandal in Säter überlebt. Es gibt sogar Hinweise darauf, dass Verzweigungen bis in die Regierung reichen."

„Mein Gott." Anna fehlten die Worte. „Cecilia und ihre Geschichte sind also ein Teil des Ganzen?"

„Genau, aber dank all dem, was jetzt aufgedeckt wurde, können wir eine Voruntersuchung gegen Bjurberg beginnen, um zu erfahren, welche Unregelmäßigkeiten im Krankenhaus vorkamen und welche davon *die Anderen* bestimmt haben."

Es könnte also noch mehr Fälle wie Cecilia geben? Anna wollte Sven noch mehr fragen, aber während sie sich Hedemora näherte, erkannte sie, dass das, was in Säter geschehen war, in Säter bleiben sollte.

„Und noch eins." Er unterbrach ihre Gedanken.

„Was?"

„Die gesamte Polizei Dalarnas ist wegen eines Alarms in der rechtspsychiatrischen Klinik in Säter auf den Beinen. Ein Mann sei von seiner Station geflohen. Ich muss nicht mehr sagen, oder?"

Anna musste Sven Järring gar nicht sehen, um zu wissen, dass er jetzt gewitzt lächelte.

„Ich sitze im Auto und nehme als Reserve an der Fahndung teil. Ganz passiv. Aber ich mache mir auch keine Sorgen über die Sicherheit der Öffentlichkeit, falls Sie verstehen, was ich meine. Und ich bin mir ziemlich sicher, dass ich weiß, wo der Patient sich gerade befindet. Bei Nils."

Sie empfand Glück und lehnte ihr Gesicht an das Sitzkissen. Vater und Sohn waren vereint.

„Ich werde bald mal an meinen alten Arbeitsplatz fahren und hallo sagen. Es wird mir ein Vergnügen sein, Bjurberg dort zu sehen", sagte Sven.

Anna war ganz ergriffen. Da hatte sie, die kleine Anna, dazu beigetragen, dass der mächtige Klinikchef von der Polizei verhaftet und eine einflussreiche Geheimgesellschaft enthüllt wurde. Das war fast zu viel, um es zu begreifen.

„Okay." Anna lehnte sich zurück und ließ ihren Blick an die zerrissene Decke des Abteils wandern.

„Verbleiben wir so."

Anna schickte eine SMS an Miro, dass sie jetzt im Zug saß und sie in ein paar Tagen voneinander hören würden. Und eine an ihre Mama, dass sie nach Hause käme und sie besuchen würde. Sie bekam sofort eine Antwort mit vielen fröhlichen Smileys. Mama hatte anscheinend ihr Handy aktualisiert, was sie zum Lächeln brachte.

Die Bremsen quietschen laut, und Anna wusste, dass der Zug jetzt anhalten würde, weil er nach dem Entflohenen durchsucht wurde.

Sie hörte den Krach von einem Hubschrauber über ihr.

Sie lächelte.

Sie sah aus dem Fenster zum Wald und hoch in den Himmel. Ganz oben sah sie Flocken vom Himmel herabschweben. Es schneite.

Nachwort

Diese Geschichte ist komplett erfunden, und alle Ähnlichkeiten mit echten Personen oder Geschehnissen sind rein zufällig. Ich habe allerdings selbst in meinen ersten Jahren als Psychologin in der offenen Psychiatrie in Säter gearbeitet, und meine Inspiration zu den Figuren und der Handlung stammen aus dieser Zeit.

Säter ist eine ganz einzigartige Gemeinde, in der jeder auf die eine oder andere Weise mit dem Hospital zu tun hat. Wenn Sie nach Säter fahren, können Sie, jedenfalls noch, einen Teil der alten Gebäude sehen, die zu der riesigen Nervenheilanstalt gehörten, die sich früher einmal dort befand. Der alte, feste Pavillon wird sicher nicht mehr lange stehen, aber im Moment gibt es ihn noch. Auch Säters Museum der Nervenheilanstalt lohnt einen Besuch, wenn Sie in Dalarna sind, genau wie die hübsche Altstadt und das wunderschöne Säterdalen.

Auch wenn die Geschichte erfunden ist, so bleibe ich bei der Arbeit der Psychologen ganz nah an der Wirklichkeit. Einen

Teil des Inhalts habe ich mit Experten aus dem Gebiet abgestimmt. Aber Theorien sind Frischwaren, und das, was galt, als ich das Buch geschrieben habe, kann durch neue Forschungen oder Entscheidungen schon bald revidiert werden.

Ich glaube, hätte ich selbst in einer rechtspsychiatrischen Klinik gearbeitet, hätte ich wahrscheinlich weder den Mut noch die Fantasie gehabt, über das Milieu zu schreiben. Jetzt ist das rechtspsychiatrische Zentrum in Säter eine Umgebung, die meine Vorstellungskraft anregt und der gegenüber ich ganz frei sein kann und in der meine Figuren in diesem und kommenden Büchern ihren Ausgangspunkt haben. Außerdem, wer weiß schon, was real ist und was nicht, das ist eigentlich auch ein Punkt in all meinen Büchern, ist nicht immer eine individuelle Interpretation unterschiedlicher Phänomene?

Danksagung

Ich hoffe, das Buch hat Ihnen gefallen und Sie möchten Anna Varga in weiteren Büchern folgen. Weitere Infos finden Sie auf www.helenakubicek.se.

Mein erster Dank gilt meiner Verlegerin Lina Vozzi Salazar, die mich mit scharfem Verstand und warmer Hand den ganzen Weg vom Manuskript bis zum fertigen Buch begleitet hat. Ein genauso großer Dank geht an Lasse Brahme von Bokfabriken, der auf mich vertraut hat, und an meine Redakteurin Therese Karlsson, die auf alles geachtet hat, was das Manuskript weiter verbessern könnte. Auch an Björn Gadd, der sich um die PR gekümmert hat, einen großen Dank und an Anders Timrén, für das fantastische Titelbild.

Als alleinerziehende Mutter ist es nicht immer leicht, weiterzukämpfen und daran zu glauben, seine Träume verwirklichen zu können. Aber ich habe mich dazu entschlossen und es getan! Also danke an mich selbst und euch, die ihr mich auf dem Weg unterstützt und aufgemuntert habt.

Und zuletzt, aber am wichtigsten: Ich schreibe für euch, Vendela und Josefine. Eure Mama zu sein ist doch der größte aller Träume.